中公文庫

主よ、永遠の休息を

新装版

誉田哲也

中央公論新社

目次

主よ、永遠の休息を

1

なんか、面白いことねえかな。

俺《おれ》は日に、百回は心の中で唱《とな》える。

なんか、面白いことねえかな。

俺は日に、十回は口に出して呟《つぶや》く。

「……なんか、面白いことないっすかね」

そのうちの二、三回は実際、記者仲間に向かっていっている。仲間といってもみな社が違うので、こんなネタならあるけど、などと親切に教えてくれたりはしない。あるかバカ。黙ってろボケ。テメエの足使って稼《かせ》いでこい。せいぜい、そんなお言葉を頂戴《ちょうだい》するのが関の山である。

俺はあくびを嚙《か》み殺しながら、閉じた朝刊を重ねた。

大手五紙。どれも大した記事は載っていなかった。いや、政治経済、スポーツなんかは別だ。閣僚《かくりょう》は相変わらず失言を繰り返しているし、株価は安定しないし、浦和《うらわ》レッズは昨日も負けた。しかし、そういう大局的、あるいは個人趣味的なニュースは二の次でいい。とりあえず毎朝気になるのは、俺が書かなかった記事を、他社の誰かが書いているのではないか、ということだ。

最悪なのは、他社全紙が書いているのに、俺だけが書いていないという事態だ。いわゆる「特オチ」。これをやらかすのが一番マズい。キャップに怒鳴《どな》られたり、デスクに「殺す」といわれたり、失点を取り戻せるくらい素晴らしいフォロー記事を大急ぎで書かなければいけなくなったりと、とにかく面倒なことこの上ない。

幸い、俺は新卒で共有《きょうゆう》通信に入社してからこれまで、とりたてて大きな特オチは出さずにやってこられた。この四月からは東京支社勤務になり、警視庁第五方面の担当になった。地域でいえば豊島《としま》区と文京《ぶんきょう》区。管区でいうと池袋《いけぶくろ》署、目白《めじろ》署、巣鴨《すがも》署、大塚《おおつか》署、富《とみ》坂《さか》署、本富士《もとふじ》署、と駒込《こまごめ》署。都内でもなかなかの激戦区に数えられるが、まあ、今のところはなんとか無事やり過ごしている。

で、実際の勤務地はというと、池袋警察署六階、便所のすぐ脇《わき》にある、池袋署記者クラブということになる。

「おい、鶴吉《つるきち》。今朝、お前が当番だろう」

「ああ、はいはい……今やりまーす」

いま俺にいったのは上司ではない。朝陽《ちょうよう》新聞の大木《おおき》記者だ。当番というのは、管区の所轄《しょかつ》署それぞれに「何か起こってませんか」とお伺《うかが》いを立てる「警戒電話」担当のことだ。大手五紙以外の記者、つまり南関《なんかん》新聞の稲葉《いなば》さん、時事報道の及川《おいかわ》、と共有通信の俺。この三人が日替わりで警戒電話を担当する。なぜこの三人なのかというと、たまたま若かったから、としかいいようがない。別に大手新聞社の傲慢《ごうまん》、ではない。と思う。

「もしもし、共有通信の鶴田《つるた》です。いつもお世話になっております。昨夜から今朝にかけて、何かありましたでしょうか」

俗に「警電《けいでん》」と呼ばれる警察専用回線を使って、先に挙げた七署すべてに電話を入れる。事故があったとか、喧嘩《けんか》で三人逮捕したとかいわれれば、とりあえずメモしておく。それらの情報はクラブ記者全員で共有し、ときには一緒の車に乗って取材現場に向かう。

「……そうですか。どうも、ありがとうございました」

はい、お終《しま》い――。

壁際に八つのブース、真ん中に会議テーブル二つが並んだ室内を見回す。

「みなさーん、今朝のところは、何もないそうです」

途端、じろりと大木さんがこっちを睨《にら》む。

「鶴吉……テメエの頭に入ってる情報と、そのメモにある内容が違うなんてこたァ、よもやあるめえな」

馬鹿な。

「しませんよ、そんなセコいこと。勘弁してくださいよ」

もしそんなことをしてバレたら、次から警戒電話の情報を回してもらえなくなる。それで一番困るのは、たぶん俺だろう。俺は、この「記者クラブ」というゆるいシステムがあるからこそ、事件記者などという激務をやっていられるのだ。他社との共存関係を破綻《はたん》させるような真似《まね》は、頼まれても絶対にしたくない。

夕刊の締め切りは昼過ぎ。ぼちぼち何か考えようかな、などと思っていたら、ちょうどいいタイミングで電話が鳴った。たまたま近くにいたので、俺がとった。

「はい、池袋署記者クラブ」

『ん？　その声はツル……ツルオカ』

副署長からだった。

「鶴田です。共有通信の」

『ああ、そうそう。共有の鶴田くんね……あの、たった今、事故が起こったみたいなんだけど、知りたい？』

宇都宮《うつのみや》支局にいた頃も変わった警察官とは何人か出会ったが、ここの副署長もどうしてどうして。負けていない。

「はい、知りたいです」

『僕んとこくる？　それとも、すぐ現場いっちゃう？』

「どっちかっていうと……現場、ですかね」

『あそう。けっこうせっかちだね……まあいいや。現場はあれよ。あそこ……東急ハンズ、あるでしょ。サンシャインの入り口に。あれの向かいの、パチンコ屋』

分かるけど。

「一応、住所、教えていただけますか」

『お、鋭いね……東池袋、一丁目△△。開店を待ちきれない客が押し合いをして、ガラスが割れて……負傷者二名。大惨事だよこりゃ』

「分かりました。すぐ向かいます。ありがとうございました」

正直、あまり面白い記事にはなりそうにない。

受話器を置き、俺が溜《た》め息《いき》をつくと、それで周りの記者たちも、大体どの程度のネタかは察したようだった。

結局みんなで現場までいき、状況を見、写真を撮り、原稿を書き、それぞれが支社デスクに送った。でも誰も、本気でこれを紙面に載せたいとは思っていないようだった。それは俺も同じ。いわゆる「出席原稿」というやつだ。「一応、仕事はしてますよ」という、アリバイ証明のようなものだ。

ちなみに原稿の送り方は、けっこう人それぞれだ。

俺と時事報道の及川は、手早く現場で携帯電話を使って執筆、即メールで送信。南関新聞の稲葉さんと大手の三人は、近所の喫茶店に入ってノートパソコンで執筆、それをメールで送る。残り、大手のベテラン二人はクラブに戻って執筆。パソコンを使うのは先の四人と同じだが、必ずプリントアウトしたものをファックスで送る、というスタイル。手元に紙が残らないというのが、まだなんとなく気持ち悪いらしい。ちょっとしたジェネレーション・ギャップというやつだ。

特に朝陽の大木さんなんかは、俺が現場の端《はし》っこで、携帯を使ってチクチク記事を書いているのが目障《めざわ》りで堪《たま》らないらしい。

「女子高生と変わんねえな、まったく。情けねえ」

あんたみたいなオッサンと変わらない、とかいわれるよりナンボかマシですよ、と思ったがいわずにおいた。それよりも、年配者がたまにやる、アレ。社に電話して口頭で事件内容を伝え、向こうで記事を打ってもらうという、昔ながらのやり方。あの方が、俺ら世代にはよっぽど気持ち悪い。あれだって紙は残らないのに、それは平気なのだろうか。

「鶴吉、メシいこうぜ」

「ああ……そうすっか」

そんなわけで、自然とこの及川とは行動を共にすることが多くなる。年も俺の一つ上、三十歳。話も合うし、互いのミスもフォローし合う。ジャーナリズムとは、なんて話を熱く語らないところもいい。

「通信社の記者なんて、俺たちくらい肩の力が抜けてる方が、かえっていいんだよ」

俺は、この及川の言葉が大好きだ。

サンシャイン通りにあるハンバーグ屋で昼飯を食い、及川とはそこで別れた。

一応、警視庁本部のキャップに連絡を入れておく。

「……ああ、鶴田です。しばらく出ますんで。なんかあったらお願いします。戻ったらまた知らせます」

記者は、記事を上げたら外回り。出稿時間に合わせて戻り、上げたらまた外に出る。基本的にはこの繰り返しだ。

携帯電話が普及した今のような時代、記者クラブに詰めている必要は、あまりない。担当管区で事件が起これば、警視庁本部の記者クラブから連絡が入る。それを聞いてから現場にいっても、別に遅いことはない。

確かに今回のようなケースなら、クラブに詰めていた甲斐《かい》も多少はあったといえる。事故をいち早く知り、現場に向かうことができたのだから。でもそれは、方面七署を回っていて、たまたまどこかで事件発生の入電に出くわしても同じことだ。事件は池袋署管内だけで起こるのではない。目白でも巣鴨でも、大塚でも駒込でも起こる。そのとき自分がどこにいるか。それは単なる、運と確率の問題でしかない。決して、記者クラブに齧《かじ》りつく理由にはならない。

そんな俺ら世代の、携帯電話に対する依存度は計り知れないほど高い。それはもはや命綱以上。携帯は、仕事に必要なすべてのツールが詰まった「魔法のランプ」であるといっても過言ではない。

まず、記事が書ける。これが重要。メールソフトで書いて直接送ってもいいし、「メモ帳」をワープロ代わりに使って書き、それを貼《は》り付けて送ってもいい。スマートフォンならパソコンと大差ないワープロソフトだって搭載可能だ。実際、俺はそれを使っている。あと、写真も撮って送れる。緊急時にはこれが絶大な威力を発揮する。デジカメも一応持ってはいるが、最近はほとんど出番がないのが実情だ。

ちなみに俺は、携帯を二台使っている。一台は主に連絡用、もう一台が執筆とデータ送信用だ。それぞれキャリアが違うので、あるエリアで一方が駄目《だめ》でも、もう一方は使える場合がある。特にデータ用の一台は最強のツールだ。ついこの前も「そんなもんで仕事ができるか」と大木さんにいわれたが、はっきりいって、俺ら世代はできる。慣れればこれ一台でなんでもイケる。長文の作成だって難なくこなせるし、むろんネットにだって接続できる。益々《ますます》記者クラブにいる意味はなくなってくる。

じゃあ、池袋署が提供してくれているあの部屋って、なに？

まあ、ズバリいうと、溜まり場だ。

昔は警電が使えるとか、ファックスも貸してもらえるとか、連絡の拠点《きょてん》だとか、いろいろな旨《うま》みがあったのは事実だろうが、今はそれもないわけで。むしろ今は、警察発表の場。それを書き漏《も》らさないように、記者同士が有形無形の助け合いをする場、とでもいった方がいいかもしれない。

当然、抜《ぬ》け駆《が》けはある。だからこそスクープを「抜いた」の「抜かれた」のという騒ぎがあるわけだが、それは平均点を大きく上回る仕事の話。そういうのは、技量と人脈と高い志《こころざし》を持った人間がすること。俺がとりあえず目指したいのは、平均点の仕事だ。

午後の「御用聞《ごようき》き」も、そんな平均点仕事の一つだ。

「バカだよな、ほんと……いい加減にしてほしいよ」

大塚署一階。署長室の並びにある談話室。相手をしてくれているのは副署長だ。いや、こっちが相手をしているのか。

「あんなにさ、振り込め詐欺《さぎ》に気をつけろって、テレビでも新聞でも、警視庁のメーリングリストでも呼びかけてんのによ、まだ振り込んじゃう奴《やつ》がいるんだもんな……ほんと、バカとしかいいようがないよ。なんで引っかかっちゃうのかな……救いようがないよ」

　警察がそれをいったらお終いでしょう、と思ったが、むろんいいはしなかった。お茶をご馳走《ちそう》になって次に向かった。

「ここだけの話……スゲーんだこれが」

　いきなり得意の話題に持ち込んだのは、本富士署の刑事課長。いや、正確にいうと、刑事生活安全組織犯罪対策課、の課長だ。五十過ぎの家庭持ちのくせに、チョーが付くほどの風俗好き。

「何が、凄《すご》いんですか」

「オッパイだよ。どでぇーんとよ、でも垂れてねえんだよ。ちゃんと前向いてんだよ。それがよ、どしーんとよ、上からよ、おっかぶさってくるんだよぉ」

　嬉《うれ》しそうに。延々三十分。錦糸町《きんしちょう》のソープ嬢の話をし続けた。

　これは取材ではなく、あくまで懇談《こんだん》なので、内容の良し悪しは問題ではない。管区の警察官に顔を売り、いざというとき話をしてくれるような人間関係を築いておく。それが目的の、地道な日常業務だ。

　池袋署には夕方五時頃戻った。

「……はい、いま戻りました。何かありましたか……はい、了解です」

戻ったらまた本部に一報を入れる。なんとなく、そういうルールになっている。

午前中の事故が気になったので、生活安全課を訪ねたら、課長と及川が応接セットで話し込んでいた。それとなく輪に加わる。他の記者なら遠慮もするが、及川にそういった気遣いは不要だ。駄目なら駄目とはっきりいってくれる。

「今朝の事故……何か、進展ありました？」

及川はこっちを見、曖昧《あいまい》に頷《うなず》いた。

課長は口を結んで首を傾《かし》げた。

「……簡単にいうと、開店のアナウンスが流れた途端、並んでた客が入り口に殺到して、先頭の何人かがドアに押しつけられた。その圧力でドアが停止してしまい、でも後ろの客がなお前進しようと押し続けたため、ガラスが割れ、そこに転んだ男性二人が、破片などで手を切った、と……まあ、よく二人だけで済んだと思うよ。押されてドミノ倒しになってさ、もっとたくさんの負傷者が出ても、決しておかしくはなかったわけだから」

明日の朝刊用の記事は、とりあえずこれで決まりだなと思った。

及川も同じように思っていたようだった。生安から出た途端、あくびをしながらいった。

「ちゃっちゃとこれ書いて、俺はもう出るぜ」

つまり、外仕事。誰か警察官と飲みにいくのか、あるいは別の取材対象のところにいくのか。通信社仲間といえども、そこまで踏み込んでは訊《き》けない。気にはなるが。

俺も、パチンコ屋の事故の続報を書いて、この日は終わりにした。

夜八時頃。池袋署を出て、西口の飲み屋街を歩いた。焼き肉屋、焼き鳥屋、大衆居酒屋。心当たりを何軒か回ったが、ついぞ顔見知りを発見することはできなかった。早番のときはよく一緒に飲む、機動捜査隊池袋分駐所の前島《まえじま》にも電話してみたが、繋《つな》がらなかった。

まさか、急に何かの捜査に参加し、忙しくなったのか。

そうだとしたら、こんなところでボヤボヤしてはいられない。だが、たぶん違うだろう。ヘルスか何かにいっていて、電波が悪くて通じないだけだろう。

急にやる気が失《う》せた。もともとあまりないのに、それがゼロ近くまで急激に落ち込んだ。

もういい。今日は帰って寝よう。たまにはこんな夜があったっていい。まあ、俺の場合は週に一、二度のペースでこういう夜は巡ってくるが。

いったん池袋署の方にとって返す。自転車が署の駐輪場に停めてある。俺は池袋署に、いわば自転車通勤しているのだ。

「お疲れさまです」

「……おう。お疲れさん」

庁舎警備の警官に挨拶《あいさつ》をし、自転車にまたがり、走り出す。

アパートは目白三丁目。自転車なら五分。距離は一キロもない。

十一月の、冷たく乾いた風が心地好《ここちよ》かった。

ふと、故郷の香川を思い出す。そうしたら、無性《むしょう》に讃岐《さぬき》うどんが食いたくなった。確か、母親が送ってくれた乾麺《かんめん》がまだあったはず。小ねぎも、大根も買い置きがあった。だが揚《あ》げ玉《だま》は、ない。コンビニに売っていただろうか。なかったら、深夜までやっているスーパーに買いにいかなければならないが。

いつも曲がる角を曲がらず、真《ま》っ直《す》ぐコンビニの方に進む。人通りの少ない、暗い一本道。その突き当たり。明かりを消した部屋で観るテレビのように、青白い光で辺《あた》りを照らす、夜のアミーゴ。コンビニエンスストア。

雑誌コーナーの前に自転車を停める。立ち読みをしている客は知った顔だった。いつも寝癖《ねぐせ》頭で、何日も風呂に入ってないような臭《にお》いを漂わせている、二十代の男。今日はそっちには近づかないでおこう。

自動ドアを通って、正面。食品冷蔵庫の方に進む。カゴにビールを何本か入れた、くたびれたスーツの男とすれ違う。

とりあえず冷蔵庫周辺に、揚げ玉はない。やはりコンビニにはないのか。いや、その他の棚も一応見ておこう。

菓子パンの下とか。いや、ない。カップ味噌汁《みそしる》の隣とか。いや、こっちにもない。

もう一度パンのところに戻り、ひょっとして、ふりかけとかと一緒になってるのかも、と思い至り、一つ向こうの通路に回り込もうとした、そのときだった。

レジの前に立っている、黒いジャンパー姿の男が目に留まった。目深《まぶか》にかぶったニット帽。右手をレジに立つ女の子に突き出している。白い軍手をはめた手には、きらりと光る尖《とが》った物体。

「ごっ……」

強盗《ごうとう》。そういおうとして、途中で止めた。パンの棚に半身を隠す。携帯電話を密《ひそ》かに取り出す。

辺りを見回す。客は、立ち読みの臭《くさ》い奴、スーツのビール男、ドリンク冷蔵庫の前のカップルひと組。俺を入れて、全部で五人か。俺以外で強盗に気づいているのは、レジに並ぼうとしていたビール男のみか。

レジには女の子が一人。小柄で、わりと可愛《かわい》い顔をしていて、絶対に強盗なんかに歯向かったりはしそうにないタイプだ。案の定、ナイフを向けられてガッチガチに固まっている。固まり過ぎて、レジから金を出すこともできないでいる。強盗もそれで、逆に立ち往生しているようだった。

店員、あの娘だけなのか。そんな馬鹿な。

携帯をムービー撮影モードにし、菓子パンの棚に突っ込む。そこで、スタートボタンを押す。小さくぐもった音で「ぴろりろりん」と撮影開始音が鳴る。よかった。強盗はまだこっちに、なんの注意も払っていない。

それとなく携帯を強盗に向ける。ちょっと、ビールのオッサン、邪魔《じゃま》だってば。

普段通りに流れているBGMが、かえって不気味だった。「スクラッチカードをこすって当てたら、素敵なプレゼントが」って、そんなことで納得する相手じゃないんだよ。強盗だぜ、強盗。

さあ、どうしよう。もう一個の携帯で、一一〇番通報しようか。っていうかそれ以外で、何か俺にできることなんてあるか？

いや。ビール男には、あったようだ。

なんと男は、えいっ、とカゴを、強盗に投げつけた。

それが見事、強盗の手にあったナイフを弾《はじ》き飛ばした。

うあッ、という声と共に、強盗がこっちを向く。覆面《ふくめん》も何もしていない。怯《おび》えたような、冴《さ》えない中年男の顔。

あ。今、顔、ちゃんと撮れたか？

強盗は踵《きびす》を返し、出口に向かう。

手ぶらになったビール男は、勇敢《ゆうかん》にもそのあとを追った。

俺は、どうしようか一瞬迷った。

追うべきか、通報が先か。

っていうか、これって実は凄《すご》いことじゃないか？　コンビニ強盗の現場に通信社の記者が居合わせて、携帯ムービーでその一部始終を撮影なんて。いや、まだ一部始終じゃない。もしあのビール男が強盗を取り押さえることに成功したら、そこまでちゃんとフォローしないと駄目だ。

そうだ。迷ってる場合じゃない。

俺は携帯を構えたまま店を飛び出した。

二人が向かったのは左だ。店内を見ると、臭い奴も左の方を指差している。

っていうかお前、そのマンガ置いてよ、一緒にきてちょっとは協力しろよ。

2

目が覚めたとき、辺りが暗いと、不安になる。だから、カーテンはできるだけ明るい色にしている。そのカーテンを、右半分だけ開ける。左はそのまま。あとで着替えたら、そのとき開ける。

とりあえずミニキッチンまでいく。お湯を沸《わ》かす。ホーローの、白いドリップケトルに、コーヒー一杯分だけお水を入れて、火にかける。すぐ、沸くと思う。

白木でできたローテーブルの上で、携帯が、ピカッと光る。寝ている間にメールがきたみたいだ。

チカちゃんからだった。明日のバイト、つまり今日のことだけど、代わってほしいということだった。半年がかりで計画を練って、ようやくコクった彼と、デートでもするのだろうか。

いいよ、と返事をしておく。どうせ私はお昼から夕方六時まで入ってる。それを、何時間か延長すればいいだけのことだ。

お湯が沸いた。

マグカップにメリタのドリッパーをセット。豆はモカ。計量スプーンで一杯すくって、フィルターの中に落とす。

そこにゆっくりと、円を描くように、お湯を注いでいく。

いい匂《にお》い。とぽとぽって音も、なんだか気持ちが落ち着く。

テーブルに持っていき、ベッドを背もたれにして座る。いわゆる体育座り。コーヒーを飲むときは私、いつもこう。

リモコンでラジカセのスイッチを入れる。つい「ラジカセ」っていっちゃうけど、実はカセットなんて付いてない。私のは、ラジオとCDと、それを録音できるメモリーが内蔵されているタイプ。メモリーした音楽は、直接携帯電話に転送することができる。

だから、うちにパソコンはいらない。テレビも、ない。

お金がなくて買えないとか、他に欲しいものがあるから我慢してるとか、そういうんじゃない。ほんとに、いらない。いらないの。

ラジオを聴いてれば、世の中の情報はちゃんと入ってくる。最近は携帯サイトでだって、けっこういろんなことが調べられる。ドラマとかは観られないけど、その代わり小説をたくさん読んでる。雑誌も毎月、何冊も買う。だから、いらないの。画面は。

あ。なんか、動悸《どうき》がしてきちゃった。私、別に病気でもなんでもないんだけど、急に胸がドキドキして、気分が悪くなることがある。バイトしてるときは気が張ってるせいか、あんまりないんだけど、それ以外のときは、町を歩いてても、部屋にいても、たまになる。こういうときは、ゆっくり息を吸ったり吐いたりして、治まるのを待つしかない。

うん。もう、大丈夫。たぶん。

朝食は、食べたり食べなかったり。今朝はやめとこう。また気持ち悪くなったら嫌だし。

着替えて、外に出た。からっと晴れていて、乾いた風が心地好い。池袋駅までは歩きで十分くらい。私の生活は、ほとんどこのエリアで完結している。買い物をして、食べて。友達と会って、働いて、また食べて、眠る——。寂しいとは思わない。孤独とか未来とか、そういうことは考えないようにしている。

ラッシュアワーもとうに終わった、地下の中央コンコースを抜け、東口に顔を出す。家電量販店にいくなら左、本屋さんにいくなら右。でも今日は直進。サンシャイン60方面に向かう。

人の流れはそこそこある。お天気がいいからか、みんな若干薄着になってる。前を歩いてる女の人、すごくスタイルがいい。モデルさんみたい。バッグも可愛い。紫のトート。ちょっと足を速めて接近。ブランドをチェック。ああ、COACH《コーチ》か。高そう。その人は、途中でドラッグストアに入っていってしまった。

ハンズの前まできた。何か事件でもあったのだろうか。パチンコ屋さんの前に、救急車とパトカーが一台ずつ停まってる。でも、そんなに大事ではない感じ。野次馬は十人くらい。私もそんなに興味なし、かな。

長いエスカレーターで地下道に下りる。平日の午前中だから、そんなに混んでない。トヨタ・アムラックスを過ぎたら、サンシャインアルパ。真っ直ぐ、展望台エレベーターのある通路を進む。

ここの雰囲気は、そんなに嫌いじゃない。うるさ過ぎないし、静かでもない。適当に賑《にぎ》やかで、ちょっとわくわくもする。なぜって、それは、直哉《なおや》のいるお店がもうすぐだから。

三階まで吹き抜けになっている噴水広場。その裏手。シルバーアクセのお店、スカル・アイズ。

「こんにちは」

直哉は、店の奥のレジにいた。でも先に私に気づいたのは、店長の中川《なかがわ》さんだった。

「いら……ああ、桐江《きりえ》ちゃん。いらっしゃい」

「ごめんなさい。ちょっとだけ」

小さく手を合わせると、中川さんは「いいよ」ってふうに笑みをくれた。

小走りで奥までいく。ようやく直哉が気づく。

「ああ、桐江。どうしたの、こんな早く」

もう、そろそろ十一時だけど。

「うん。あの、今日の夜、ちょっと、駄目っぽいの。チカちゃんがバイト出れなくて、代わりやることになりそうだから」

「何時まで？」

「九時か、十時くらいまでになると思う」

直哉は、ちょっと嫌そうな顔をしたけど、すぐいつもみたいに、笑ってくれた。

「しょうがないね。チカちゃんの代打じゃ」

そう。チカちゃんは私の、数少ない友達の、貴重な一人だから。

「うん……ごめん」

「いいよ。映画は、いつでも観れるから」

不思議と、映画館で観る映画は好きなんだ。

「いつまでか、調べといて」

「大丈夫だよ。まだ始まったばかりだから」

「そっか……うん」

直哉、優しいから、その分私が甘えちゃって、いつも悪いなって、思ってる。ほんと、そう思ってる。

「……また、メールする」

あんまり仕事の邪魔しちゃ悪いから、それで帰ることにした。中川さんにも、すみませんでしたっていって、店を出た。

少し、アルパの中をぶらぶら歩く。キレイ系の服はあまり着ない。だからお店も見ない。興味がないわけじゃないんだけど、なんか、ちょっと恥ずかしい。そういうタイプの女の子じゃないって、自分のこと思ってるから。

ジーンズショップとかは、よくいくし、よく買う。基本、下はいつもジーンズ。脚とか自信ないんで、ちょっとゆったりめのを穿《は》く。直哉は、もっとスリムなのも穿けばいいのにっていうけど、駄目。それも、なんか恥ずかしい。そんなことないよ、みんな穿いてるよって直哉が指差す娘《こ》は、っていうか指差さないでほしいんだけど、でも差しちゃった娘は、たいていポッチャリ系。

そう見られたくないから穿かないのに、それでも穿けっていわれたら、嫌だよって、もうヘソを曲げるしかない。本当はそういう態度したくないんだけど、口では上手《うま》く説明できないから、そうするしかない。ごめんね、直哉。

二階にあるヘアサロン。ここの前を通ると、いつも思う。短大なんて、いかなきゃよかった、もっと手に職をつけられるような、専門学校とかにいけばよかった、って。

いまどき、パソコン使えないんじゃOLなんて務まらない。そのことは、短大時代に嫌ってほど思い知った。

電算機実習の授業が、なにしろキツかった。目の前にモニターがあって、それをじっと見て作業をするのが、ことのほかつらかった。

やっぱり私、病気なのかもって思った。モニター画面恐怖症とか。

まったくパソコンに触らないで済む仕事なんて、いまどきあんまりないよって、友達にも先生にもいわれた。そうだろうなって、私だって思う。でも、つらいんだからしょうがない。体が拒否《きょひ》っちゃうんだから、どうしようもない。単位は、みんなに助けてもらってなんとかなったけど、結局私は、みんながいくような普通の企業には就職しなかった。できなかったっていうか、もう、試験とか受けもしなかった。

あれから一年と、半年ちょい。

いろいろバイトは試してみたけど、私って苦手なことがいくつもあるから、できる仕事ってけっこう限られてくる。

筆頭は、だから、テレビ画面。大手ＣＤショップとか、音楽のついでに映像も流してるようなところは駄目。むろん、家電量販店もバツ。洗濯機とか、冷蔵庫のコーナーにずっといていいんならできるけど、まかり間違ってＡＶコーナーとかに配属されたら、私、死んじゃうかもしれない。

それと、同じ形のものがたくさん並んでるのも苦手。レンタルＣＤとか、すごい困る。本屋さんも、けっこう駄目。棚に差してある文庫本をじっくり探すのなんて、絶対に無理。下の台に平積みになってるのから、面白そうなのをパパッと、万引きみたいに持ってきて、レジに並ぶ。そうしないと、いつ気持ち悪くなっちゃうか分からない。

でも、そういった意味じゃ、なぜか洋服は平気。同じ形が並んでても、わりと大丈夫。今のバイトクビになったら、次はユニクロの面接でも受けてみようかな。

そう。だから、美容師さんとかって、羨《うらや》ましい。いいなって思う。パソコンで仕事しなくてもいいし、適当に周りに人はいるし、楽しそうだし。でも、今から学校いってっていうのは、ちょっと現実的じゃない。そんなにもう、親に迷惑はかけられない。

南口まで戻ってきて、駅を出たところにあるモスバーガーで早めのランチ。モスチーズバーガーとポテト、カフェオレ。終わったらすぐ出勤。

駅から歩いたら、七、八分かな。コンビニエンスストア、サンキュー。

「おはようございまーす」

誰もいないって分かってるけど、一応声をかけて裏口から入る。もうすぐお昼で忙しくなるから、それまでに支度をして入らないといけない。

といっても、ブルゾンとニットを脱いで、ユニフォームをかぶるだけだけど。髪はそんなに長くしてないから、別にそのまま。

在庫とかを積んであるバックスペースを抜けて、お店へ。

お客さんは、まだ三人だった。よかった。

「店長、おはようございます」

森《もり》田《た》恒《つね》男《お》さん。この方が、このお店のオーナー。

「ああ、桐江ちゃん。早速で悪いんだけど、ドリンク補充してくれる？」

「はい……あ、でもその前に」

私はレジの下に貼ってある、今日のシフト表を見た。

「チカちゃん、今日ちょっと都合悪くなっちゃったらしいんで、私が代わりに、夜までやります」

森田さんは、ちょっと困ったような顔をした。

「ああ、そう……実は、鈴木《すずき》くんも風邪ひいちゃったって、さっき連絡があったんだよね。できれば、チカちゃんと桐江ちゃんでお願いしたかったんだけど、そうか……」

「店長、今日何か、ご用事あったんでしたっけ」

でもそれには、森田さんは答えなかった。うん、いいんだっていって、おでんの補充にとりかかった。

　お昼は、いつも通りだった。お弁当はほぼ売り切れ。お握り、サンドイッチが少し多く残ったけど、でも、売り上げは悪くなかったと思う。

二時くらいに森田さんが一服して、私は三時くらいに、ちょっとお茶した。二階が森田さんの自宅になっていて、奥さんがお煎餅《せんべい》とクッキーを持ってきてくれた。私が一人暮らしってことで、よく夕飯でもどう？　って訊いてくれるんだけど、いつも遠慮しちゃってる。夕飯に呼ばれて、そこで具合悪くなっちゃったら、なんか感じ悪いから。それによその家って、たいていテレビがあるから。

　ちなみに、ここのバックスペースにも監視カメラ用のモニターが設置してあるけど、私はあんまり見ないようにしてる。別に、私がチェックしなきゃいけないものでもないし。

　夕方も、まあ、いつも通りだったかな。ちょっと雰囲気悪い高校生グループがきて、万引き警戒してたんだけど、大丈夫だった。みんなちゃんとお金払ってってくれた。

六時半頃に近所のオジイちゃんがおでんを買いにきて、でも会計前に引っくり返しちゃって、参った。オジイちゃんはしょうがないとしても、後ろに並んでた男の人のジーパンにもお汁がかかっちゃったのはマズかった。いいですよって、いってくれたからよかったようなものの。

その後も、いつも通りだった。人の出入りもそこそこあって、売り上げも、ゆるーくだけどあって。

九時ちょっと前になって、森田さんが一服してきていいかって訊くから、私は、いいですよって答えた。私が九時で上がる約束だったから、一人になる前に、どうしてもタバコを吸っておきたかったんでしょう。次にバイトが入るのは十一時。そこでようやく、森田さんは解放される。可哀想だから、せめて十時くらいまで付き合ってあげようかな。どうしようかな――。

などと、思った矢先だった。

ニット帽を目のところまでかぶって、黒いジャンパーの襟《えり》を口のところまで上げた男の人が、なんか、こっちに刃物を向けている。

「……か……金、出せ……」

ご、強盗――。

見たことあるような、ないような顔の人だった。色黒の、中年。

店長、いつまで一服してるんですか。早く、助けにきて。

そういえば、常連のお客さんが何人かいたはず。立ち読みしてる、ちょっと臭い人。あの人は期待できないけど、会社帰りの、スーツの人。あ、すぐそこにいる。私に、なんか目配せしてる？　あともう一人。わりと髪の毛の多い、痩《や》せてるのに、なんかムサい感じの人。その人は、パン棚の向こうにいる。

誰か、誰でもいいから、助けて。

「……早く、か、金……出せ」

私は、ギューッて、胸の真ん中辺りを、握り潰《つぶ》されるみたいな感じになって。身動きもできないっていうか、完全に、固まっちゃって。息も、すごい、苦しくなって。

「おいぃ……早く、してくれよ……」

そのときだ。

緑色のカゴが、フワーンと左から飛んできて、それが、強盗中年の肘《ひじ》に命中して。

「うあッ」

見事、ナイフは出口の方に飛んでいき、辺りには何個もビールの缶が転がった。

「はっ……ふわっ……」

強盗中年は、カゴを投げた人を一瞬だけ振り返り、でもすぐに出口へと向かった。

それをスーツの人と、ちょっと遅れて、ムサい人が追っていく。そんな頃になって、ようやく店長が駆けつけてきた。

「だっ……大丈夫？　桐江ちゃん、大丈夫？」

私は、急にヘロヘロって、その場にへたり込んでしまった。

警察は、店長が呼んだ。到着したのは、五、六分した頃だったろうか。もうそのときには、犯人はスーツの人と、ムサい人に取り押さえられて、お店の前でうつ伏せにされてた。ムサい人は、なんと新聞記者だった。どうりで。警察の人に事情を説明するのも慣れてるわけだ。すごい落ち着いてた。

「……いや、私も、お名前だけでもって、いったんですけどね。別に大したことしてないからって、そのままいかれちゃいまして。背は高めです。百八十センチ前後。グレーのスーツで、五十歳になるかならないか。髪は、フサフサです。濃いくらい。整髪料で整えてました」

近くで聞いてた限りでは、どうも、カゴを投げたスーツの人と、記者だというムサい人の他に、もう一人逮捕に協力した人がいたみたいだった。でもその人は、急ぐ用でもあったのか、現場からすぐ立ち去ってしまったらしい。なんでだろう。そういうので表彰されたりするの、好きじゃない人なんだろうか。

「……もう、落ち着かれましたか」

「あ、はい……大丈夫です」

私も、事情聴取っていうのか、刑事さんに話をした。そのあとで記者の人にも少し話した。っていっても、ナイフを向けられて、オドオドした口調で「金を出せ、早く出せ」っていわれたってことだけで、あとは周りの人が捕まえてくれたわけだから、何も話すことなんてないんだけど。

犯人についても、この人で間違いないですね、はい、って確認だけで、終わっちゃったし。

十一時からの大学生コンビがくる頃には、私もだいぶ平常心を取り戻していて、缶ビールごとカゴを投げて、助けてくれた人がいたんだよ、なんて、自慢っぽく話したりもした。

お疲れさまでした、って裏から出ると同時に、携帯を開いた。直哉に、事件のことを報告しなきゃ、って思って。

でも、お店が強盗に襲われたなんていったら、心配するかな。挙句《あげく》、そのときレジにいたの私一人だったんだよ、なんていったら、そんな危ないバイト辞めなよ、とかいわれちゃうかな。

3

俺は携帯を構えたまま走った。これじゃ碌《ろく》な映《うつ》りじゃないだろうな、などと思いながら。

だが、少し左にカーブした道を十メートルほど進んだ辺りで、俺は予想外の光景に出くわした。

あのビール男が、うつ伏せにした強盗の腕を捻《ひね》り上げている。その横には別の、ちょっと野暮《やぼ》ったいスーツを着た男が立っている。身長は百八十センチ前後。民家の外灯に浮かんだ顔は、五十歳そこそこに見えた。その男は左足で、強盗犯の足首を踏んづけていた。

俺もすぐに加勢した。この暗さじゃ撮ってもしょうがないと思い、携帯はポケットにしまった。

「……お見事でした。警察の方ですか」

ビール男は、苦笑いを浮かべながら俺を見た。

「いえいえ、私が捕まえたっていうより、その方……そちらの方が、こいつをね……足出して、転ばせてくれたんですよ。それで上手いこと、捕まえることができたんです」

「へえ」

でも俺が見ると、その男はバツが悪そうに顔を背《そむ》けた。

「……助っ人がきたんなら、私は、もういいですね。ちょっと、急ぎの用があるもんで」

なんとも、正義の味方っぽい振る舞いである。

「あ、いや、ちょっと、待ってください」

俺はしゃがんだまま、彼に名前を訊いた。彼は答えず、名乗るほどの者じゃないといい、立ち去ろうとした。しかし、それでは困る。俺は慌ててポケットから名刺を出し、彼に押し付けた。

「共有通信の、鶴田といいます。ご迷惑でなかったら、後日でけっこうです。お話を伺わせてください。ご都合のいい時間に、ご連絡ください」

彼は小さく頷き、俺の名刺をポケットにしまい、歩き去った。

十中八九、彼から連絡してくることはあるまい。そう感じた。だが、それならそれでいい。書きようは他にもある。強盗を見事捕まえたにも拘《かかわ》らず、名前も明かさずに現場から去った男。あなたは今、どこにいるのですか。そんなふうに書くことだって、できないわけじゃない。

まもなくコンビニの店長も駆けつけ、三人がかりで腕を捻り上げ、強盗犯を店の前まで連れ戻した。警察がくる前にと思い、俺はもう撮れるだけ、強盗犯の写真を撮りまくった。いや、正確には、強盗未遂の容疑者、ということになるが。

ちなみにここは目白三丁目。目白署の管内になる。臨場《りんじょう》するのも、当然目白署の地域課警官だ。

「ご苦労さまです」

「……あ、あんた確か、共有通信の」

中に顔見知りの警部補がいてよかった。俺は彼に分かる限りのことを話した。

レジの彼女に強盗犯がナイフを突きつけたこと。ビール男改め、下柳《しもやなぎ》達郎《たつろう》さん三十九歳が、勇敢にも買い物カゴを投げつけ、犯人から武器を奪うことに成功したこと。逃げた犯人を追いかけると、たまたま通行人の協力が得られ、犯人を確保するに至ったこと。だがその通行人は名前も告げずに立ち去ってしまったこと。その風貌《ふうぼう》は、こんな感じ——。

「なんでその人、引き止めといてくれなかったの」

ちなみに、犯人はすでにパトカーに乗せられ、署に連行されていった。

「そんな無茶な。こっちは下柳さんと二人で、犯人を押さえてたんですよ。もう一人逃げてく人を捕まえるなんて、無理でしょ」

「……逃げていく、感じだったの」

「いや、別にそういうんじゃないですよ。言葉のアヤです。普通に、用事がありますからって、いっちゃっただけです」

そこに、下柳氏が口をはさんできた。

「しかし、見事なタイミングでした。私も、すぐに犯人を追って店を出たんですが、まるで状況を察していたかのように、ひょい、っと……横から足を出してですね。それで犯人は、ステェーン……と」

警部補が首を傾げる。

「その人は、向こうからきたの？」

「は？」

「向こうからきた人なのか、それとも、犯人と同じ方向に歩いてた人なのか、あるいは立ち止まってたのか」

下柳氏は、しばし考え込んだ。

「……そこに、立ってた、のかな……いや、なんていったらいいんだろう……」

まもなく刑組課（刑事組織犯罪対策課）の捜査員も到着した。俺はその事情聴取の合間を縫って、レジの彼女に接触を試みた。

「……あの、大丈夫でしたか？　私、こういうもんです」

とりあえず、名刺を差し出す。

「ああ、いつもどうも……」

「鶴田、吉郎《よしろう》といいます。すみません、あなたのお名前、伺ってもいいですか」

「はい……ハガ、キリエ、といいます」

漢字と年齢を確認する。芳賀桐江、二十二歳。フリーターということだった。

「あの……それって、新聞に、載るんでしょうか」

「いえ、気にされるようでしたら、書きませんけれど」

彼女、芳賀桐江は、すまなそうに頷いた。

「……できることなら、出さない方向で、お願いします」

俺は分かったと返し、彼女にはまた後日、話を聞かせてくれるよう頼んだ。連絡先を訊くと、携帯番号だけ、教えてくれた。

そのまま目白署に直行。取り調べの進捗《しんちょく》状況を見守りながら、こっちはこっちで原稿を書いた。デカ部屋には入るなといわれたので、その上にある食堂に陣取って、携帯でチクチク打った。

何度かは警視庁記者クラブにも連絡を入れた。

「マジですって。マジで偶然、居合わせたんですって」

キャップの宮武《みやたけ》氏も、それはでかしたと喜んでくれた。

『他社はきてるか』

「いえ、まだですね。出てるにしても、ようやく現場に着いた頃じゃないですかね」

『写真、撮れたか』

「ええ、もう。最後の取り押さえる場面はちょっと、暗かったんであれですが、事件発生時はムービー回してますからね。テレビにもウケますよ。もう、緊張感抜群ですよ。もちろん、確保後には面写真も撮ってます。どのタイミングで使うかは、ひと工夫必要でしょうけど」

犯罪報道の場合、写真が撮れたからといって、即公開するのは得策ではない。冤罪《えんざい》ということだってあるし、それでなくとも実名報道については、人権云々《うんぬん》の問題が常につきまとう。まあ今回の場合は現行犯なので、容疑者の氏名等が割れたら出してもかまわないとは思うが。

そんなこんなしているうちに、食堂に及川がやってきた。

「おいおい鶴吉ィ、お前、上手いことやったなァ」

若干息が酒臭いが、顔はしらふのときと変わらない。

「ああ、たまたまだよ。たまたま揚げ玉買いにいったら、強盗事件に出くわした」

「揚げ玉？　ってつまり、天カスか」

「うん」

「ないだろう、コンビニに天カスは」

「うん、なかった。でもその代わり、ネタに当たった」

及川は「いいな、いいな」と子供のように繰り返した。

「……ところで、マル被（被疑者＝容疑者）の身元は割れたの」

「いや。いま取り調べてる最中だろ」

「お前、面とか撮ったの」

「そりゃ撮ったよ。当事者だもん」

「うっそ……一枚よこせよ」

「やだね。命張って撮った写真だぜ」

「ウソつけ。お前、逮捕にはそんなに貢献してないって、イシガミさんがいってたぞ」

　イシガミ？　ああ、あの警部補か。

「失敬な。それが事件解決に尽力した、善良なる市民に対して、仮にも警察官がいうべき言葉かね」

　それよりさ、と及川が顔を近づけてくる。聞き耳を立てる人間など、ここには誰もいないのに。

「……事件のとき、レジにいたっていう女の子の話、お前、聞いたか」

「ああ。ちょっとだけだけどな」

「名前とか、分かってんの」

「うん。知ってるよ」

「教えろよ」

「えー……彼女、名前が出たりするの、イヤみたいにいってたからなぁ。それはどうかなぁ」

「ケチくせーこというなよ」

「発表、もうすぐあるだろ。差し支えなけりゃ、そこで出るだろ。そこで出なかったら……うん。考えとくよ」

とにかく、いま書いてんだからあっちいっててくれよ、と追い払った。及川は、頼むぞマジで、と言い置いて出ていった。

時計は午前〇時五分を指している。最終版の締め切りまで、あと一時間とちょっと。その間に発表があれば、今日の朝刊に記事を捻《ね》じ込める。すでに載せる気でいる新聞が三十紙以上ある、とデスクはいっていた。速報と写真はすでに送ってある。いま作っている文面に、もうすぐ発表されるであろう捜査情報を埋め込んで送信してしまえば、一丁あがりだ。

加盟社新聞は当然として、この調子だと、大手五紙もある程度は扱うことになるだろう。ひょっとしたら自社記者の記事と、俺のを密かに差し替えて、なんてこともあり得る。そうなったら、今日一日は俺の天下だ。新聞業界では誰も俺に頭が上がらない、とまではいわないが、まあ、そこそこ大きな顔はしていられる。

記事がある程度まとまったので、下に下りてみた。クラブの人間は大手が三人と及川、計四人。他には、テレビ局の記者が二人いたが、カメラはきていなかった。

廊下の向こうから、強行犯捜査係長が歩いてくる。

「……駄目だってばよ、そこに溜まってちゃ。下か上にいってなって」

すかさず大木さんが詰め寄る。

「係長。発表、やってくださいよ。マル被の氏名くらい、割れてんでしょう」

「まだだ。まだ割れてない」

「そんなことないでしょう。さっき、留置場に戻したって、シマさんいってましたよ」

シマさんというのは、ここのデカ長（巡査部長刑事）だ。

「戻してないよ。デタラメいうなよ。今も調べてるよ。だから、静かにしてくれっていってんだよ。ここにいないで……とっとと上か下にバラけてくれよ。頼むよ」

それでも、まだ大木さんは喰い下がる。

「じゃあ、何分に発表するかだけ、いま決めてください。……分かった、こうしましょう。十二時半。十二時半に、食堂でやりましょう。ね？　係長。頼みますよ」

ああ、分かった分かった、と係長は手を上げ、奥の方に歩いていってしまった。

係長は一応、約束を守ってくれた。

十二時四十分を過ぎた頃にようやく、食堂に姿を現わした。

「えーと……ここまで、供述がとれた事項についてだけ、発表、しておく……目白三丁目、コンビニエンスストア、サンキュー、目白二号店において発生した、強盗事案。現場で逮捕された、被疑者の氏名は、自称、タテシマ、ゴロウ。タテシマは、立つ座るの、立つに、山つきの嶋。ゴロウは漢数字の五に、オオザトの郎。立嶋五郎。四十七歳、無職。現住所、目白二号店を狙《ねら》った理由、犯行動機、すべて不明。以上」

他社の記者は、事件そのものの詳細を聞きたがったが、俺にその必要はない。そこで切り上げ、俺は悠々と記事の作成に専念することにした。

食堂の端っこに陣取り、またデータ用携帯を構える。自称、立嶋五郎、四十七歳、無職。これらを埋め込んだ原稿を、早速送信する。

時計を見る。十二時五十三分。大丈夫だ。最終版には間に合った。

ぞくぞくと、寒気のような震えが股間《こかん》から這《は》い上がってくる。ああ、記者の喜びって、こういうもんだったよなと、大いに懐かしく思う。

そもそも俺は、強く望んで社会部にきたわけではなかった。

宇都宮支局でサツ回りをやっている頃、たまたま下痢《げり》が止まらなくなり、たまたまとある所轄署の便所にこもりっきりになっていたら、たまたま留置係員二人が小便をしにきて、たまたま喋《しゃべ》っているのが聞こえてしまったのだ。

「昨日捕まったドロ、あれ、元過激派のシオザキコウイチって、本当なのか」

「ああ、らしいよ。いま確認中みたいだけど……警備のモトミヤさん、そっくりだって興奮してたもん……でもそういうのって、誰の手柄になんの？　やっぱり、直接捕まえた、盗犯のスズキさん？」

「いや、顔見て気づいた、モトミヤさんなんじゃないかな」

「いやぁ、捕まえたスズキさんでしょう」

二人が出ていってから、俺は慌ててメモ帳に書きつけた。元過激派、シオザキコウイチ、窃盗で逮捕——。

なぜかピタリと下痢は止まり、俺はデカ部屋に直行した。

盗犯係長の隣にいき、そっと耳打ちした。

「……パクッたの、過激派の、シオザキだったんですって？」

係長は目をまん丸くして俺を見上げた。答えとしては、それで充分だった。

あとは駆け引きの問題だ。今日書きます、と俺がいうと、待ってくれと係長は俺を拝んだ。確認が取れていないという。ウソでしょう、みんないってますよ、汐崎公一だって。俺書きますから、飛ばしでも何でも、書きますから。そういうと、「分かった」と折れた係長が、取り調べの進捗状況を教えてくれた。

確かに、パクッたのは汐崎公一だった。奴は昔の仲間ともいまだに付き合いがあるらしい。それを、なんとしても吐かせたい。だから、いま書かれたら困るんだ。分かりました。

今日は書きません。でもその代わり、公式発表は俺が書いてからにしてください。俺の記事が出るまで、誰にも書かせないでください。特に、大手五紙には。分かった、そうする。君以外には、誰にも書かせない――。

　あのときは、実に愉快だった。俺だけの特ダネだから、共有通信が配信している新聞全紙には「汐崎公一、窃盗で逮捕」の記事が大々的に載った。対して大手五紙や、民放系の新聞は、共有から配信を受けている系列紙から漏れてくる情報を、細々と載せるに留まった。

　勝った。大手五紙に勝った。抜いた。俺一人で、日本中を抜いてやった――。

　あのネタが熱かった数日間を、俺はまるで、天下をとったような気分で過ごした。その直後に凡ミスをやり、一気に胆《きも》を冷やしたが、本社の人事はこの一件を覚えていた。その次の定期異動で、俺は東京支社に取り立てられた。

　嬉しくなかった、といったらウソになる。むろん、嬉しかった。ただ、ああいうスクープの連発を期待されるのは、困る。特に東京にきてからこっち、大した記事を上げられないと、必ずといっていいほどデスクがいう。

『鶴吉ィ、ほんとは、物凄いネタ、あったためてんだろう? 今日辺り、それ使っちゃったって、いいんじゃないの?』

ないない、そんなネタ。それでも、ずっと汐崎級の特ダネを期待される。それが案外、精神的に応《こた》える。段々嫌になってくる。いや、完全に、嫌になっていた。

ところが、これだ。またもや偶然にも、特ダネが舞い込んでくる。

俺ってもしかしたら、そういう星の下に生まれついた、天才的な事件記者なのかもしれない。

記者の勝利は朝決するので、勝利の美酒、というのをすぐ味わえないのはつらいところだ。一緒に喜んでくれるはずの身内、東京支社の人間は近くにいない。周りにいるのは他社の人間、つまり全員ライバル。あの及川でさえ、今日は俺に優しくはしてくれない。

「……あっちいけよ……今日お前には、警戒電話の内容、教えねえからな」

まあ、それでも正面からいってくれるだけありがたいと思うべきだろう。本当に教えないつもりなら、徹底的に無視すれば済む話だ。

結局、警戒電話であがった情報に大したものはなかった。目白署における立嶋五郎の取り調べは、八時半か九時頃から昼までだろうから、昼少し前にいって、午前中の成果を聞けばいいだろう。

「……昼までは、他の署を回るかな……」

俺は、誰にともなくそう呟いてクラブを出た。

むろん俺は、今のこの段階で、他の署になんか回ったりはしない。

芳賀桐江に連絡をとると、今日も昼からバイトに出る予定だという。その前に少し話をできないかと訊くと、彼女は案外簡単に「いいですよ」といってくれた。

待ち合わせは、店の近く。マンションに併設された児童公園。

「……すみません、遅くなりました」

グレーのロングニットに、ジーパン。もうちょっとすっきりした着こなしの方が似合う気がするが、俺がいうことでもないか。

「こちらこそ、お仕事前にすみません」

なんとなくベンチに座り、前もって買っておいた缶コーヒーを差し出す。無糖ブラックと、カフェオレ。彼女はカフェオレを選んだ。

「……早速なんですけど、昨日の犯人って、よくお店にくる人でしたか？」

桐江は、少し首を傾げた。

「最初は、そうかなって思ったんですけど、よく分からないです。でもたぶん、そんなにくる人じゃないと思います」

そうか。そうなると立嶋は、この近所の住人ではないのかもしれない。

「なんて、いわれました？　ナイフを向けられたとき」

「お金を、出せ、早く出せ、って……小さな声で」

「怖かった、ですよね」

「ええ。もう、それは……固まっちゃって、何がなんだか分からなくなってました」

もういくつか質問したのだが、結局、あまり面白い話は聞けなかった。いっそ立嶋が常連客で、彼女もそれなりに印象を持って、普段から様子を見ていてくれたらよかったのだが、そう上手くいかないのが現実というものだ。

「……ありがとうございました。こんなこと、私がいってもしょうがないんですけど、もうあのお店が狙われないように、祈ってます。私も、いつもお世話になってるんで」

最後にそういうと、桐江は柔《やわ》らかな笑みを浮かべ、軽く頭を下げた。

アゴくらいまでしかない髪が、はらりと前に落ちる。

癖のない髪の間から、耳が、ぴょこんと飛び出す。

左耳――。

一瞬、おや、と思ってしまった。だが表情に出る前に、自分から頭を下げ返し、見なかった振りをした。

桐江の、左耳。ちょっと欠けたみたいな、変な形の耳。

4

いったん、桐江とは別れた。

彼女は、あと十分で仕事だ、急がなきゃ、と、駆け足で去っていった。俺はそんな彼女を見送り、池袋駅方面に歩き出した。

が、公園を出た辺りで、急に心配になった。

いま店にいったら、おそらくクラブ記者が何人か待ち構えている。現段階で、桐江に話を聞いたマスコミは俺だけ。奴らはこれからだ。

出勤前の桐江を捕まえ、犯人は知った顔でしたか、から始まり、怖かったですか、犯人はなんといいましたか、どんな様子でしたか。そんなふうに、根掘り葉掘り訊くに違いない。ひょっとすると、俺が撮った携帯ムービーの信憑性《しんぴょうせい》を高めるために、テレビ局が店構えを撮影しにくるかもしれない。そんな連中がついでのように、桐江にカメラとマイクを向ける可能性だってある。

いや、別にいいじゃないか。マスコミが被害者の取材をする。生の声を拾う。当然のことじゃないか。

しかし、そんな思いとは裏腹に、俺の足は例のコンビニの方へと向いていた。

なんといったらいいのだろう。どうも、あの芳賀桐江が、何人もの記者に囲まれて質問責めに遭う姿が、痛ましく思えて仕方なかったのだ。

身勝手な同情、といわれたら返す言葉もない。今までは散々、相手の迷惑も顧みず、報道の自由の名の下にマイクを向け、シャッターを切り、一つの事実に一割二割、面白みを加えて書き飛ばしてきた。

その最たる標的は、警察官だ。

事件記者の夜討ち朝駆けは常識。刑事の帰宅を待ち伏せ、顔色の優《すぐ》れない彼らの「疲れてるんだ」の声には耳も貸さず、捜査はどこまで進展したのか、証拠品の出所はどこまで絞り込めたのかと問い詰める。同じ質問を何度もしつこく繰り返し、ときにはカマをかけ、「帰れ」の怒声には「またきます」と返し、実際に翌朝、おはようの挨拶より先に「で、捜査は？」と訊く――。

警察関係者ならまだいい。一般人にもずいぶんと嫌な思いをさせてきた。警察が取りこぼしている情報はないか。警察発表と生の声に喰い違いはないか。一軒一軒チャイムを鳴らし、忙しいといわれても、ちょっとだけだからと喰い下がり、散々喋らせた挙句、こっちの筋読みに合う部分だけを繋ぎ合わせて記事にした。

そう。俺たちは、そういうことを平気でしてきたじゃないか。なのに、なんだっていうんだ。あの娘は、桐江は、よくある強盗事件の、しかも犯人はすでに逮捕されている事件の被害者に過ぎない。話を聞くっていったって、せいぜい事件当時の様子を訊く程度だろう。決して彼女のプライベートを暴くのが目的じゃない。何をそんなに心配してるんだ。

ひょっとして、惚《ほ》れたのか、俺。

いやいや、そんなことじゃない。確かに今現在恋人はいないが、だからって、事件関係者が若い女の子だったからって、たちまち恋に落ちるほど飢えてはいない。

などと、馬鹿げた自問自答をしているうちに着いた。

案の定、桐江はコンビニの裏口で及川と大木さんに捕まっていた。だが、見たところマスコミはそれだけだ。

しばらく物陰から見ていたが、そんなに責め立てるふうでもなく、常識的な取材の範《はん》疇《ちゅう》であるように思われた。っていうか、なんでそんなことを俺が心配しなきゃ——。

そのとき、ポケットで携帯が震え始めた。連絡用の方だ。

見ると表示は非通知。店の裏手を少し離れる。

「……はい、もしもし」

『ああ……もしもし』

少しかすれた、男の声。

『共有通信の、鶴田さん、ですか』

「はい……そう、ですが」

『私、昨夜、名刺を頂戴した者ですが』

名刺？ 渡したのは、犯人を取り押さえた下柳氏と、コンビニオーナーの森田氏。捜査関係者には特に渡さなかった。あとは、誰だったか。

「えーと、すみません……お名前は」

『ああ、コバヤシ……と、いいます』

下柳氏でも、森田氏でもない、ということは。

「あ、あの、もしかして、犯人逮捕に、協力してくださった？」

いかん。つい声が大きくなってしまった。思わず振り返る。及川たちはまだ桐江と話している。こっちに気づいた様子はない。

『ええ……まあ』

ぞわっ、と特ダネの予感が背中に広がる。

「あの、お電話、いただけて、嬉しいです。あの、お忙しいとは存じますが、あの、どうでしょう……ちょっとどこかで、お会いするわけにはいきませんでしょうか。そちらの、コバヤシさんのご都合よろしい場所まで、参りますので」

『ああ……すみません、今日は、ちょっと』

「では明日」

できれば、この強盗ネタが熱いうちに話を聞きたい。

『明後日《あさって》なら、なんとか』

明後日か。ちょっと時間が経《た》ち過ぎているが、まあ、仕方ないか。

「はい、では明後日……コバヤシさんは、お勤めはどちらですか」

少し、言い淀《よど》む感があった。

『今、は……田端《たばた》です』

「じゃあ、私が田端に伺います」

『いや、いいですよ。こちらから、伺います……鶴田さんは、いつもは、どちらに』

「私は大体、池袋ですが」

『じゃあ、池袋にしましょう』

「そう、ですか……なんか、すみません。じゃあ、お時間は」

結局、明後日の正午、池袋の西口公園で会うことになった。


目白署における強盗犯の取り調べは、順調に進んでいるようだった。

被疑者氏名は、立嶋五郎で間違いなし。本籍、岩手県宮古《みやこ》市佐原《さばら》。現住所は不定、無職。

犯行理由は、仕事にあぶれ、金に困っていたから。以前、あのコンビニ近くのマンション建設現場で短期間働いたことがあり、店の場所は頭に入っていた。ちょっと寂しい場所だし、いってみたら店員は女の子が一人だけ。どうにかなると思い、犯行に及んだ。今は反省している。彼女にも、その他の店の方にも、お客さんにも、大変な迷惑をかけ申し訳なく思っている——。

事件の翌々日、立嶋は検察官に送致された。一応、検察官は勾留《こうりゅう》請求をするだろうし、裁判所も認めるだろうが、こう素直に犯行を認められては、こっちとしては話の引っ張りようがない。マスコミ的には、もはや立嶋五郎にニュースバリューはない、といわざるを得ない状況だ。

その翌日。

俺は約束の正午より五分早く、池袋西口公園に入った。

あの夜、強盗を取り押さえながら見上げた男の姿を思い返し、園内にコバヤシの姿を捜した。俺も髪は多い方だが、彼も相当多かった印象がある。背は百八十センチ前後。年の頃は五十くらい。

正午ちょうど。ランチ時のためか、西口公園には会社員ふうの通行人が多かった。制服に上着を引っかけ、ちょこんと財布だけを持ったOLグループや、鞄《かばん》を持たないダークスーツの男たち。彼らはいずれも通り過ぎていくだけで、公園で弁当を広げようなどとする者は皆無だった。まあ、十一月という季節と、この曇り空を考えれば当然か。

東京芸術劇場の入り口、バスのロータリー、ビックカメラの裏口。それとなく辺りを見回していたら、噴水の近くに、それっぽい男が歩いているのが目に入った。

俺は太いパイプ状のベンチから立ち上がった。それで、向こうも気づいたようだった。こっちに小さく、会釈のように頭を下げる。

近づきながら、俺は声をかけた。

「コバヤシさん……でしょうか」

「ああ、はい」

改めて頭を下げ合う。

「コバヤシです。その節は、失礼いたしました」

「いや、こちらこそ。あの、ほんとに、お見事でした」

挨拶が落ち着いたら名刺くらいもらえるだろう、と思っていたが、なんとなくそういう流れにはならなかった。こっちが先に名刺を渡しているというのも災《わざわ》いした。

「コバヤシさん、お時間は、いかがですか。そこの喫茶店くらい」

「ええ……大丈夫です」

俺は北口方面に彼をいざない、「伯爵《はくしゃく》夫人」という、わりと有名な喫茶店に入った。階段を上がったところには、西洋の甲冑《かっちゅう》の置物。中に入ると、臙脂《えんじ》の絨毯《じゅうたん》。食べるといってもサンドイッチくらいしかない店なのに、やたらと混んでいる。

案内されたのは窓際の席だった。

テーブルの上にはキャンドルグラス。窓からは、池袋に乗り入れるいくつもの電車の線路が、扇状に広がって見えている。

コーヒーを二つ注文し、またなんとなく、頭を下げ合った。

「しかし、お見事でした」

そう俺が繰り返すと、コバヤシ氏はかぶりを振りながら苦笑いを浮かべた。

「いや、そんな……逮捕とか、貢献とか、そういうあれじゃ、なかったんです。本当に……」

今日、彼はグレーのスーツを着ている。この季節にしてはやや生地が薄めで、しかもくたびれた感がある。ネクタイもない。まあ、同じノーネクタイでも、下がジーパン、上はフライトジャケットという恰好《かっこう》の俺がとやかくいうことではないが。

「でも、よくとっさに、犯人を転ばせたりできましたね」

「いや、ですから、それは……」

どうやら、相当シャイな性格をしているらしい。水をひと口飲み、大きく息を吐く。

俺は質問を続けた。

「あの……立ち入ったことをお尋ねするようですが、コバヤシさんはあの夜、どういったご事情で、あの場所におられたのですか」

「それ、は……友人のところに、ちょっと……用が、ありまして」

「その、ご友人のお宅は、あのコンビニより池袋駅方面ですか。それとも、目白方面ですか」

太い眉をわずかにひそめる。

「それが、何かあの事件と関係あるんですか」

「いえ、私は単に、コバヤシさんがあの事件の瞬間、どっちに向かって歩いていたのかなと、疑問に思ったもので」

「ああ……なるほど」

ちょうどそこにコーヒーがきた。

彼はコーヒーシュガーをスプーン一杯、ミルクを少々入れた。俺は、ブラック。

「実は私……道に、迷っていたんです。ですから、友人のところが、あのコンビニよりどっちかは、正直、分からないんです」

「ああ、そうでしたか……じゃあ、あのあと、そのご友人宅には、行き着けましたか」

「ええ、一応……だいぶ、約束の時間は過ぎてしまいましたが」

そんなことは、こっちとしてはどうでもいい。

「じゃあ、あそこで迷っていて……？」

「まあ、どっちだろうな、と……見ていたら、いきなりあの人が、カゴを犯人に投げつけたものですから。派手な物音もしましたし」

「ああ、その場面から、ご覧になっていたんですか」

彼は、目線を下げながら頷いた。

「そうです……で、犯人が飛び出してきて……いや、そのときは、まだそうは思いませんでしたけど、あの方が、捕まえて、とか、なんかそんなことを叫んだんで、ああ、これは物取りとか何かの、捕り物なんだなと、察しましたが、私だってそんな……格闘技の経験があるわけじゃありませんし、でも、何かしなきゃと思い、とりあえず一歩踏み出したら、あの人が……つまり犯人が、けっこう驚いて、それで勝手に、足をもつれさせて、それでもまだ何メートルか走りましたけど、結局……転んだわけですよ」

なんと。

「……ですんで、決して私が転ばせたとか、そういうんでもないんです。ただ、直後に追ってきたあの方が、必死で摑《つか》みかかって、腕を捻り上げてってしてるんで、私も、何かしようかなって思って、それで、とりあえず、足を踏んでいたと」

なるほど。確かに、聞いてみれば名乗るほどの活躍ではない、かもしれない。そして、後日改めて書くほどの逮捕劇、でもない。

彼は、店員の女の子に怪我《けが》はなかったかと訊いた。かすり傷一つなかったと答えると、それはよかったと、安堵《あんど》したような笑みを見せた。

「……ちなみに、コバヤシさんのご職業は」

一瞬目を上げたが、またすぐに伏せる。

「新聞の記者さんに、改めて申し上げるほどの職業じゃ、ありませんよ」

「ああ、そうですか……」

そういわれてしまうと、訊いちゃ悪かったかな、などと思ってしまう。そう思って引いてしまう辺りが、俺の、新聞記者としての弱点なのだろう。

彼は、ふいに内ポケットから名刺を一枚出し、確かめるようにそれを睨んだ。

「鶴田さんは、社会部……なわけですよね」

ああ、それ、俺の名刺か。

「ええ、そうですが」

「ということは、事件全般を書く、そういう担当なわけですか」

「まあ、そう、ですね。別に、事件以外でも書きますけど。暇《ひま》ネタとか、街ネタとかいって、話題の和菓子屋さんを取り上げたり……そういうことも書きますけど」

っていうか、なんで俺がインタビューされてんだ。

「じゃあ……この近くの、ヤクザ事情とかは、興味ありますか」

ヤクザ事情とはまた、いきなりキナ臭い話題を振ったもんだ。

「ええ、興味は、ありますよ。どんなことですか」

彼は少し辺りを気にするように見回し、テーブルに上半身をかぶせてきた。内緒話のように、左手で口を囲う。

「……鶴田さんは、大和《やまと》会系の暴力団で……山城《やましろ》組、というのを、ご存じですか」

「ええ……一応、この管轄の担当なので」

大和会は日本最大の指定暴力団。だが、山城組というのは確か、今現在「直系」といわれている奥山《おくやま》組系ではなく、テキヤ系の平沢《ひらさわ》一家とか、そこら辺の下部団体で、大和会から数えたら、五次団体とか六次団体といったレベルの、ごく小さな組ではなかったか。

「その、山城組が、どうかしましたか」

そう自分で訊いてから、疑問が湧《わ》いた。

「あ、もしかして、コバヤシさん、あなた……」

すると、彼は慌てて体を起こし、扇《あお》ぐようにして手を振った。

「違いますよ。変な誤解しないでください。私は、まったく、そっち系とは無関係です」

「ああ、そうですか。それは失礼しました」

まあ、こっちとしては、一度は確認しておかねばならないところだ。

「で、その山城組が、何か」

「ええ……」

コバヤシは、もうひと口コーヒーを飲んでから始めた。

「……あの、これはそれこそ、あのコンビニ強盗があった夜か、その前後くらいの話だと思うんですが、東池袋にある、山城組の事務所がですね、何者かに襲われたって……そう、聞いたんですよね」

「はあ」

ちなみに俺は、まったく知らない。

「……それを聞いてから、新聞、手当たり次第に読んでみたんですが、そういう記事は、どこにも書いてない。それって、山城組が襲われたくらいじゃ、ニュースにならないってことなんですかね。それとも、何かの事情で伏せられてるんですかね」

「さあ……」

それは、どうでしょう。

「ちなみに鶴田さんは、東池袋は、担当地域ですか」

「ええ。池袋署の管轄ですから、もろに、私の担当地域ですね」

「山城組が襲われた、というのは」

「いえ、知りませんでした。まったくの初耳です。これは……隠してるとか、そういうことではなく」

コバヤシは、再び太い眉をひそめた。

「では、仮にそれが本当だったとしたら、鶴田さんだったら、書きますか」

「山城組が何者かに襲われた、ということをですか」

「ええ」

さて、どう答えたものか。

「……まあ、警察発表があれば、書くでしょうね」

「ということは、現時点では、そういった警察発表は……」

「ないです。あれば書いてます。確実に」

「ということは、山城組襲撃を、警察は察知していない、と」

「いや、そうとも限りません。内々に捜査を進めて、大規模な一斉検挙に持っていくつもりなら、事前にマスコミに発表しない可能性だって充分にあります……が、山城組って、そもそもそんなに大きな組じゃありませんよね」

彼は少し体を起こし、「ええ」と頷いた。

「だったら、ちょっとそういう線は考えづらい。つまり、単なるガセネタなのか……」

それにはかぶりを振る。

「ガセ、ってことは、ないと思うんですよね」

「コバヤシさんは、どなたからその話を？」

「それは……まあ、東池袋に詳しい、知人からですが」

「その方に、私がお会いすることは？」

数秒、彼の表情が固まる。

「いや……どうでしょう……ちょっと、気難しい人だから……」

怪しい、とまではいわないが、少々の胡散《うさん》臭さは感じた。

山城組襲撃の情報が、ではない。

この、コバヤシという男。彼自身が胡散臭い。

5

事件の翌々日。サンシャインアルパ二階のスターバックスコーヒー。

オープンテラスの席であったかいキャラメルマキアートを飲んでたら、誰かが、すべり込むようにして向かいの席に座った。

「……ほんと、大丈夫なの？」

直哉だった。びっくりして損した。

「んもォ。遅くなってゴメンとか、先にいうことあるでしょう」

「遅くなってゴメン。で、大丈夫なのほんとに」

夜七時。早くしないと映画の最終回に間に合わない。

私はバッグを肩に掛けて立ち上がった。

「大丈夫だっていったでしょ、電話で……直哉、心配し過ぎだよ」

急ぐんで、外階段で直接下りよう。

　直哉も速足で隣に並ぶ。

「心配するだろ普通。だって、強盗だぜ？　強盗事件の現場に、リアルタイムで居合わせたんだぜ？」

「シッ……直哉、声大きいよ」

　別に、誰かがこっちを向いたわけでもないけど。

　地上階まできた途端、喫煙所から流れてきた煙に遭遇《そうぐう》。そうだった。私、ここも苦手なんだった。

「怪我とか、全然してないの」

「してないよ。ナイフだって、こう、向けられただけ。切りつけるみたいには、全然してこなかったもん」

「でも、こう、突いてきたり」

「だから、してないってば。なに、直哉、そんなに私に怪我してほしかったの？」

「バカいうなよ」

　横断歩道を渡って、トヨタ・アムラックスの前を通る。夜のアムラックスって、建物全体が青くライトアップされてて、ほんとに綺麗《きれい》。何に似てるかな。カジノ？　派手派手なパーティドレス？　どっちにしろ、車屋さんって感じじゃない。

「始まんの、何時だっけ」

「七時十五分。急ご」

くるときにチケット買っといて、ほんとによかった。

「まだ大丈夫だろ。どうせ最初は予告編だよ」

「立ち見になっちゃうのやだもん」

今日観る映画は、『消せない留守電メッセージ』ってタイトルの恋愛もの。私は原作が好きで、直哉は主演女優のファンだから、絶対に映画館で観ようねって、制作発表の頃から約束してた。

サンシャイン通りを、ずんずん進んで右手。わりと古くからある、大型のシネコン。

「『留守電』は……三階だな」

「あ、直哉、こっちの方が早い」

一番奥のエレベーターに乗って、三階に。

思ったより混雑してなくて、ほとんど並ばずに入れたし、立ち見にもならなかった。席は、かなり後ろの右端になっちゃったけど、でも大丈夫。ここ、そんなに大きくないから、席はどこでもよく観える。

直哉が、ポテトチップとコーラを買ってきてくれた。

「……っていうか、もうちょっと……」

音の出ないお菓子にしてほしかった。ハリウッドのアクション映画とかだったらいいけど、これ、恋愛映画だよ。

「ん、なに？」

んーん。いい。なんでもない。

映画自体は、よかったと思う。監督が原作のイメージを大切にしてるのが伝わってきたし、出演者の演技もよかった。直哉も、大事なところではポテトチップに手を伸ばさなかったし。

ただこういう映画で、彼女より彼氏の方が先に泣いちゃうって、どうかと思う。ズッ、て聞こえて、まさか、と思って横目で見たら、もう直哉、ぽろっぽろ涙流して、フリースの袖《そで》口で鼻押さえてるし。そういうの見ちゃうと、こっちは泣きたくても泣けなくなる。急に醒《さ》める。まあ、本人は気づかれてないと思ってるみたいだから、あえて話題にはしないけど。

「んん……まああ、よかったんじゃない？　うん……あの、ラス前の、歩道橋のシーンとかね……けっこう、よかったよね」

直哉が、ズッ、てやっちゃったとこね。

「うん。私も、あのシーンだけは、はずしてほしくなかったんだ。丁寧《ていねい》に作ってほしかった。だから、よかった。歩道橋にかかってたガラスドームも、原作のまんまだったし」

「へえ、そうなんだ。知らなかった……ねえ、いい加減、腹減んない？」

ポテチ、ほとんど一袋一人で食べたのに？

「桐江、何食べたい？　俺、ピザがいいんだけど」

私、直哉のそういう、一人で勝手に決めちゃうようなところ、嫌いじゃないよ。

「うん。ピザ、いいよ」

少し探したら、一四八〇円で食べ放題ってところがあった。私はそんなに食べれないけど、その分、直哉にがんばってもらった。

「……ミックスが三枚に、ジェノベーゼが四枚、マルゲリータが……うん。だから、これ食べたら、ちょうど元がとれる感じかな」

「マジで……俺、もう限界だよ」

「いける。直哉ならいける」

「桐江も、もうちょっと食えよ……どうすんだよ、このシーフード……」

「私はフィニッシュ。もう無理」

結局、直哉はそこから三枚食べた。うん、立派立派。

お腹《なか》が膨《ふく》れたら、少しお散歩。

池袋の夜十一時は、まだまだ宴たけなわ。

「ねえねえ、あの人、上手いんだよね。聴きにいこ」

「ん……ああ」

東口前の歩道で、いつもサックスを吹いている黒人さん。パートナーは日本人のベーシスト。ドラムはいないけど、音は鳴ってる。たぶんどっかで、機械で鳴らしてるんだと思う。曲は、ジャズっぽいヒップホップ、っていったらいいのかな。私もあんまり詳しくないけど、でもとにかく、このサックスを聴いてると、背景にある池袋の街並みが、段々ニューヨークのそれに見えてくる。音楽って不思議。いったこともない外国に、一瞬にして連れていってくれる。心だけ、だけど。

「いいよね」

「うん……カッコいいな」

繋いでいた直哉の手は、いつのまにか、私の腰に回っていた。で、きゅッ、と抱き寄せられた。

体が、密着した。

曲の合間で拍手をしたら、もういこうって、いわれた。

「……うん」

直哉は、私を抱えたまま、歩き始めた。

駅から、離れる方に。

私のアパートとも、違う方に。

直哉はダウンジャケット。私は、フェイクムートンのコート。

今、二人の間には、やたらとモコモコしたものがはさまっている。私はそれを、実はとても頼りにしていて。こういう距離感って、すごく安心できるっていうか、怖くなくていいなって、思ってるところがある。

あったかいし。守られてる感じがするし。ずっとこのままでいられたらな――って、それくらい、いい感じだと思ってて。

でも、これって実は、そんなに一般的な感情じゃないってのも、私はちゃんと知っていて。年だって、もう二十二だし。直哉は二十四だし。こうやって、抱き寄せられたまま街を歩くだけで、夜が終わるものだなんて、思ってるわけじゃなくて。

「……いいでしょ」

北口から少し歩いて、それっぽいネオンの目立つ界隈《かいわい》に入って。それなりの値段が書いてある看板の前でそういわれたら、嫌だなんて、もういえなくて。

これまでは、なんだかんだはぐらかして、避けてきたけど、いい加減それも、限界だと思うし。直哉のことは、間違いなく好きなわけだし。

だから、つい。うんって、頷いてしまった。

建物に入って、直哉が選んだのは「レスト」じゃなくて、「ステイ」だった。そうなんだ、って、なんとなく思った。

廊下の奥にあるエレベーターで、五階に。

乗っている間、私はずっと、直哉の陰に隠れていた。

幸い、途中から乗ってくる人もなく——ってそれは当たり前か。

五階で降りると、そこは宮殿ふうっていうか、壁とか天井の飾りが、いちいちギリシャ神殿みたくなってて。でも、廊下そのものは、異様に幅がせまくて。天井も低くて。この天使の彫刻とか、なければもっと歩きやすいのにな、なんて、余計なことばかり、私は考えていた。

で、五一二号室。

直哉が鍵穴にキーを挿《さ》す。カチョン、とロックがはずれる。

中は真っ暗。いや、テレビの青い明かりが、仕切りの曇りガラスの向こうに見えている。

「直哉……お願い……テレビ……」

「あ、ああ。分かった」

近くにあった照明スイッチをオンにし、慌てたように靴を脱ぎ、直哉は中に入っていった。

私はブーツだから、少し脱ぐのに時間がかかった。ふと、今日の下着、上下そろってたよな、なんて、いまさらなことを考えている自分に気づき、溜め息をつく。

問題は、そんなことじゃないのに。

スリッパを履いて部屋に入る。せまいけど、それなりに可愛いところだった。ベッドと、鏡付きのカウンターデスクと、小さなテーブルセット。テレビは、別の台の上に載っている。ベッドに向かないように、直哉がせっせと角度を直している。

とりあえずコートを脱ぐ。直哉のダウンもベッドに放り出してあったので、一緒に、コートハンガーに引っかけておいた。

ＢＧＭは、有線かな。去年辺りのヒット曲を続けて流してる。九〇年代とかじゃなくてよかった。あの頃の、あのギラギラした感じが、私はあまり好きじゃないから。

立ってても落ち着かないけど、座るのって、もっと勇気がいる。ベッドか、ソファか。ソファったって、二人で座るにはちょっと余裕がないサイズだから、そうなるとやっぱり、ベッドなのかな。

「喉《のど》渇いた……なんか、飲もうか」

テレビの真下。直哉が、ミニ冷蔵庫の扉を開ける。

私は、カウンターデスクの前に立った。そこには電気ポットとカップ、お茶のパックやインスタントコーヒーが用意されている。

「私は、お湯沸かして、コーヒー、淹《い》れようかな」

「あ、そう……じゃあ俺も、それでいいや」

見ると、ポットには、あらかじめお水が入っていた。コンセントに繋いで、スイッチを入れる。

とりあえず、これが沸くまでは、何もないだろう――。

なんて、そんなのは、男の人には通用しないようだった。

直哉はいつのまにかベッドに座っていた。そこから手を伸ばし、私の手首を掴む。

「……えっ、コーヒー」

「いいよ」

いいよって、何が――。そんな反論の余地もなく、引きずり込まれるようにして、私はベッドに横たわった。

フカフカの、お布団の上。途中で、柔らかく投げられるみたいに、私は仰向けに引っくり返された。直哉は、乗っかってるわけじゃないんだけど、全体に覆《おお》いかぶさる感じで、

「桐江……」

私の両目を、じっと覗《のぞ》き込んできた。

ドキドキは、してる。でもこれは、普通のこと。男の人と、そういうふうになる一歩手前の、普通のドキドキ。

「直哉……喉、渇いたんでしょ」

「いいよ、あとで」

「変だよ、そんなの」

「沸いてないだろ、まだ」

「もうすぐだよ」

「まだだよ」

直哉の顔が、限界まで大きくなって、視界を覆い尽くした。

で、ぷにゅ、っていうか、むにゅ、っていうか。

別にふざけてるんじゃなくて、キスって、そういう感じだと思う。チュ、じゃない。もっと湿ってて、柔らかく潰れる感じ。

カチンッ、て音がして、そっちの方を見ると、電気ポットの明かりが緑になってた。

「……ほら、沸いたよ」

するするっと、直哉の下から這い出す。

「いいよ、コーヒーなんてあとで」

「でも、喉渇いたっていったの、直哉じゃん」

「だから、俺があとでいいっていってんだよ」

「でも、私だって、飲みたくなったんだもん」

「俺は今……コーヒーより、桐江なんだよ」

ドレッサーを兼ねた、カウンターデスク。

面した壁には、四角い大きな鏡が掛かっている。

私の、紫のニットの上半身。

手は、ティーカップを二つ、ソーサーに載せようとしている。

その、私の、後ろから——。

「桐江」

「い……」

誰、あんた誰。

やだ、やだ、触らないで。

「イヤァァーッ」

「おい、桐江……」

イヤ、イヤ、イヤッ。

なんで、なんで私、こんなところにいるの。

映ってる。テレビ、映ってる。私が映ってるよ。

「桐江、おい、落ち着けって」

こないで、こないで。触らないで、触らないでってば。

なにこれ、ベタベタ、ネバネバ、気持ち悪い、いや、いや、イヤイヤイヤイヤ、ヤッ、触んないで、こないで——。

「こないでッ」

「なんだよ桐江」

触んないで――。

「なんだよ、桐江、どうしたんだよ」

やめてよ。触んないで。気持ち悪いんだよ。

「気持ち悪いのッ」

「えっ……」

すぅーっ、と何かが遠退《とおの》いていく感じがして、私に触ってきてた何かも、どこかに消えて。

その代わり、私の中に、何か、黒いものが生じる。

どくん。

その鼓動と同時に、強烈な吐き気がこみ上げてくる。

寒気なんて穏やかなもんじゃない。顔から、首筋から、肩、胸、お腹、背中、お尻、脚の方まで、皮膚という皮膚を余すところなく針でつつかれるような、チクチクした痛みが全身に張りつく。

「んぶ……ぼえェェ……」

体が冷たくなっていく。私の中身が、どんどん外に流れ出ていく。

苦しくて、前に手をつくけど、ぬるっと、ずるっとして、そのままつんのめって。顔をそのまま床に、強《したた》か打ちつけて――。

気がつくと、私はベッドに寝かされていた。ちゃんと、お布団もかかってる。見慣れない天井。小振りなシャンデリア。

なんか、気持ちいい。中身がっていうより、体の表面が。爽《さわ》やかっていうか、妙な解放感。

手で確かめてみる。私は、薄手のガウンのようなものを、着ているようだった。でも、あれ？　ブラが、ない。

体を起こすと、ふいに記憶が繋がった。

そうだ、ここ、ホテルだ。直哉と入った。え、直哉？

「……気がついた？」

直哉は、ソファに座っていた。でも、直接こっちは向いていなかった。鏡越しに、私を見ている。

「うん……」

私が着てるのは、ホテルがサービスで置いてくれてる、洋風浴衣《ゆかた》みたいなやつだった。腕ごと、自分の胸を抱く。急に、心細さがこみ上げてきた。

直哉が、力ない声でいう。

「だいぶ、汚れたから……悪いとは思ったけど、脱がせて、服は風呂場で洗って、干しといた。コートが無事で、よかったよ……ある程度乾いたら、帰れる……だからもう少し、君は、ここにいた方がいいよ」

君、って、なに？

もう少し、いた方がいい、って、どういうこと？

「もう、あれから半年も経ってるから……あれは、なんかの間違いだったんだって、思おうとしてきたけど、でもやっぱり、間違いじゃなかったんだね……正直、ショックだよ」

え、何が。

「医者とか、いったことあるの」

「……え、なんの？」

「精神科とか、そういうのだよ」

どういうこと。

「いったことないんだったら、いった方がいいよ。そういう、精神疾患《しっかん》的な理由もなしに、こういうとこきて、こないで、触んないで、気持ち悪いまでいわれたら、いくら俺だって、ヘコむよ」

「えっ、私、そんな……」

「いったんだよ。半年前も、今日も、君はいったんだよ半狂乱で。くるな、触るな、気持ち悪いって」

うそ――。

「半年前のことは、なんか、疲れてたんだろうとか、いろいろ、わけ分かんないなりに、俺なりに自分に言い訳して、忘れようとしてきたよ。でも、忘れたことなんて本当は一度もなかった。一秒もなかった。そりゃそうだよな。忘れてたらもっと早く誘ってるってこういうとこに。でも、できなかった……怖かったから。でも、なんか最近またいい感じだったし、なんか、大丈夫なんじゃないかって気がしてきて……でもやっぱり、ダメだったね。挙句に、こんなに……けっこう大変だったよ。君の服とか、床とか、綺麗にするの。道具、バスタオルとトイレットペーパーくらいしかなかったから」

紫のニットは、見当たらない。ジーパンは、畳《たた》んでカウンターに置いてあるのが、そうか。

「……ごめんなさい……私、全然……」

「覚えてないの」

「うん……まったく」

「何いったかも、どんな動作をしたかも、どんなふうに吐いたかも、なんにも覚えてないの」

何したんだろう、私。

どうなっちゃったんだろう、私。

「……覚えて……ません」

直哉は立ち上がり、捲《ま》くっていたシャツの袖を直した。赤いチェックの、あったかそうなネルシャツ。

そのままベッドを迂回《うかい》して、ドアの方にいく。コートハンガーから、自分のダウンジャケットだけをとる。

「ほんと……ちゃんと、病院とかいった方がいいよ。俺は、そういうの全然詳しくないし、分かんないけど……でも、普通じゃないと思うよ。あんまひどくならないうちに、治療した方がいいよ……じゃあ、ごめん。先帰るわ」

もちろん、引き止めるなんて、できるはずもなくて。

私はその後も、ただ呆然《ぼうぜん》と、直哉のいなくなったソファを、鏡越しに見ているだけだった。

半年前、何があったんだろう。

確かに、今日みたいな感じで一度だけ、直哉とホテルにいったことはあった。でも、そこで何があったのかは、ほとんど覚えていない。

私が眠っちゃって、何もなかったのか。それとも、することはちゃんとして、でもそのまま眠っちゃったのか。

私、どうだった？　なんて、とてもじゃないけど訊けなかった。

だから、あの日のことは曖昧なまま、今日まできてしまった。

それにしても――。

仮にも、彼氏彼女って間柄の相手に向かって、こないで、触らないで、気持ち悪い、はひどい。私、本当にそんなこと、直哉に向かっていったんだろうか。

いったんだろう、と思う。直哉は、そんな変な嘘《うそ》をつく人じゃないから。

じゃあ私は、なんでそんなことをいったんだろう。本当は直哉のこと、嫌いだったの？

違う。好きだ。一緒にいたいし、声聞きたいし、顔も見ていたい。抱き締められるのも、ちょっとドキドキが苦しかったけど、でも嬉しかった。直哉、私のこと好きでいてくれてるんだって、実感できたから。

でも、そう。

正直、セックスは怖いと思ってた。それは、直哉がどうこうじゃなくて、その、行為そのものが。

なんでだろう。なんで私、こんななんだろう。

やっぱり、病気なのかな。

直哉のいう通り、病院、いった方がいいのかな。

6

その日も警戒電話当番に当たっていた俺は、担当エリアの七署に電話を入れ、またいつものように、

「みなさーん、今日もなんにも、ありませんでしたァ」

白紙のメモをひらひら振ってみせた。

「鶴吉。それとは別のメモが、テメエのその袖口に挿《さ》し込まれてるなんてこたァ、よもやあるめえな」

「大木さん、勘弁してくださいよ。ないでしょ、そんなもん。どこにも」

発表ネタがないとなったら、それぞれ何か探しに、外に出るしかない。いや、むしろここからが記者個人個人の腕の見せどころ、といってもいいだろう。

そして僕は、途方に暮れる。

強盗ネタはすでに当初の熱を失っている。容疑者、立嶋五郎と店側の人間に大きな接点はなく、また逮捕に貢献した第三の男、コバヤシ氏の話も、聞けば実につまらないものだった。あれなら、真実なんて聞かない方がよかったかもしれない。

ちょっと待て。コバヤシ氏は、第三の男なのか？　貢献度からいったら、第二じゃないのか？　いやいや、第二は俺だろう。コバヤシ氏は第三だ。別に、どうでもいいことだが。

他社の記者はネタに心当たりがあるのか、早々に署から出ていった。

俺はといえば、なんとなく出そびれた。

仕方なく、なんか面白いネタ転がってないかな、などと呟きながら署内をウロウロしていたら、

「……なんだよ、ちゃんと遺書あんじゃねえか。最初からちゃんと探せよバカがッ」

生活安全課の前で、そんな声を耳にした。

遺書？

そっとドア口に顔を覗かせる。あの声は課長だった。どこにいる。あ、いたいた。自分のデスクに座ったまま、年配の警部補を叱《しか》りつけている。

大体状況は摑めたので、堂々と中に入る。

すぐさま、課長がこっちに気づく。

「あっ……お前……ほんと、ヤなところにくるね。……こら、それ以上勝手に入ってくるな」

「はっはっは。そちらの不都合、こちらの好都合……課長、遺書ってなんすか。自殺ですか」

課長は「もういい」といい、警部補を解放した。

代わりに俺が、近くにあった椅子《いす》を引きずって、おそばに。

「気持ちワリいな……寄るなよ。ってか出てけよ。なに勝手に座ってんだよ」

「課長、聞こえちゃったんだから、もう隠したってしょうがないですよ。教えてくださいよ。どこの誰べエが自殺したんすか。括《くく》ったの？　飛び下りたの？　それともクスリ？　毒物？」

課長は、チッと舌打ちし、鼻筋に皺《しわ》を寄せた。

「教えてくださいよ……僕と課長の仲じゃないですか」

「なんだよそれ。気持ちワリいんだよ……でもどっち道、この話は書けないよ」

「えー、なんでですか」

「なんでもだよ」

そう吐き捨て、内ポケットに手を入れ、タバコの包みを取り出す。だが最近、この部屋が禁煙になったことを思い出したか、そのままポケットに戻す。やや動揺しているご様子。

「そんなにヤバい筋の自殺なんですか」

「別に、筋はヤバくない」

「じゃなんですか」

「なんだよ。しつけーな今日は」

異様に濃い眉毛がひそめられる。まるで二匹の毛虫が、互いにお辞儀をしているかのようだ。

「……すんません。強盗の一件以来、なんかみんな、俺に冷たくて。発表ネタとか、知ってても回してくれなくて。困ってるんすよ」

「だからって、これ聞いたって記事にゃできないよ」

「それはほら、聞いてみないと分かんないから」

「ダメなの。書いちゃダメだから、だから話してもしょうがないの」

「いやいや、書くなっていわれたら書きませんよ。聞くだけ。聞いて心にしまっておくだけ」

「ほんとかよ」

課長はいったん壁の時計を見上げ、机にあった湯飲みの茶を飲み干し、大きく息を吐き、それから、ようやく喋り始めた。

「まあ、つまり……ホトケは、八十を過ぎた婆さんだよ。振り込め詐欺に遭ってさ、虎の子の百万、振り込んじまって。挙句にそれを、息子に散々責められたらしいんだ。バカだのボケだの、近所にも聞こえるくらいの大声でな……そしたら、翌朝」

くいっ、と親指で、喉元に一本線を描く。

「あら」

「ただな……不幸の振り出しは振り込め詐欺かもしれんが、それに自殺の責任をおっかぶせるのはナンセンスだろ。怒鳴った息子の気持ちだって、分からなくはない。なんで振り込む前に、一本自分に電話を入れてくれなかったんだ……息子ったっていい年だ。とうに五十は過ぎてる……これ、お前ならどう書くよ。八十過ぎの母親を、息子が言葉責めで自殺に追いやった、か？　ケッ……書けるもんなら書いてみろって」

そうか。そっち系のネタだったのか。

「書きませんよ。書かないって、いったじゃないですか」

「だろう？　だから俺もいったんだよ。書けねえって」

「はい、書けません。このネタは書けません……ので、なんか書けるネタ、他にないですかね」

フザケんなバカヤロウ、と頭を叩《たた》かれた。

ちくしょう、暴行罪で訴えてやる、って書いてやる。

ネタとしてはスカっぽいけど、仕方がない。

山城組について聞くため、組織犯罪対策課を訪ねた。

「……失礼しまぁす」

池袋は都内でも有数の繁華街。当然、管内には多くの暴力団事務所が存在する。それらを取り締まるのが、組織犯罪対策課の暴力団対策係。事件が起こってしまえば暴力犯捜査係の担当になるが、今のところは対策係の方でいいだろう。

暴対の係長はちょっと苦手なタイプ、というかヤクザそのものなので、もう少しお付き合いしやすい人物を捜す。

ああ、ちょうどいいのがいた。

「……佐野《さの》さん、佐野さん」

戸口で、小さくなって手招き。自分の机でパソコンを打っていた佐野巡査部長は、俺に気づくなり、ひどく面倒臭そうな顔をした。

それでも二、三ヶ所クリックしたら席を立ち、こっちにきてくれた。

「……なんだよ」

そういいながら廊下を歩き始める。便所の方に。

「すんません……ちょっと、お尋ねしたいことがありまして」

あとをついていき、一緒に便所に入る。俺もしたかったのでちょうどよかった。

横並びで、それぞれ小便器の前に立つ。肩の位置は佐野の方が十センチ以上高い。身長は、百九十センチ近くあるのではないだろうか。バスケットとか得意そうな感じがする。顔も長いし。

「……なんだよ」

「はい。あの、山城組って、あるじゃないですか」

「ああ。巣鴨のな」

「あれ？　山城組って、巣鴨署管内でしたっけ」

俺、もう終わりそう。

「そうだよ。巣鴨だよ……少なくとも、ここ二十年くらいはな」

「じゃあ、東池袋にあるのは？」

っていうか俺、実は東池袋のどこに、山城組の何があるのか、ちゃんとは知らないんだけど。

佐野がブルブルっとやった。俺も合わせて終わる。

「あれは……クリタの住居か、個人事務所ってとこだろう……それがどうした」

「クリタ？」

「クリタヤスオ。知らないのか」

「はい……」

手を洗ってから、改めて漢字を尋ねた。栗田泰夫。年は三十歳前後だという。

「……山城組、若頭補佐、ってところかな。だが、山城組自体が構成員十人程度の小さな組だ。組長の、古くからの舎弟《しゃてい》が三人くらいいて、若いのが五、六人、常時いるかいないか……そんな組の若頭の、さらに補佐だからな。大したことねえんだ、どっち道」

便所を出たところに販売機があったので、缶コーヒーとお汁粉を買った。お汁粉の方を差し出す。

「どうぞ」

「おお……ワリいな」

佐野は大きな体に似合わず、大の甘党ときている。酒の席でも、早くからアイスクリームや水菓子を頼むことで有名だ。

「で、なんなんだ、鶴吉。なんで山城組なんて、ショボいのに目ぇつけた」

俺は、首を傾げてみせた。

「いや、俺も、まだよく分かんないっす」

「なんだよ、話せよ」

「いや、まだ、ガセの可能性もあるんで……もうちょっと確度高くなったら、ちゃんと相談しますよ……ちなみに、それって東池袋の、どの辺でしたっけね」

オメェ、それ知らないで今まで話してたのか、と笑われた。

俺は「はいィ」と頭を掻《か》いた。

東池袋というのは実に複雑な町で、特に四丁目は番地によって、管轄が池袋署だったり、目白署だったり巣鴨署だったりする。実際、栗田泰夫のヤサは目白署管内だった。都電荒《あら》川《かわ》線の線路際の、ボロッちい三階建てのビルだ。

南隣は月極駐車場。北隣は鉄工所。路地をはさんで西には民家。東は線路。月極駐車場は片側二車線の道路に面しており、その両隣は不《ま》味《ず》そうなラーメン屋と垢《あか》抜けない美容院だ。

まず、簡単に話をしてくれそうなところから当たってみる。

「……へぇらっしゃい」

いい具合に気が滅《め》入《い》る挨拶だ。これなら初めから美《う》味《ま》いラーメンなんて期待しないから、実際不味くたって客は怒らない。

「えっと……ねぎラーメン」

「へぇ……ねぎ一丁」

店員はオヤジが一人。長年のラーメン屋稼業《かぎょう》で曲がったのであろう痩せた背中が、なんとも深い哀愁を漂わせている。

ちなみに客は俺だけ。油で茶色くなった壁の時計を見ると、十二時五分。思いっきりランチタイムだが。

「ねえ、オヤジさん……この辺って、住むには、静か？」

ノーリアクション。寸胴鍋《ずんどうなべ》に足した水の音とかぶって聞こえなかったようだ。

「ねえ、オヤッさん。この辺て、どうなの。静かな町なの」

ああ、と眠そうな声。こっちを振り返る、緩慢《かんまん》な動作。

「……え……静か、では、ないですよ……そこ、首都高だし」

表の道の斜め上を走っているのは、確かに首都高速五号線だ。

「ああ、まあね……っていうか、町としてさ。住人とかさ、そういう、顔ぶれ、みたいな。……どういう人が多いの、この辺りは。やっぱり、工場で働いてる人とか、多いの」

まな板の傍《かたわ》らにあった、中華包丁をその手に握る。

「さあ……あたし、住まいは、また別なもんで」

「でも、店は夜中までやってるんでしょう」

「ええ……まあ……」

「どう、暴走族とか、そういうのは」

俺だって、暴走族がこんな寂れたラーメン屋にくると思って訊いているわけではない。あくまでも、栗田に話を繋げるためのフリに過ぎない。

「いや……この辺は……別に……」

「けっこう、そこの道、いい感じにカーブしてるじゃない。そういう連中、走りにきたりしないの」

「さあ……ない、と……思いますけどね」

細かく糸のように刻んだねぎを、ラー油で和《あ》える。

「あっそう……それ以外では？」

ヤクザ、ヤクザがそこのビルにいる、そういってくれ。

「さあ……あ、そこの、美容院のセガレが、いっとき、グレてましたけどね……今じゃ立派に……店、継いでますよ」

なんだよ。継いじゃったのかよ。

不味くても、腹はいっぱいになった。

しばらく、腹ごなしに界隈を歩いてみた。だが、そもそも商店が少なく、近隣住民もあまり出歩いていないため、話を聞くのは難しかった。だからといって、この段階で一軒一軒チャイムを鳴らして回り、そのビルのヤクザ知ってます？　とやるわけにはいかない。それで早々と栗田の目に留まり、のちの取材がしにくくなっては元も子もない。

そんなわけで、さして髪が伸びているわけでもなかったが、ラーメン屋で話題に出た美容院にいき、切ってもらうことにした。

「お客さん、髪の毛多いなァ。お父さん、禿《は》げてないでしょ」

「ああ、うん……」

ウソだ。うちのオヤジはツルッパゲだ。

「お客さんも絶対禿げないよ。白髪系だもんね」

そういうあんたの生え際はグレた時代の後遺症か？　剃《そ》りが入りっぱなしになってますが。

いや。ひょっとしたら、案外現役なのかもしれない。待たされたのは一、二分だったが、その間にチェックしたマガジンラックには写真週刊誌と共に、バイク雑誌が毎号取りそろえられていた。

試しに訊いてみる。

「……おニイさんは、バイク好きなの」

ちなみにこの店も、店員は彼一人だ。

「あ、分かります？　いや、若いときにかなりヤンチャやったんで、魂入れ替えてこの道入ったんすけどね……でもやっぱ、仕事してっと気分転換も必要じゃないっすか。キュウシャカイって分かります？」

「ああ、分かるよ」

漢字にすると「旧車会」と「旧車會」があって、旧車会の方はレトロバイクの愛好家、旧車會の方は大人版暴走族を意味する。こいつはどっちだろう。やはり後者だろうか。

「もう完全に、週末の夜なんかは現役復帰って感じっすよ」

不本意ながら、しばらくはそんな暴走トークにお付き合いした。虎視眈々《こしたんたん》と、話題をヤクザ方面に振るチャンスを窺《うかが》いながら。

　カットを終え、念入りにシャンプーとトリートメントをしてもらい、ドライヤーをかけられているとき、ついにそのチャンスは訪れた。

「……今日はないっすけど、俺の愛車、店の前に停めとくと、けっこう、入ってきてくれる人いるんすよ。あれ誰の？　って。やっぱあれっすね、改造バイク好きな人って、けっこういるんすね……すぐそこ、あの、駐車場の、向こうのビルにいる人も、気合入ってんなァーッて、いいにきてくれたんすよ」

　きたッ。

「へえ……その人は、何やってる人なの」

「ああ、その人はですねェ……ここだけの話、こっちの、本職の人で」

　自分の頬《ほお》に、ひとさし指で一本、線を描く。

　きたきたッ。

「あ、えーと、確か、クリ、クリ……」

「なんだ、お客さん、栗田さんの知り合いっすか。でも、俺のバイク褒《ほ》めてくれたのは、栗田さんじゃないっすよ。舎弟の、ツボイくんの方です」

　ほほう。栗田には舎弟がいるのか。要確認、と。

「へえ……俺、そのツボイって人は知らないわ。いくつくらいの人？　若いの」

「ええ。俺のイッコ下ですから、二十五じゃないっすかね」

「他にも、栗田さんの舎弟っているの」

「ええ。シンタってデブがいますけど、そういえば、最近あんま見ないっすね。逃げちゃったかな……あれでけっこう、栗田さん、怒ると怖いっすからね」

そりゃそうだろう。ヤクザなんだから。

「この前も、戸締りしっかりしなかったんだか、泥棒に入られたらしくて。それでツボイくん、栗田さんに、めちゃめちゃボコられてましたよ」

きた、きたきたきたッ。

ビンゴだろ。これはもうビンゴ間違いなしだろ。

「へえ……それ系の事務所に泥棒って……入った奴も、そりゃ、ずいぶん怖いもん知らずだね。……ちなみに、なに盗《と》られたの」

「さあ、そこまでは分かんないっすけど……でも、栗田さんの剣幕は、マジでハンパなかったっすよ。そこの駐車場までツボイくん追っかけてきて、グーパンチのサッカーボールキックの、立ったら立ったで、ミルコばりのハイキックっすからね」

ミルコ・クロコップね。ハイキックが得意だった格闘家ね。

「それって、いつ頃の話？」

彼はいったんドライヤーを止め、壁に貼ってあるカレンダーに目をやった。バイクではなく、映画女優の写真入りのだ。

「えっと……先週の、水曜、かな……うん、そうだ。俺が車線変更違反で捕まった夜の、次の朝だから、先週の水曜ですよ」

「ん、水曜に、泥棒が入ったの？　それとも、火曜に泥棒が入って、水曜にツボイくんがボコられたの？」

「そう」

「そうって、どっち」

「火曜の夜に泥棒が入って、水曜の朝に、ツボイくんがボコられたんす」

火曜の夜といえば、コンビニに強盗が入った、あの夜のことではないか。

7

コンビニ強盗と同じ夜、東池袋では何者かが山城組の事務所に泥棒に入った、という奇妙な符合《ふごう》までは行き着いた。が、残念ながらその先を調べている暇が、俺にはなかった。

今朝十時半頃、池袋駅で逮捕された痴漢《ちかん》は、実は、国土交通省河川局の某課長職にある人物らしい。そんな情報が夕方になって、警視庁記者クラブから飛び込んできたのだ。

俺は急遽《きゅうきょ》池袋署に戻ったが、詳しい発表は夜八時半頃にやるといわれたので、とりあえず副署長にマル被の氏名年齢を確認して、記者クラブに戻った。そっからはもう、国交省に近い知り合いという知り合い、全員に電話をかけまくった。マル被について知らないか、写真を持っていないか、あんたが持ってないなら持ってる人を知らないか――。

しかし、三時間ほどそんな作業を続けていたら、また本部キャップから連絡が入った。

『写真と関係者のコメントは、こっちで押さえたから。鶴吉は、発表だけな。時間通りに……頼むな』

「ああ……そっすか。はい、分かりました」

ちょうど、写真持ってるって人に当たったところだったんですが。そうですか。いりませんか。

夜の十時半頃。俺はそこそこ余裕をもって記事を仕上げ、誰か誘って一杯やりにいこうかな、などと思いつつ廊下に出た。

すると、

「……おーい、鶴吉」

背後から、やたらと低い声で呼ばれた。もしやと思って振り返ると、案の定、

「ああ、どうも」

組対課暴対係の佐野デカ長だった。大きな体が、壁のように迫ってくる。

「例のあれ、どうなった」

「ああ……あれ」

ちらりと辺りを見回す。佐野の他には誰もいない。

「佐野さん、宿直？」

「誤魔化《ごまか》すなよ。どうなったんだよ、山城組の一件は」

「……いや、別に誤魔化したわけじゃないですよ。ただ、大した進展はなくてですね……」

記者仲間は全員、すでに署を出ていったはずだが、壁に耳ありという言葉もある。廊下で自分があたためているネタについて話すのは、あまり利口な人間のすることではない。

「ちょっと、こっちに……」

俺はあえて、佐野を記者クラブの方にいざなった。

やはり、部屋は空っぽだった。左右の壁に四つずつ設けられたブースに今、記者は一人もいない。室内中央の会議テーブルには警察回線の電話機と、夕刊が何紙か放置されている他は何も載っていない。

「なんだよ……進展はないんじゃないのかよ」

「いや、ちょっと」

確認したいことがあったのを思い出したのだ。そのためには、ある程度こっちからも情報を出す必要がある。

「……実はですね、先週火曜日の夜に、その山城組の事務所にですね、盗みが入ったって噂《うわさ》をですね、耳にしたんですよ」

「盗み？　あの、栗田の事務所にか」

「ええ」

佐野は長い腕を組んで首を傾げた。

「ふーん……まあ、別に入ってもおかしくはないよな。多少は金目のもんだってあるだろうし。何盗られたんだか知らないけど」

「ええ。……でですね、ちょっと確認なんですが、栗田の舎弟に、ツボイっていう人、います？　二十五歳くらいの」

うん、と頷く。長い顔がこっちに一往復、倒れては起き上がる。

「……ケンジな」

毎度のことながら漢字を確認。坪井健二と。

「どんな感じの奴ですか」

「背が高くて、細面の奴だよ。あと特徴っていったら、そうなぁ……上唇が、ちょっとアヒルみたいに尖ってるかな」

長身で、アヒル口か。

「そいつ、ヤクザとしてはどうですか。怖いっすか」

佐野は「なんだそりゃ」と笑った。

「そりゃ一般人にとっちゃ、ある程度は怖いだろうよ。なんたって、ヤクザなんだから」

「いや、そりゃそうでしょうけど、なんていうかな……こう、話もできないようなクレイジーな奴なのか、それとも、地雷を踏まなければさほど凶暴ではないのか。そういう、微妙な、できれば越えない方がいいラインみたいなものを、伺っておきたいなと」

「要するに、鶴吉が話を聞きにいって、無事でいられるかどうかってこと？」

「まあ、有り体にいうと、そういうことです」

大丈夫だろ、と、佐野はこともなげにいった。

本当ですか？　なんかあなた、いま適当にいいませんでしたか。

翌日。夕刊用に痴漢官僚の追加記事を上げて、俺は午前中の早い時間に署を出ることにした。クラブを出る際、大木さんに「おいしいネタでもあるのか」と探りを入れられたが、「別にないですよ」と誤魔化しておいた。そもそも「ありますよ」と答える馬鹿もいないのだが、これが書けるネタかどうかは実際、まだよく分からないのだ。

池袋署から東池袋までは徒歩だと十分ちょっと。今日もよく晴れており、日向《ひなた》を歩いている分には寒さもさほど気にならない陽気だった。

先日いったラーメン屋はまだ閉まっていた。美容院はシャッターを開けていたが、まだ準備中らしく店内は暗かった。

そこを曲がって月極駐車場の奥。栗田の事務所が入っている三階建ての建物は「平山《ひらやま》ビル」という名前である。

暗い入り口を覗くと、右側にスチール製の集合郵便受けがあった。

目で数えると、全部で七戸。三階の三戸のうち、二つは空いているのか名前がなかった。三〇一号にだけ「戸田《とだ》企画」と名前が入っている。二階は、二〇一号が空き、二〇二号は「アート・プロジェクト」、二〇三号はまた空き。一階の一〇一号はただ「吉沢《よしざわ》」となっている。一階はその一戸のみ。

さあ困った。栗田や坪井といった名前はどこにもない。佐野には住所までしか聞いていなかった。美容院にいって確かめれば一発なのだろうが、前回まるで知り合いみたいな顔をしてしまったため、それはそれで都合が悪い。ちなみにここは目白署管内。やはり目白署の刑組課にいって、どれが栗田の事務所なのか訊いてからの方がよかっただろうか。

いったん表に出て、窓を見上げてみたが特にヒントとなるようなものはなかった。

さて、どうしたものか。

しかし、しばらく次の手を考えながら辺りをうろついていたら、なんと、背の高い男が美容院の角から現われた。わりと赤の強い、茶系の革ブルゾン。下は黒い細身のパンツ。

ひょっとして、坪井か？

　俺も、素知らぬ振りで美容院の方に歩き始めた。すれ違いざまに顔を確認。確かに、ちょっと上唇がアヒルっぽくめくれている。しかも、左目尻には絆創膏《ばんそうこう》、右頬には黄色い痣《あざ》の痕《あと》らしきものが残っている。間違いない。こいつが坪井健二だ。

　そのまま、彼が平山ビルに入るまで俺は歩き続けた。だが入った瞬間に踵を返し、再び入り口まで戻った。

　最後の数歩は抜き足差し足。そしてそっと、入り口から顔を覗かせる。

　彼がすでに階段を上がってしまっていたら、その足音で判断するつもりだった。それが駄目なら表から窓を見て、人影で確かめるつもりだった。だが幸運なことに、彼はまだ郵便受けの前にいて、中から何やら取り出している最中だった。あれは二〇二号の箱だ。どうやら「アート・プロジェクト」というのが、栗田の事務所であるらしい。

　以後は近所を回り、情報収集を試みた。

　まずは路地をはさんで西側のブロック。小ぢんまりとした民家が三軒ほど並んでいる一画だ。

　一番手前、木村《きむら》さんというお宅は留守で、何度チャイムを鳴らしても誰も出てきてくれなかった。二軒目、上原《うえはら》さんは、おじいちゃんが出てきてくれたけれど、うん。あんまり、内容のある会話はできなかった。

三軒目。一番奥の清川《きよかわ》さんというお宅で、ようやく実のある話が聞けた。相手をしてくれたのは五十代の奥さんだ。

「最近、この辺で事件?……ああ、一週間くらい前に、なんかあのビルで、バタンバタンやってたけど」

ほほう。一応、何かあったのは知っているのか。

「ちなみに……その、バタンバタン、というのは?」

「っていうよりは、ガシャンガシャンかしら」

それだと、だいぶニュアンスが違いますが。

「……ガシャンガシャン、といいますと、具体的には、何をどうした感じの音なんでしょうね」

「バコンバコン……ガコンガコン……」

もうエエっちゅうに。

「……たぶんね、たぶんだけど、あそこの人、ちょっとヤクザっぽいでしょう。で、よく子分を怒鳴ったりしてる声が聞こえるんだけど、それが、あれじゃないかしらね。エスカレートしちゃって、親分が部屋で暴れちゃったんじゃないかしら。次の日だったか、週末だったか忘れちゃったけど、子分がね、壊れたパソコンを何台も、ゴミに出してたもの」

ほう。ちなみに坪井は栗田の子分ではなく、舎弟らしいが。

「壊れたパソコンを、何台もですか」

「ええ。でもそんなの、不燃ゴミじゃ持っていかないでしょう。ちゃんと粗大ゴミとか、リサイクルとか、それなりの捨て方があるでしょう。何かしら、役所に頼まないと駄目じゃない。だからそれを、上原さんのおじいちゃんがいったのよ。こんなもん駄目だ、いったん持って帰れって」

げげ。あのじいちゃん、なにげに怖いもの知らず。

「……で、それ、どうなりました？」

「持って帰ったわよ。子分が」

おお、おじいちゃん、凄い。

「そうですか。それは、よかった……」

なるほど。そういうことか。

この清川さんは、栗田がキレてパソコンを破壊し、それを坪井が不燃ゴミに出そうとしたと思っているようだが、俺はまったく違う推理をした。

数台のパソコンを破壊したのは栗田ではなく、泥棒、だったのではないか。

いや、実は何も盗ってないかもしれないから、この場合は単に侵入者というべきか。要するに、何者かが火曜日の夜、アート・プロジェクトに侵入し、パソコンを破壊。水曜の朝、激怒した栗田が坪井をボコり、坪井は泣く泣く壊れたパソコンを不燃ゴミに出そうとしたところ、今度は上原のおじいちゃんに「持って帰れ」と怒られてしまった。

そういうことではないのか。

俺は大通りを渡ったところにある喫茶店から、平山ビルを見張ることにした。

「……すみません、コーヒーおかわり」

「はい、かしこまりました」

決して美味しいコーヒーではなかった。カウンターの端にあるコーヒーマシンで淹れて、下のポットに溜まりっぱなしになっている、思いきり煮詰まった、おそらく原価ウン十円の安物だ。

「はい、お待たせしました」

「……ども」

しかし、長居を許してもらう理由くらいにはなる。かれこれ二時間半、俺はこの窓際の席から向かいの通りを眺めている。

さすがに腹が減ってきた。

「すみません……サンドイッチと、コーヒーをもう一杯」

せまい店だから、手を上げてちょっといえばオーダーは通る。

「サンドイッチとコーヒー。はい、かしこまりました」

ちなみに俺は、ただぼんやりと平山ビルを眺めていたわけではない。以前書いた街ネタの記事を手直ししたり、いつか書こうと思っている某区の産廃処理ネタに関する情報を整理したりしていた。

しかしそんな、携帯電話内のファイルを弄《いじ》くるだけの仕事は、そういくつもない。そろそろ暇潰しのネタもなくなってきたな、と思った午後二時頃。一台の軽トラックが、例の美容院の角を曲がって平山ビルの前に停まった。

荷台にある、あの白い物体は冷蔵庫か。すると、リサイクル業者か。ひょっとすると、坪井がパソコンの回収を依頼したのかもしれない。

「ごちそうさま」

俺は用意しておいた二千二百円を直接マスターに渡し、店を飛び出した。

左手の横断歩道に走る。渡る寸前に歩行者信号の青点滅が赤に変わったが、かまうものか。全力疾走《しっそう》で駆け抜けた。

美容院の角までくると、やはり。坪井が下りてきた。紺色の作業ジャンパーを着込んだオヤジと、車の横で何やら話し込んでいる。

やがてオヤジはエンジンを止め、坪井と共にビルに入っていった。俺は駐車場にあるワンボックスカーの陰に隠れ、ことの成り行きを見守ることにした。

一、二分した頃だろうか。オヤジと坪井が外に出てきた。てっきり壊れたパソコンを抱えてくるのかと思いきや、二人とも手ぶらで、何やら言い合いをしている。

「……フザケんなよ。基盤だけだって金になるだろうがッ」

「だから、うちはそういう業者じゃないんですよ。しつこいな、あんたも」

「そういう業者に、あんたが持ってってくれりゃいいだろう」

「イヤですよ。なんで私が……直接頼んでくださいよ」

オヤジはさっさと車に乗り込み、エンジンをかけた。坪井はまだ何か怒鳴っていたが、もうオヤジは相手にしなかった。バックして、駐車場にケツを入れて方向転換。去り際、坪井がドアの辺りに蹴《け》りを入れたがそれも無視。オヤジはかまわずアクセルを吹かし、あっという間に走り去った。

　今、このタイミングだろう。

　俺はワンボの陰から出た。

「……なんか、大変そうですねぇ」

　こっちを向いた坪井は、アヒル口をさらに不愉快そうに尖らせた。

「なんだテメェ、見せもんじゃねえぞ」

　坪井は背も高いので、いきなりこんなふうに凄まれたら、俺は相当ビビるだろう。だが、栗田にボコられ、上原のおじいちゃんにも怒られてゴミを持ち帰ったと聞いたあとでは、どんな恫喝《どうかつ》も説得力を持たない。

「リサイクル業者が持っていってくれないって、一体、どんなものなんですか」

坪井は、目尻の傷に障《さわ》らない程度に眉根を寄せた。

「……なにもんだァ、テメェ」

お、いい質問だ。

「はい。私……共有通信の、鶴田と申します」

名刺を差し出すと、坪井は片手でだが、ちゃんと受け取った。

「共有通信……って、なんだ」

「通信社です。いろんなことを取材して、新聞社や放送局にニュースを配信するんですよ」

舌打ちとともに、坪井の下顎《あご》がせり出てくる。

「マスコミがなんの用だ、失せろ」

握った拳《こぶし》を高く上げる、が、実際に殴ってはこない。

「いやいや……そう、熱くならないで。あのですね、ちゃんと、用事はあるんですよ。坪井さんにね、お話を伺いたいなって、そう思ってきたんです」

「……っていうかテメェ、なんで俺の名前知ってんだ」

「そりゃ、記者ですから。ある程度は下調べもしてきましたんで」

鋭い目つきで、俺の全身を点検する。

「……坪井さん。ひょっとして、今の業者に引き取らせたかったのって、壊れたパソコンじゃないんですか？」

なんで知ってんだ、といわんばかりに眉を段違いにする。

俺はかまわず、ビルの入り口に歩き出した。

「見て差し上げますよ。基盤しかリサイクルできないのか、他にも、金になる部分があるのか」

「いいよ。勝手な真似すんじゃねえよ」

左肩を摑まれた。だが、俺がその手をじっと見ると、暴力行為ととられることを恐れたか、坪井はパッと離し、すぐポケットに突っ込んだ。

ここが攻《せ》め処《どころ》、と俺は踏んだ。

「坪井さん……先週火曜日の夜、おたくの事務所に、何者かが侵入したという情報があるのですが、間違いないですか」

尖った喉仏が、ぐるりと上下する。なんと分かりやすい性格をした奴だろう。

「その翌朝、あなたはおそらくこの辺りで、兄貴分の栗田泰夫さんに、こっぴどく怒られた……その顔の傷は、そのときにできたものではありませんか」

視線が下がっていく。俺の、胸の辺りで止まる。

「……ズバリ、お訊きします。侵入者はおたくの事務所に侵入し、一体何を盗んでいったのですか。お金ですか、それとももっと危険なものですか」

坪井が、ぐっと奥歯を噛み締める。顎の辺りの筋肉が硬くなる。

「ひょっとして、パソコンが壊れたのは、そのときですか」

反応、なし。

「……もしかして侵入者は、金目のものを盗むのが目的ではなくて、あなた方の所持している、パソコンを破壊することが目的だったのではないですか？」

坪井は、完全に固まってしまった。ヤクザなのだから、「黙れテメェ」と俺の胸座《むなぐら》を摑み、背も高いのだから吊《つ》り上げてみせてもいいと思うのだが、それはしない。案外、心根は優しい奴なのかもしれない。

「……坪井さん。何か盗られたにせよ、壊されたにせよ、そういうことがあったんなら、警察に届けた方がいいですよ。どんな立場の人であれ、泣き寝入りするのはよくないですって」

泣き寝入り、という言葉が癪《しゃく》に障ったか、坪井は表情に険《けわ》しさを取り戻した。

「……余計な世話だ」

坪井は再び口を尖らせ、ビルに入っていった。

余計な世話、か。

つまり俺の推理は、大方当たっている、と思っていいわけか。

8

あんなことがあった手前、私からの連絡っていうのは、ちょっとしづらかった。だから、直哉から電話がかかってくるのを、私はただじっと待ち続けていた。二十四時間、いつでも出られるように、肌身離さず、携帯を持ち歩いていた。お風呂に入るときも、ユニットバスの、トイレのフタのところにちゃんと置いていた。

でもさすがに、一週間も連絡がこないと――。

不安なんて状態はとっくの昔に通り越していて、もうすでに放心状態というか、気がつくと、いま私、何しようとしてたんだっけ、何考えてたんだっけ、って、分かんなくなっちゃうこともしばしばだった。

別に、こうなって初めて気づいたわけでもないんだけど、直哉ってけっこう、私の心の支えだったんだなって、改めて思う。一人暮らしで、友達もそんなにいない私にとって、直哉はある意味、世界の中心だった。

コンビニでのバイトに将来なんて見出せない。でも、あとで直哉と会うことを思えば、大変でも退屈でもなかった。一人暮らしが寂しくないといったら嘘になる。でも、私には直哉がいるんだって思えば、耐えられないほどの孤独ではなかった。

今は、どっちも無理。部屋、寂しい。バイト、つまらない。

「どうしたの、桐江。全然元気ないじゃん」

バイト友達のチカちゃん。いつも元気な十九歳。ちょっとだけでいいから、そのパワー、分けてほしい。

「まだ、直哉から……連絡、こないの……」

「そっかァ。エッチ失敗から、もう一週間かァ」

ちょっと。

「チカちゃん、そういうこと、こ、声に出して、いわないでよ……誰かに聞かれたらどうするの」

「えー、だって、最初にいったの桐江じゃん」

「それは、相談したんでしょ」

「つまりあたしと、悩みを共有したってことっしょ」

「そう、かもしれないけど……とにかく、シーッ」

いっちゃ駄目なの。

「分かった……うん。もう、いわない」

チカちゃん、すごくいい娘なんだけど、ちょっとオープン過ぎるっていうか、ストレート過ぎるところがある。この前も、お客さんいるのに、避妊具の話をし始めて。あたし中学んとき、コンビニでこういうの売ってるって知らなくて、わざわざ薬局で買ってたんだよね、なんて、いわなくてもいいことを、大きな声で。

「でなに、結局よく分かんなかったんだけど、桐江、痛いの？」

「え……いや」

だから、その話は終わりにしようよ。詳しく説明できないよ。

「あたしも最初は痛かったよ。ありえねー、とか思ったけど、でも、五回。五回だけ我慢してみ。ぜってーよくなるから。あたしの友達も、みんな五回だっていってる」

ほんとかな。私、そんな回数、聞いたことないよ。

「でもあたしも、バックは駄目なんだ。なんかしんないけど、痛いんだ。でも男って、みんなバック好きっしょ。あたしの友達も、みんないってる。男って、みんなバック好きだって」

もう、ほんとやめようよ、そういう話。特に仕事中は。

かといって、チカちゃんが休憩にいっちゃうと、それはそれで寂しくて堪らなくなる。お客さんが適当にいればまだいいけど、それもないと、なんか、世界に一人だけ取り残されたような孤独感に苛《さいな》まれる。

そういうのを、ギリギリセーフにしてくれてたのが、直哉の存在だったんだと思う。約束してた映画、いついけるかな、とか、またあの焼き鳥屋さんにいきたいな、とか。そういうことを考えてると、いつのまにか時間の方が勝手に過ぎていった。

今は、駄目。

一秒が、十秒くらいに長く感じられて仕方がない。こんなふうに一人でいるときに、また強盗が現われたらどうしよう、なんて嫌な想像までしてしまう。

なんで私、こんななんだろう。

お母さんの記憶って私の中に、そんなに多くは残っていない。私が三歳のときに交通事故で亡くなってるから、仕方ないといえば仕方ないんだけど。

当時私たちは、千葉県木更津《きさらづ》市の、下烏田《しもからすだ》っていう田舎に住んでいた。私の家は小高い丘に造られた新興住宅地にあったけど、丘の向こう側までいくと、そっちにはまだ畑とか田んぼが広がっていた。雑木林とかもあっちこっちにあって、子供はみんな虫を採ったり、木登りしたり、毎日そういう遊びをしていた。

その日、私は近所の友達の家に遊びにいっていた。その家の裏の林で、確かキノコか何かを集めてたんだと思う。全部毒キノコだから食べちゃ駄目よって、おばさんにいわれたように記憶している。もしかしたら、それは違う日のことかもしれないけど。

で、午後の三時くらいだった。その家の玄関までお母さんがきて、買い物にいくっていったんだけど、私は遊びが楽しかったから、いかないって断ってしまった。その家のおばさんも「いいわよ、うちにいて」っていってくれて、だからお母さんは「じゃあ、お願いします」って頭を下げて、出かけていった。あれが、私の見た最後のお母さんだった。

　田舎だから、ちょっと買い物にいくのだって車が当たり前だった。もちろん、うちのお母さんも。あの日、何を買うつもりだったのかは知らないけど、お母さんは国道を南下して、君津《きみつ》の方に向かっていたらしい。で、対向車線から右折してきたダンプと衝突。軽自動車だったんで、かなり滅茶苦茶だったって、あとから聞いた。

　あの日、私が一緒にいってたら、どうなってたのかな。お母さんと一緒に、私も死んじゃってたのかな。それとも、車に乗るタイミングとか、お母さんの運転も微妙に変化して、事故自体が起こらなかったのかな。分からないけど、そんなことを、子供の頃の私はよく考えた。

　なんか、その夕方の、騒がしい雰囲気はよく覚えてる。だいぶ暗くなってから、お父さんがその友達の家に迎えにきて、そこから病院にいったんだと思う。お母さんが寝かされてたのは、霊安室じゃなくて、治療室みたいなところだった。そのときはまだ状況がよく分からなかったから、けっこう大人しくしてたんじゃないだろうか。泣き叫ぶとか、そういう感じじゃなかったと思う。

　お葬式のことは、あんまり覚えてない。その後も何度か親戚《しんせき》とかで経験してるから、そこら辺とごっちゃになっちゃってる。

ただ、その後の生活が一変したことは覚えてる。

私は保育園にいくようになり、夜になってお父さんが迎えにきて、二人で帰って、二人で食事。二人でお風呂に入って、二人でお布団に入った。

朝起きると、お父さんがご飯を作ってた。

お母さんは？　って、何度も寝ぼけて訊きそうになったけど、そのたびに私は、心の中で自分の口を塞《ふさ》いだ。それはいっちゃ駄目なんだって、それだけは分かってた。

お父さんは普通に勤め人だった。下鳥田の家は、ただ安かったから買ったんだと思う。近くに親戚がいたわけでも、何かの縁があったわけでもない。ただ仕事に通える範囲で、車さえあればさほど便の悪い土地じゃない、って思ったんでしょう。その「車」が、私たち家族の運命を大きく変えてしまったのだけれど。

でも、自分でいうのも変だけど、お母さんを亡くしたからって、私はそんなに変な育ち方はしなかったと思う。まだあの頃は、けっこう活発な方だった。今ほど引っ込み思案ではなかったはず。いや、今だって決して、百パーセント内向きな性格をしているわけじゃない。ただ、苦手なものが多過ぎるから、どうしても活発になれないだけの話で。

じゃあ、私が今みたいになっちゃったのって、一体いつからなんだろう。

絶対これ、っていうんじゃないけど、もしかしたらっていう心当たりはある。

あれは、私が八歳の夏だ。

お母さんにはお兄さんがいて、その家には私より一つ年上の従姉《いとこ》がいた。史奈《ふみな》ちゃんて名前だった。すごく可愛かったのを覚えている。目がくりくりっとしてて、髪型も、いま思えばけっこうお洒落《しゃれ》だった。セミロングなんだけど、確か綺麗にシャギーが入ってた。私は遊びながら、よく横から彼女を見てたから、覚えてる。

で、たぶんなんだけど、あっちはあっちでお父さん、つまり私にとっての伯父《おじ》さんが、単身赴任かなんかであんまりいなかったんだと思う。でも私たちは仲が良かったから、史奈ちゃんはよくうちに遊びにきたがっていた。彼女の家は東京で、しかもマンションだったから、田舎に泊まるのが楽しくて仕方なかったんだと思う。私は逆に、東京のマンションの方が面白いと思ったけど。夜景とか綺麗だったし。

だから、私が泊まりにいったり、史奈ちゃんがうちにきたり、よくしていた。ただし、子供だけ。親は送り届けて、お茶を飲んだらすぐ帰る、って感じだった。当時は一緒に泊まってけばいいのにと思ったけど、それはマズいって、今なら分かる。こっちは男親、あっちは女親。そういう気持ちはなくても、誤解ってことはあるわけだし。

あの夏も、そんな感じで史奈ちゃんはうちに泊まりにきていた。丘を越えて雑木林の方にいって、虫やカエルを採ったり、木に登って遠くを眺めたりして過ごした。

そんなときは、決まってお父さんも近くにいた。週末だったのか、夏休みをとっていたのかは分からないけど、とにかく史奈ちゃんは預かってる子だから、何かあっちゃいけないって思いがあったんだと思う。でも正直いうと、近くにいられるのは、ちょっと嫌だなって思ってた。別に、親に見られちゃいけないような遊びをしてたわけじゃないんだけど、見張られてるっていうのはなんか、やっぱり嫌だった。

夕方までたっぷり遊んだら、うちに帰って晩ご飯。史奈ちゃんと一緒にギョーザを作ったのは覚えてるけど、それが、その夏のことだったかどうかは定かでない。

三人で食事をしたら、お風呂。さすがにそこまではお父さんも一緒じゃなかった。私と史奈ちゃんと二人で入った。どっちも一人っ子だったから、こういう経験て貴重だった。なんか微妙に、洗う順番とか、やり方が違うなって思いながら見てた。で、あんまり見ないで、恥ずかしいからって、史奈ちゃんにいわれた。

史奈ちゃんはスイカが嫌いだったから、一緒のときはよく桃を食べた。史奈ちゃんちでは、桃はお母さんが皮を剝《む》いて切って出してくれるらしく、うちでも彼女がきたときだけは、お父さんが皮を剝いて切ってくれた。史奈ちゃんが帰っちゃうと、途端に「自分で剝きなさい」っていわれちゃうんだけど。

それから、そう。一緒に花火をやったんだ。うちの小さな庭で。

お父さんが買ってきてくれてて。ちゃんと子供たちでも危なくないように、缶の中に蠟《ろう》燭《そく》を立ててくれて、それで火を点《つ》けてやりまくった。

もう、ものすっごい盛り上がった。隣の家に向けちゃいけないって、それだけが決まりで、あとはやりたい放題だった。けっこうな量があったはずなんだけど、あっというまになくなってしまった。

そうしたら、そうだ。史奈ちゃんが、珍しく泣いたんだ。もっとやりたいって。せっかく楽しかったのに、なんかそれで、すごい嫌な感じになったのを覚えてる。悲しい雰囲気っていうか。私もお父さんもなだめたんだけど、駄目で。結局、もうちょっとだけ買ってくるってことになった。

その頃には周りにも少しお店ができ始めていて、歩いて五分くらいいけばコンビニもあった。ただ、そこまでの道は真っ暗だった。子供二人を連れて歩くのはお父さんも不安だったんだろう。二人は家にいなさい、急いでいってくるからって、一人で買いにいった。

別にそれでも、私は心細くなかった。一人で留守番することはよくあったし、お父さんがいないときに火を使ったり、そういうヤンチャも私は一切しなかった。

ただ、その夜はなんか、特別な感じがあった。

史奈ちゃんが、またわけもなく泣き始めた。一つ年上だし、それまでそんなことなかったのに、その夜だけは彼女、よく泣いた。もう帰りたいって。そう叫びながら、泣いたんだ。

途端に、私も不安になった。一人でいっちゃったお父さんが、お母さんみたく事故に遭って死んじゃったらどうしようって、急に心配になった。で結局、私まで泣き出してしまった。

心配で心配で、私も史奈ちゃんも大泣きして、お父さんって呼びながら、ガチャガチャ鍵《かぎ》を開けて、ドアを開けて、道に出て、そうしたら――。

レジに立ってたら、急に目眩《めまい》がして。慌ててどっかに掴まろうと思ったら、それがたまたま、タバコの陳列《ちんれつ》ケースで。あっ、て思ったときには、もうガシャーンって、向こう側に倒してしまっていた。タバコの箱が辺りに散乱し、たぶん、陳列ケースも割れた。

「……大丈夫ッ？」

すぐにチカちゃんが飛んできてくれた。カウンターの向こうからこっちを覗き込んでるお客さんもいる。見覚えのある顔だ。あれ、誰だっけ、その人。

「大丈夫ですか？　顔、真っ青ですよ。ちょっと、奥で休んだ方がよくないですか」

そう、あの人だ。お店に強盗が入ったとき、たまたま居合わせた新聞記者さんだ。

「いえ……大丈夫です」

立ち上がろうとしたんだけど、やっぱり駄目で。チカちゃんに掴まったら、彼女まで倒れそうになっちゃって。

「ほら、無理しない方が……」

記者さん、ああそう、確か、鶴田さん。彼が、こっちに入ってきて肩を貸してくれた。

「事務所、あっちですか」

鶴田さんが訊くと、チカちゃんは「うん、そう」って答えた。もうちょっといい言い方、と思ったけど、本気で気分悪くて、私は何かいえる状態ではなかった。

「あの、あたし、これ片づけるんで、その子、頼んでいいっすか」

「うん、大丈夫。任せて」

「水とか氷とか、そこらの適当に使っちゃっていいっすから」

「分かった。そうする」

なんだかんだわけ分かんないうちに、鶴田さんに連れられて、バックスペースまでたどり着いた。

「……すみません……なんか」

広げてもらった折り畳みのパイプ椅子に腰を下ろす。

「いや、これくらい、どうってこと……それより、ほんと顔色悪いよ。水とか氷とか、持ってこようか」

大丈夫です、のひと言が声にならず、私はただ手を振っただけだった。

鶴田さんはしばらく立っていたけど、ほんとに心配してくれてるらしくて、やがて自分でも椅子を広げてそこに座った。大丈夫？　背中さすろうか？　とかいって触ってきたら鳥肌ものだけど、そういうことも彼はいってこなかった。

結局お店はチカちゃんに任せて、ちょっと早めに上がらせてもらうことになった。

鶴田さんは、ずっと一緒にいてくれた。

「……俺の家、ここを真っ直ぐいった辺りなんだけど、芳賀さんは家どこ？　なんだったら近くまで送るけど」

先に自分の方角をいうって、上手い気遣いだなって思った。全然別の方向をいえば、私は簡単にその申し出を断れるわけで。つまり鶴田さんは、そういう配慮をもって他人と接することができる人、なわけで。

あ。でもこれって、いま私が直哉と上手くいってないから、別の誰かを頼りたいっていう、浅ましい気持ちの表われなのかも。そんな考えで勝手に鶴田さんを評価するって、ひょっとしたら、とても失礼なことなのかもしれない。

「……ありがとうございます。でも、大丈夫です。すぐ近くだし」

私は、警戒して断ったって思われないように、できるだけいい笑顔を作ってみせた。上手くできたかどうかは、分からないけど。

鶴田さんは、そう、っていって、すごく自然な笑みを浮かべた。私も、そんなふうに笑えたらいいのに。

「なら、いいんだけど……でも実際、ああいう事件に、遭ったばかりなわけだから。精神的なショックとか、あって当然だと思うから。無理だけはしない方がいいよ。もし心配なこととかあったら、相談乗るし」

やっぱり鶴田さんて、すごく優しい人なのかも。

第一印象は、とにかく髪の毛の多い、ムサい人って感じだったけど、ちょっと話してみると、声は穏やかだし、笑顔は優しげだし。

いやいや。だから、いま私は、たまたま直哉と上手くいってないから、そういうふうに思うだけなんだって。

アパートに着いて、ゆっくりお風呂に入って。なんで私、今日お店で倒れちゃったんだろうって考えてたら、思い出した。

そうだ。私、史奈ちゃんのことを思い出してたんだ。

あの夏、史奈ちゃんは死んでしまった。どうして亡くなったのかは、よく分からない。私はお葬式には参加せず、だいぶあとになってから、東京のマンションにお線香をあげにいった。もうお仏壇もあって、写真が飾られてた。浴衣を着た写真だったと思う。史奈ちゃん、すごい可愛い顔してた。

そう。そのときのことは覚えてるのに、なぜか最後に遊んだ日の、直後のことは思い出せないんだ。なんでだろう。

しかも、そのあとからなんだ。私が、テレビが苦手になったのは。同じものがたくさん並んでる場所が怖くなったのは。

9

俺だってびっくりした。夕飯にする弁当を選んでいたら、いきなりタバコの陳列ケースが倒れてきたのだから。

幸い、ケースが誰かに当たることはなかったし、おでん鍋に入ってしまったタバコもふた箱だけだったので、被害は最小限で済んだようだったが。

どうやら惨事の原因は、例の芳賀桐江が、貧血か何かを起こしてよろけたことにあるらしかった。

一応顔見知りなので、俺も「大丈夫ですか」と声をかけにいった。店長とか、他に男性店員が一人でもいればそんなお節介はしなかったのだが、どうも芳賀桐江以外には、やたらと派手な茶髪の女の子が一人いるだけのようだったので、仕方なく――というほど嫌々でもなかったけれど、俺は手を貸すことにした。

バックスペースに連れていき、様子が落ち着くまで付き添った。ものの数分で桐江の顔色はよくなり、歩けるようにもなった。

　そんなこんなしていたら、

「……桐江、もう上がっちゃいなよ。あと十五分くらい、あたし一人でなんとかすっから」

　茶髪娘にいわれ、なんとなく、俺も一緒にバックスペースから出ることになってしまった。そうなると流れからして、送っていきましょうかと、いわざるを得なくなる。男だから。

　まあ、桐江はごく普通に遠慮したが。

「……ありがとうございます。でも、大丈夫です。すぐ近くだし」

　無理に作った笑顔が、健気《けなげ》というかなんというか、ちょっと可愛かった。

　だからというのでもないけれど、俺も普段より何割増しかで、親切心を発揮した。

「……でも実際、ああいう事件に、遭ったばかりなわけだから。精神的なショックとか、あって当然だと思うから。無理だけはしない方がいいよ。もし心配なこととかあったら、相談乗るし」

「ああ、はい……ありがとうございます。じゃあ、何かあったら、あの、いただいた、名刺の番号に……？」

「そう。うん……電話して」

桐江とは、そこで別れた。

なんとなく、遠く小さくなっていく後ろ姿を見送っていたら、次の次の角を曲がるとき、彼女は俺を振り返り、大きく手を振った。俺も、分かるように大きく振り返した。

なんだかな。

あんまり、そういうことしないでほしいんだよな。そういう、可愛いことされると俺、君のこと、好きになっちゃうかもしれないでしょう。

翌日、昼過ぎに電話がかかってきた。見覚えのない固定電話の番号。桐江かな、と思ったけど違った。平山ビルの向かいの清川さんだった。坪井が壊れたパソコンを不燃ゴミに出そうとしていたと教えてくれた、あのおばさんだ。

『大変大変。今よそからヤクザがきて、あのビルに入っていったわよ』

すぐいきます、といって電話を切った。ちょうど大塚署から出てきたところだったので、そのまま手をあげてタクシーを拾った。

音羽《おとわ》通りから首都高速下に入り、一キロほど。現場にはものの五分で到着した。降りたのは、この前張り込みに使った喫茶店の前だ。

道の向かいを見ると、平山ビルの前に車が一台停まっている。ただ、ちょっとヤクザが乗るにしては地味というか、華のない、微妙に古い車種だった。たぶん日産ローレルとか、そんな感じだ。色はガンメタリック。

信号を駆け足で渡り、美容院の角から顔を覗かせる。すると、すぐに謎《なぞ》は解けた。あれはヤクザの車ではない。たぶん、警察の覆面パトカーだ。無線用であろうアンテナがやたらと立っている。なんてことはない。清川のおばさんは、マル暴刑事の風貌を見てヤクザと勘違いしたのだ。

しかし、なぜ警察が？

俺はまたこの前のように、駐車場の隅《すみ》っこに身をひそめ、事の成り行きを見守ることにした。

耳を澄ますと、確かに怒声が聞こえる。見上げた窓には、忙《せわ》しなく行き交う人影が映っている。ひょっとしてガサ入れか？　狙いはチャカか？　シャブかハッパか？

いや、ガサ入れにしては、車がセダン一台というのは少な過ぎる。ブツだけなら大した荷物ではないが、関係資料なども押収するなら、最低でもワンボックスカーの一台は欲しいところだ。あと、押収する状況を撮影するのにも、鑑識係員の一人や二人は必要だろう。

とすると、ガサ入れではないのか？

二、三十分は、そうしていただろうか。やがて平山ビルの出入り口から、スーツ姿の男が三人出てきた。間違いない。一般人にはヤクザにしか見えないだろうが、あれはれっきとした警察官だ。全員、目白署刑組課の暴力団対策係員だ。知り合いといえるほど親しくはなかったが、どれも知った顔ではあった。

　全員同時に車に乗り込み、この前の廃品回収業者と同様、いったん駐車場に車のケツを入れ、方向転換をして通りに出ていった。

　その、数秒後だ。

　すんませんッ、と怯えたような、裏返った声が上から聞こえた。すぐにドアが勢いよく開く音、続いてけたたましい足音。まもなくビルの出入り口から転げ出てきたのは、あの坪井だった。

「すんません、すんません兄貴ッ」

　あとから、ズボンのポケットに両手を突っ込んだ男が出てくる。スーツもシャツも黒一色。むろん、靴も。その足で、土下座をしようとする坪井の脇腹に蹴りを入れる。

「ブゴッ……す、すんません、アニ……許して……」

　どうやらこのブラックマンが、栗田泰夫のようだ。ちょっと病的なくらい肌が白い。目も、見えているのか疑わしいくらい細い。それでいて、薄く無精《ぶしょう》ヒゲを生やしている。髪はパンチパーマではない。オールバックだ。キャラクター的には、ヤクザというよりは、映画なんかに出てくる殺し屋の雰囲気に近い。あるいは吸血鬼か。

　無言のまま、土下座をした坪井の後頭部に右足を乗せる。そのまま、ぐいぐいと体重をかけていく。

「い、イッ、イテテテ……」

坪井の額がアスファルトの地面に接する。それでもまだ栗田は体重をかけ続ける。坪井の呻《うめ》き声が、叫ぶそれへと変わっていく。坪井のおでこが、アスファルトのギザギザで削れていく。

栗田、こええ。

「ヒキャァァァーッ」

っていうか、なんなんだこいつら。

図らずも俺は、坪井が栗田にリンチされるシーンを、最初から最後まで見ることになってしまった。正直、何度も「もうやめてくれ」といって飛び出しそうになった。でもそのたびに、待て待てと自分に言い聞かせた。いま俺が出ていっても、たぶん坪井を助けることはできない。そればかりか、俺まで同じ目に遭わされる可能性が非常に高い。理由はない。ただ、そう思ったのだ。

七、八分、リンチは続いたが、結局栗田は、ひと言も発せずにその場から去っていった。坪井はその後もしばらくうずくまっていたが、やがて自力で立ち上がり、左足を引きずりながらビルに戻っていった。

追いかけて坪井に話を聞こう、というのも、ちょっとだけ考えた。だが、いつ栗田が戻ってくるか分からない状況での取材は、あまりにも怖過ぎる。ので、坪井への取材はまた今度にして、俺は目白署に向かった。

　道を渡ってタクシーを拾い、いったん池袋駅方面に向かって、明治《めいじ》通りから目白通りに。もう少し走って、某有名私立中学の前で停めてもらった。

「領収証ください」

　そういえば経費の精算、だいぶ溜めちゃってるよな、などと思いつつ車から降りる。目白署は道をはさんで真向かい。四階建ての、わりと古い庁舎だ。

　横断歩道を渡り、署の玄関へ。受付で身分証を提示したら、階段で二階へ。

　そして、二階の廊下でそっと、刑組課の様子を窺う。最近は新聞記者を中に入れないデカ部屋も多いので、こういう、発表以外の警察取材は案外難しくなってきている。

　お。さっき平山ビルから出てきた刑事の一人を発見。四十代半ばの、爬虫《はちゅう》類みたいな顔をしたデカ長だ。名前は確か、冬木《ふゆき》。机で何か書き物をしている。パソコンを使っていないところを見ると、調書を作っているわけではなさそうだ。

　ああ、その隣にいるのもそうだ。さっき現場にいた一人だ。わりと恰幅《かっぷく》のいい、五十代のデカ長。名前はど忘れした。

　どっちを狙うか悩んだが、名前が分かっている冬木の方がやはり、いくらかやりやすい気がした。ちょうど、何度か話したことがある盗犯係の女性刑事が通りかかったので、彼女に頼むことにした。

「お願い、亀井《かめい》さん……冬木さん、呼んできて」

「えー、そういうの苦手なんすよね、あたし」

「頼むよ……今度、なんかのチケットあげるから」

「なんかって、なんですか」

「たとえば……野球とか……」

ベースボールとか、巨人戦とかのチケット。

「……しょうがないなぁ。分かりましたよ……っていうか、いま野球やってないでしょ」

「ああ、そうだね。ごめんね……頼むね」

一分ほどで亀井は、ちゃんと冬木をデカ部屋の戸口まで連れてきてくれた。

だがその、俺を見る冬木の目の、怖いこと怖いこと。

「……誰だオメェ」

亀井は何もいわず、苦笑いを浮かべて去っていった。

「はい……私、共有通信の、鶴田、と、申します」

一応名刺を出しておく。前にも挨拶したことはあったはずだが。

「通信社の人間が、何の用だ」

「はい……東池袋の、栗田のことで、ちょっと」

冬木の細い眉が、ピクリと跳ねる。

「……おい、ちっとこい」

いきなり、冬木は階段の方に歩き始めた。

やった、釣れた。

「はい」

俺はスキップしたい気持ちを抑え、冬木のあとをついていった。

階段で三階、四階。なんと、屋上まできた。この寒いのに、屋外で話そうというのか。

冬木は歩をゆるめず、一気にフェンスの前までいった。そして、振り返りもせずにいった。

「オメェ、なんで栗田の話なんかしにきた」

「はい……」

こういう駆け引きこそが、事件記者の醍醐味《だいごみ》である。次なる台詞《せりふ》は、よくよく吟味《ぎんみ》した上で決定したい。

うん、よし。いってみよう。

「……私、見ちゃったんですよ。冬木さんたちが、栗田の事務所で、何かやってるの」

いや、あんまヒネリの効いた台詞じゃなかったな。

案の定、冬木は無反応。まだこっちのターンということか。

「でもあれ、ガサじゃないですよね。ガサにしちゃ、ちょっと人手が少な過ぎる。そこまで踏み込んだ何かじゃない……でも、とりあえず何か、刺しておきたかった。あんまりいい気になるなよ、こっちはこっちで調べを進めてんだからな……みたいな、アピールだけは、しておきたかった……違いますか」

まだ、黙っている。

「冬木さん、なんなんですか。目白署はなんのネタで、栗田を洗ってるんですか」

冬木の右手が動く。内ポケットから何やら取り出す。タバコだ。背中を丸め、火を点《つ》けようとするが、風が強いのか上手くいかない。図らずも、冬木はそれでこっちを向かざるを得なくなった。俺も一歩前に出て、風よけの役を自ら担《にな》う。

「……教えてくださいよ、冬木さん。栗田たちの、何を調べてるんですか」

ひと口を、やたらと長く吐き出す。風にさらわれた煙はあっというまに、目白通りの上空に散っていく。

冬木はもうひと口吸い、だが今度は短く吐き出した。

「……オメェ、なんであそこにいた」

はい？　と首を傾げ、とぼけておく。

「見たんだろう、さっきの。だが、用もねえのにブラブラ歩くようなところじゃねえよな。なんか面白えネタにぶつからねえかって、そういう偶然を期待していくような町じゃねえだろ、あの辺りは」

ええ、仰《おっしゃ》る通りです。

「まあ……そっすね」

「なんだよ。なんでオメェは、あの場所にいたんだ」

そろそろ、こっちのネタの出しどきか。

俺は、冬木の目をじっと見て頷いた。

「……タレ込みがあったんですよ。栗田のところに警察がきてるって。近所のおばさんから」

本当はヤクザ呼ばわりだったが。

「なんでそのおばさんが、オメェに知らせるんだ」

「何かあったら知らせてくれって、名刺を渡しておいたからです」

「いつ」

「二日くらい前です」

「なぜ二日前、そこにいった」

「もちろん、取材です」

「なんの」

「それは……いえません」

やっと互角《ごかく》に並んだ。

さあ、ここからが勝負だ。

いま双方の手元には、伏せたカードが一枚ずつある。だが、あとからカードを出したのは俺だ。よって、次のアクションを起こすのは冬木だ。冬木が自分の一枚を表に返さなければ、俺もこの一枚は返さない。これは、そういう駆け引きだ。

「……冬木さんたちが今日、栗田の事務所に何をしにいったのか。それを教えてもらわないことには、こっちも、ネタは明かせません」

冬木は長く吸い込み、タバコの、半分近くまでを一気に灰にした。

それを、今度はいっぺんに吐き出す。

「……わいせつ図画だよ」

ポケットから出した携帯灰皿に、冬木は吸い差しを捻じ込んだ。

「……と、いいますと、要するに、ポルノですか」

「ああ。具体的にいえば、流出ＡＶのネット配信だ。……栗田は都の公安委員会に対し、アダルトサイト経営の届けを出してはいたが、一部の過激な映像に関しては海外のサーバを経由させ、国内で違法に頒布《はんぷ》した疑いがある。つまり、わいせつ図画公然陳列の容疑だ。ただ、俺たちが気づいたときにはもう、配信の方はストップしていた。今日実際にいってみると、パソコンやサーバといった機器は処分されていた。ネタ元になったビデオやＤＶ

Dも、ほとんどなかった」

ギロリと、爬虫類じみた大きな目が俺を睨む。

「まさか……オメェがなんか、情報流したんじゃねえだろうな」

「ハイ？」

そんな無茶な。

「近々ガサが入るとか、適当なことを漏らしたんじゃねえのか」

「滅相《めっそう》もない。そんなことするはずないじゃないですか。そもそも私は、栗田が流出ＡＶの配信をしていたなんて、いま冬木さんから聞いて初めて知ったんですから。漏らすも何もないですよ」

どうやら、冬木もさして本気ではなかったらしい。苦笑いを浮かべ、もう一本タバコに火を点ける。

「……じゃあ、そっちの話も聞かせてもらおうか。なんでお前は、栗田たちの取材なんかしにいったんだ」

「ああ……」

すっとぼけて逃げようかと思っていたが、さすがに、そうはいかないようだった。

「まあ、これもある種のタレ込みなんですけどね。先週の、火曜日の夜に、栗田の事務所に泥棒が入ったらしいって、そういう噂を聞いたんですよ。で、それについてちょっと調べてみると、どうも、その泥棒に入られた次の日に、大量の壊れたパソコンが、不燃ゴミとして出されていたらしい……」

冬木の顔色を窺う。ちょっと、眉をひそめている。

「だから、いま冬木さんがいった、機器の処分っていうのは、ちょっと違うかなって、私は思いました。ひょっとしたら、栗田のところに侵入した何者かが、パソコンを破壊したんじゃないかと……私は、そう見てるんですが」

特に、これといったリアクションはなかった。冬木は俺の意見を、肯定も否定もしなかった。

これは、どういうことだ。


まだ夕方だったが、俺は急いで家に帰った。パソコンで調べものがしたかったのだ。参考のためにと前置きし、栗田たちが運営していたアダルトサイトはなんというタイトルだったかを訊くと、冬木は「激裏動画ドットコム」だと教えてくれた。まあ、別にネットカフェとかで調べてもいいのだが、俺の場合は家が近いので。その方が、余計な金も使わずに済む。

ちょうど腹も減っていたので、パソコンの電源スイッチを押してから、カップラーメンの用意を始めた。ウイルスソフトだのファイヤーウォールだの、起動と同時にいろいろ立ち上がるようにしているので、ラーメンができるのとパソコンが使えるようになるのとはほぼ同時だった。

麺をすすりながら調べを始める。まずは検索エンジンで「激裏動画ドットコム」について調べてみると、まあ、出てくる出てくる。まさに「激裏動画ドットコム」そのものの情報から、似たようなタイトルのサイトに関することまで、数百万件単位の情報がヒットした。

試しに「激裏動画ドットコム」を直接見てみると、なるほど。そういったサイトは見当たりません、というエラーメッセージが表示されてしまう。栗田のところのサーバが壊れているのだから、当然といえば当然だ。

ちなみにキャッシュでどんなページだったかを見てみようと思ったが、それも駄目だった。「キャッシュ」というのはこの場合、検索エンジン側にあらかじめ読み込んである過去データのことだが、期限が切れているのかなんなのか、とにかく表示できなかった。

次に、おそらく「激裏動画ドットコム」を利用していたのであろうユーザーの声を拾ってみた。

ふむ。確かに、かなり過激なサイトだったようだ。すでに引退した人気ＡＶ女優の無修正動画や、現役女子アナの盗撮トイレ映像。それらが、実際に配信されていたようである。はっきりいって、これが本当だったら逮捕されて当然だろう、という内容ばかりだ。

さらに、海外サーバ経由の過激映像を観たユーザーの感想も拾っていく。そっちはどうやら、児童ポルノがメインだったようだ。

明らかに未成熟な体付きの少女が、成人男性と性行為をする。抵抗するのを無理やり、というケースも少なからずあったようだ。一応仕事だと思うから我慢して読んでいるが、字面だけでも相当、胸糞《むなくそ》の悪くなるものばかりだった。こういうものを喜ぶ男がいること自体は、分からないわけではないが、決して共感はできない。

いい加減気分が悪くなってきて、もうやめようかなと思った頃、俺は、ちょっと気になる記述に行き当たった。それは、やはり「激裏動画ドットコム」のユーザーだった男の、ある日のブログの中にあった。

【これは、俺の勘違いかもしれない。でも、どうもこの映像の背景に映っているのが、あの稲垣満《いながきみつる》の部屋であるように見えてならない。ビデオテープやコミックが無数に並べられている部屋だ。本当によく似ている。ということは、この映像に映っている少女は、あの事件の被害者ということなのだろうか。】

この映像、ってなんだ。

リンクのアドレスを調べてみると、やはり「激裏動画ドットコム」の海外サーバに繋がっているらしく、すでにアクセスはできなくなっている。

っていうか、稲垣満の部屋って、なんだ。

10

似た名前の俳優がいるので、一瞬そっちの話かとも思ったが、違った。あれは「満」じゃない。もっと別の名前だ。

ということは、誰だろう。稲垣満とは――。

早速ネットで検索。すると、頼んでもいないのにいきなり画像が現われた。

面長の生白い顔。半分眠ったような細い垂れ目。耳が隠れるくらいの長髪。かつての「オタク」的イメージ、ど真ん中の風貌。写真はどこか屋外にいる彼を、やや上から撮ったものだ。左右から腕を取り、拘束しているのは制服姿の警察官。

ようやく思い出した。稲垣満といったら、あの有名な、女児誘拐殺人事件の犯人じゃないか。記者として大丈夫か、俺。

恥ずかしついでに、事件の概要もおさらいしておこう。

ええと。稲垣が事件を起こしたのは、今から十四年前の夏だったようだ。十四年前といったら、俺は中学三年。Ｊリーグも始まったばかりで、まだ本気でサッカー選手になろうと夢見ていた、あの頃だ。そうか。この事件って、もうそんなに前になるのか。

被害者は鈴木史奈ちゃん、九歳。東京都世田谷《せたがや》区の会社員、鈴木学《まなぶ》氏の一人娘。しかし事件が起こったのは、千葉県木更津市下烏田。

ん？　どういうことだ。

もうちょい本腰を入れて調べる必要がありそうなので、俺はそこから共有通信のサイトに飛び、記事データベースにアクセスした。期待通り、経緯はそこに書いてあった。

どうやら史奈ちゃんは、千葉の親戚宅に遊びにいっていて、被害に遭ったようである。なんと運の悪い。

で、具体的にはどういう事件だったのかというと。

十四年前の八月二十一日月曜日、夜八時半頃。史奈ちゃんは親戚宅付近で行方不明になり、その夜のうちに捜索願が出されたが、発見には至らなかった。

しかし、史奈ちゃん失踪《しっそう》から十九日が経った、九月九日の土曜日。その親戚宅から二キロほど離れた児童公園で、一人の男が警察に逮捕された。

男は、公園に遊びにきていた女児がトイレで用を足す様子をビデオカメラで撮影しようとし、だが犯行を、たまたま通りかかった公園管理組合員に目撃され、その場で取り押さえられた。通報を受けて駆けつけた警察官が事情を訊くと、男が盗撮しようとしたことを認めたため、現行犯逮捕となった。

その男の名が、稲垣満。当時二十四歳だった。

千葉県警木更津警察署は稲垣を取り調べ、さらに余罪を追及。すると稲垣は、まもなくとんでもない供述を始めた。八月の下旬に、家に遊びにきた女の子を暴行した上、殺害。家の裏の林に捨てた、と。

史奈ちゃんが「親戚宅付近で行方不明になった」のと、稲垣の家に「遊びにきた女の子」というのは矛盾する気がするが、まあいい。あとにしよう。

木更津署は供述に従い、稲垣宅裏にある雑木林を捜索。すると、その言葉通りに女児の遺体が発見された。それが、鈴木史奈ちゃん九歳だったわけだ。

木更津署は県警捜査一課と捜査本部を設置。稲垣を死体遺棄《いき》容疑で再逮捕。のちに殺人容疑で再々逮捕。十一月半ばに起訴。だが、その翌年から始まった稲垣の裁判は、なんとも複雑な経過をたどることになった。

四年後に出た一審の判決は、検察の求刑無期《むき》懲役《ちょうえき》に対し、懲役十五年の実刑。検察、弁護側双方がこれを不服とし、即日控訴。しかし七年後に出た二審判決は、証拠不十分による無罪。

ようやくこの辺りから俺の記憶も繋がり始めた。そう、知ってる知ってる。女児誘拐殺人の犯人が控訴審で無罪。覚えてる覚えてる。

しかし「証拠不十分」ってなんだ。まあ、これも詳しくはあとで調べるとしよう。

むろん検察はこれを上告。ところが、最高裁では起訴事実ではなく、どういうわけか、犯行当時の稲垣の精神状態がどうであったかに争点がズレてしまったようだ。要するに、犯行時の稲垣は心神喪失《しんしんそうしつ》、あるいは心神耗弱《こうじゃく》状態にあり、刑事責任は問えないのではないかという、この手の事件では今やお決まりの展開である。

そんな馬鹿な。いたいけな少女を監禁して慰《なぐさ》みものにした挙句、殺して雑木林に捨てた奴が、「精神的に正常でなかったから罪には問えない」なんてことがあるものか——と、国民の大半が思ったはずである。俺もそう思った。この国の司法はそこまで腐っちゃいない。当時はそう思っていた。

だが、現実は違った。司法はけっこう腐っていた。最高裁は弁護側の主張を認め、稲垣満に対し精神鑑定を実施。その結果、改めて稲垣に無罪を言い渡した。

その後、稲垣には措置《そち》入院制度が適用され、県内の病院にて治療が行われた、となっている。ちなみに現在は「心神喪失等の状態で重大な他害行為を行った者の医療及び観察等に関する法律」、略して「医療観察法」と呼ばれる法律が施行《せこう》され、この手の患者に対してはより徹底した管理がなされるようになった。

措置入院と医療観察法の違いとは何か。ごくごく簡単にいうと、措置入院はいったん病状が回復すると退院でき、それで終わりになるが、医療観察法では継続的かつ適切な医療を施《ほどこ》し、観察と指導を行っていく。つまり医療観察法の方が、「再発」に対して考慮されている、というわけだ。しかし残念ながら、稲垣に関しては時期的にこの限りではなかったらしい。

ということは、症状が一時的にでも回復した場合、稲垣は退院し、社会に復帰している可能性が高い、ということになる。

俺はアパートを出て、池袋駅東口の繁華街に向かった。大きな書店をいくつか回れば、稲垣事件に関する書籍が何かしら手に入ると思ったからだ。

山手線や埼京線、西武池袋線などの下をくぐる「ビックリガード」を抜け、ラーメン屋の行列を見ながら明治通りで信号待ちをしていたら、ポケットで携帯が震え始めた。

連絡用の方だった。ディスプレイを見ると、非通知と出ている。最近こういうのあったよな、あの人じゃないかな、と思って出たら、

『もしもし、鶴田さんですか』

「はい」

『コバヤシです』

案の定そうだった。

少し戻りながら話しやすい場所を探す。あの、ちょっと奥まった雑居ビルの入り口がいいだろう。

「ああ……その節は、どうも」

彼と会ったのは先週の金曜日。今日は土曜。もう八日が経っている。

『あの……その後、いかがですか』

「え、何がですか？」

『ほら、例の……山城組の一件です』

「あ、ああ……」

すっかり忘れていた、というわけでもないのだが、この一連の取材の出発点が「山城組が何者かに襲われたらしい」というコバヤシからの情報提供だったことは、なんというか、印象として薄くなっていた。というか、まあ、簡単にいうと忘れていた。

「ええ、まあ……ぼちぼち、調べています」

『実際、どうだったんでしょう。山城組は……』

「……実際、と、申しますと？」

『いや、あの、つまり……やっぱり、襲われて、事件になってたり、してたのでしょうか』

「いや……」

刑事や同業者のそれとは違うが、それでも俺は、このコバヤシという男の言動に、ある種の意図を感じていた。具体的にいうと、こっちから何か情報を引き出そうとする「下心」のようなもの。いつもの自分がそうだから、余計敏感に感じるのかもしれない。

そうなると人間なんて意地の悪いもので、そう簡単に教えてやるものかという気になる。

こっちの方が情報戦に関してはプロだ、というケチなプライドもあった。

「いえ、事件には、別になってなかったですね」

『鶴田さんは、その後、どのような』

「どのような、と、申しますと?」

『ですから……それに関して、何か、お調べになったりは』

「はい、ですから、ぼちぼち。やってはいますけれど」

『具体的には、どんなことを』

「それは……まだなんともいえないですね。記事にできることなのかどうか、はっきりとは分からない段階です」

あんたはおそらく、記事にできるかどうかなんてどうでもいいんだろうけどな。

『あの……鶴田さんは、ご存じかどうか分かりませんが、その……あの、山城組の事務所はですね、アート・プロジェクトという、一応、会社組織になっていてですね』

ほう。この男は、そこまで知っていて、俺に話を振ったのか。

『いろいろ……いかがわしい商売を、しているんですよ』

こいつ、知ってていってるな。栗田たちの商売がどういうものだったのか、具体的に知っているのに、とぼけていやがるな。

何者なんだ、こいつ。

「いかがわしい、と、いいますと」

一瞬、コバヤシは口籠《くちごも》った。

『……あ……それは、たとえば……』

いいだろう。ここはある程度、こっちから乗ってやろう。

「裏ビデオの、違法な配信とかですか」

数秒待ったが、応えはなかった。

「……コバヤシさん。あなた、何が知りたいんですか。確かに私は、山城組が襲撃されたことは知りませんでした。警察も、他の新聞社も、誰も知らないようでした。でも、あなたは知っていた。山城組襲撃に留まらず、彼らの裏ビジネスに関しても、ちゃんとご存じのようですが……なんなんです？　私から何か情報を引き出したいのなら、そういう、半分とぼけたような真似はやめていただけませんか。あなたが正直に話してくれるなら、私も正直にお答えします。最初に情報を提供くださったのはコバヤシさんなんですから、それなりの見返り……というほどのことができるかどうかは分かりませんが、お答えしたいという気持ちはあります」

ひと呼吸、置く。

「……でも、それはあくまでも、コバヤシさん。あなたが正直に、私と話をしてくれるならば、です。あなたが何かを隠したままでは、私も誠意ある対応はしづらいです。あなたにいつか騙《だま》されるかもしれない……そんなふうに思いながらじゃ、まともな話なんてできませんよ」

少し、声が大きくなってしまったようだ。自転車を引いて歩いてきた学生ふうの男が、ちらりとこっちに目をくれた。むろん、他人に内容が分かるほどの大声は出していないつもりだが。

コバヤシの溜め息が、耳元で膨らむ。

『……すみません、でした……決して、そんなつもりじゃ、なかったんですが』

失礼しました、とコバヤシは、一方的に電話を切った。

西武デパートのリブロで一冊、その向かいにあるジュンク堂で二冊と、二巻組の本の下巻を購入。上巻がないのはさすがに嫌なので、サンシャインアルパに入っている新榮堂《しんえいどう》書店に寄ったら、ちょうど上巻が置いてあったのでそれも買った。計五冊。ちなみに全部文庫本。何せ事件は十四年前。最高裁が結審したのも五年前なので、たいていの本は文庫になっている。お陰で安く済んで助かった。

それらをカバンに詰め込んで、東池袋に向かった。別に何というわけではないが、どうせどこかに腰を据えて読むなら、例の栗田の事務所を見張れる喫茶店がいいだろうと思ったのだ。

いってみると、店はいつも通り空いていた。

「いらっしゃいませ」

窓際の席までいき、腰を下ろす。

すぐさまマスターが水を持ってくる。

「……ブレンドと、チーズトースト」

「かしこまりました」

俺は、とりあえず買ってきた本をテーブルに出し、タイトルを眺めた。

『殺人者の真実』『殺したのはお前だ』の二冊は、何人かの猟奇殺人犯について列記した、いわば「殺しのノンフィクション・アンソロジー」といった形式の作品だ。

『稲垣事件——七つの謎』『稲垣満裁判　上・下』は文字通り、捜査や裁判について書かれたものだろう。

俺が一番興味を持ったのは『稲垣事件——七つの謎』だ。目次だけ、さらっと見てみる。

【第一章　警察とマスコミの作った稲垣像】

なかなか、聞き捨てならない出だしではないか。

【第二章　怒り、一審判決】

無期にならなかったことに対する怒り、という意味だろうか。

【第三章　冷静、二審判決】

冷静？　証拠不十分という、あれがか。

【第四章　決着、最高裁判決】

で、心神喪失で無罪、措置入院、という決着。

【最終章　誰にとっての悪夢】

駄目だ。目次だけじゃなんにも分からん。しかも、一つの章に一つずつ「謎」が割り当てられてるのかと思いきや、全部で五章。数すら合わない。じゃあなんなんだよ「七つの謎」って。文句ばっかいってないで中身を読めってか。まあね。こっちだってそのつもりで買ったのだが。

では、少し中身を見てみよう。

パラパラめくっていくと、わりと最初の方で、黒い何かが左から右によぎった。挿絵？いや、今のはたぶん写真だ。少し戻ってそのページを開くと、なんと。とある部屋の写真が載っていた。

これが、あのブログにあった「稲垣満の部屋」ってわけか。

確かに印象的というか、一種異様な光景ではある。写真は部屋の三方の壁を写しているが、そのどれもが本の背表紙や、ビデオのラベルらしきもので埋め尽くされている。床から天井まで、隙間《すきま》なく並べられたタイトル、タイトル、タイトル。小さい写真なのでその一つひとつがなんなのかまでは分からないが、綺麗に整理整頓《せいとん》されている、という印象は少なくともない。隙間を見つけたらとにかく詰め込んで、詰め込んで、詰め込む。そうやってできた、本とビデオの壁。趣味の砦《とりで》。偏執狂《へんしつきょう》的収集癖の洞窟《どうくつ》。そんな眺めだ。ただ、右側の壁の真ん中辺りには、ひと際大きな何かがはまり込んでいるのが見える。黒くて四角いもの。テレビ画面のようだ。そう思って改めて見ると、部屋の真ん中、かろうじて残っている床部分には布団が敷いてあり、黒い四角は、寝転がって観るのにちょうどいい場所に配置されているのだと分かる。

布団、ときて、またあのブログの文面を思い出した。

映像の背景、無数に並んだビデオテープ、コミック、映っている少女、あの事件の、被害者。

「激裏動画ドットコム」で配信されていた映像とは、一体どういうものだったのだろう。この写真の部屋の、中央に敷かれた布団の上で、鈴木史奈という少女が、つまり陵辱《りょうじょく》される、まさにその場面だったというのか。

と、そこまで考えたとき、俺の視界の端で何かが動いた。

通りの向こう。背の高い通行人。細身の男。

坪井のようだった。黒っぽい、革ジャンのような上着。両手をポケットに突っ込んで、背中を丸めて歩いている。平山ビルから出てきたところらしい。どこかに集金にでもいくのだろうか。坪井は例の、不味いラーメン屋の前を通り過ぎ——いや、過ぎないで、入っていった。坪井、お前まさか、あの不味いラーメンを食べるつもりなのか。

でも、これってひょっとして、チャンスじゃないか？　栗田は一緒にいない。坪井はこれから一人で、夕飯だかなんだか分からないが、不味いラーメンを食べようとしている。話を聞くには、もってこいのシチュエーションじゃないか？

「……マスター、ごめん。チーズトースト、あとで必ず食べるから、ラップかなんかしといて」

俺は慌てて本をカバンにしまい、千円札を一枚テーブルに置いて立ち上がった。

「はい……お包みしておけば？」

「うん、よろしく」

サッと手をあげて店を飛び出す。

とりあえず走ろうかと思ったが、見ると左の歩行者信号は赤だったので、ゆっくり歩いた。坪井は、大丈夫だ。入り口脇のカウンター席に座っている。

青になるのを待って横断歩道を渡り、近くに栗田がいないかどうかを確かめながら、ラーメン屋に接近していく。

辺りはすっかり暗くなっている。店内の明かりと、軒下にぶら下がった赤い大きな提《ちょう》灯《ちん》が、ひょっとしたらあったかくて美味いもんにありつけるかも、という淡い期待を抱かせる。ある意味、非常に幻想的な眺めだ。

「……へぇらっしゃい」

引き戸を開け、前回同様の挨拶に迎えられる。坪井は、こっちには目もくれず、カウンターに両肘をつき、両拳を額に当てて俯《うつむ》いていた。

俺はその手前、坪井の左隣の椅子に座った。

「……どうも」

耳元でそういうと、ようやく坪井は顔を上げ、こっちを向いた。左目の絆創膏、右頬の痣に加え、額にも大きなガーゼが貼り付けてある。

坪井は、何もいわなかった。これといった表情も浮かべず、少し細めた目で俺を見るだけだった。

「おやっさん、俺、ねぎラーメンね」

「へぇ、ねぎ……一丁……」

まだ、坪井は俺を見ている。

「……照れるなぁ。そんなに、見つめられちゃうと」

フザケんなッ、みたいなリアクションを期待したのだが、それもなかった。

「坪井さんは、なんにしたんすか、ラーメン……ああ、何が美味いか、聞いてから頼めばよかったかな……まだ、変更間に合うかな」

ちょっと笑ってみせる。依然、坪井の様子に変化はなし。やりづらい奴だ。しかしまあ、それも致し方ないか。あの栗田が兄貴分じゃ、日々をニコニコ笑って過ごす気分には到底なれまい。

「……すんません。どうしても、坪井さんと話がしたくて」

するとようやく、アヒルのように尖った唇が動いた。

「なんの」

そういって、顔を正面に戻す。視線の先には、オヤジの曲がった背中がある。麺を茹《ゆ》でる大鍋の前に立ち、泡立つ水面をじっと見つめている。

「パソコン、新しく買いましたか。……サーバとか、ないと、商売にならないでしょう」

ぴくっと眉根と、鼻筋が引き攣《つ》る。

俺は少し坪井に肩を寄せ、

「……激裏動画、ドットコム」

それだけ囁《ささや》いて、またすぐ離れた。

「けっこう、評判よかったらしいじゃないですか」

ジロリと、小さな黒目が一杯までこっちに寄る。

「……テメェ」

「再開できないでしょ。パソコンとか、サーバがないと」

坪井はまもなく溜め息をつき、自ら視線を逸《そ》らした。この辺りに俺は、この坪井という男の、ヤクザとしての限界を感じる。

「……いまさら……あんたらが面白がるほどの話じゃないだろ……ヤクザの運営する、違法アダルトサイトなんて」

確かに。それだけでは面白みに欠ける。

「でも普通、おたくみたいなところが襲われたら、何かしら、報復行動に出るでしょう。警察だって馬鹿じゃないから、そういう動きには目を光らせてる……でも、そういう兆候は一切ない。あなた方も動かない、警察も動かない。なぜなんですか、坪井さん」

またダンマリか。

「報復をしないのは、相手が絶対に敵《かな》わないくらい大きいからですか？　だから、泣き寝入りなんですか」

前回、この「泣き寝入り」というキーワードでリアクションがあったので、あえてもう一度使ってみたのだが、駄目か。

「うん……どうやら、それは違うようだと、私も思っていました。ということは、相手の大小ではなく……むしろその、報復をすべき相手が分からないのかなと、そう考えるようになりました。違いますか」

坪井の分の麺が茹で上がったようだ。見ると、丼《どんぶり》にはすでにスープが用意されている。醤油《しょうゆ》より色が薄い。

「誰なんですかね。おたくの事務所を襲撃して、パソコンやサーバを破壊していったのは」

へぇお待ち、とオヤジが、坪井の前に丼を置く。味噌ラーメン。なんか、ちょっと美味そうだ。トッピングのバターが、いい感じに溶けていく。

「……どうぞ、お食べになってください」

坪井は、さも迷惑そうに眉をひそめたが、結局、箸立《はした》てに手を伸ばし、割り箸を一膳抜き取った。

両手で丁寧に割ったわりに、上手くはいかなかった。極端に斜めに割れ、一方だけやたらと頭でっかちになってしまった。

坪井はそれを、悲しげな目で見ながら、食べ始めた。

具を端に避《よ》け、麺をひと口分すくいとる。吸い込むのにも、あまり勢いがない。せっかく美味そうに見えた味噌ラーメンが、急激にその魅力を失っていく。

記者というのは因果な商売で、相手のこういう様子を、情報を引き出す好機の訪れだと見てしまう。

「坪井さん……私、最近、こういうの、読んでるんですよ」

カバンの中から『稲垣満裁判　上』を取り出し、カウンターの上、俺と坪井の、ちょうど真ん中に置く。

麺ごと箸を銜《くわ》え込んだまま、坪井の動きが静止する。

「……ズバリ、お訊きします。激裏動画ドットコムでは、稲垣事件の実録映像を配信していた、という噂があるのですが、それは、事実ですか」

坪井の目は、文庫本の表紙に、釘付けになっている。

たっぷり、二十秒はそのままだったと思う。

やがて、オヤジが俺の分の丼を持ってきた。見慣れたせいか、このねぎラーメンも前回よりは美味そうに見える。

「……いただきます」

俺の箸は、わりと真っ直ぐ割れた。

ラー油で和えた刻みねぎと、麺をひと口分すくいとる。二回だけ息を吹きかけたら、あとは一気に、最後まで吸い込む。

うん。味は前回と変わらない。普通に不味い。

坪井の口も、動き始めた。緩慢な動作で麺を引き上げては口に運び、ずる、ずる、と断続的に吸い上げる。その間も、ときおり文庫本に目をくれる。決して直視してはいけないもの。たとえば幽霊。そういう、何か得体の知れない、怖いものをチラ見するような、そんな視線だ。ラーメンの味なんて、実はほとんど分からなくなっているのではないか。

当然、食い終わるのは俺の方が早かった。

カルキ臭い水を飲みながら、坪井が終わるのを待った。

やがてスープも、それに浮くコーンもだいぶ残した状態で、坪井は箸を置いた。手の届くところにティッシュの箱もあるのに、坪井は手の甲で口元を拭《ぬぐ》い、大きく息を吐き出した。

そして、小さく頷く。ごちそうさま、の意味の会《え》釈《しゃく》だったのか。それとも、先の俺の質問を、今になって肯定したのか。

どうやら、後者の意味合いの方が強かったようだ。

「……それについては……また今度、話すよ……今日は、勘弁してくれ」

坪井は立ち上がり、尻のポケットから財布を出した。俺は、いいですよとそれを制した。もっと遠慮するかと思ったが、坪井は案外素直に「じゃあ……ご馳走さん」と頭を下げた。そのまま、俺とすれ違っていこうとする。

「……あ、連絡先、この前渡した名刺に」

坪井は肩越しに頷き、店を出ていった。

なんとなく、このまま坪井が死んだら後味悪いよな、なんてことを俺は思った。

11

あれから十日。

ずっとずっと、たくさんたくさん考えた。

たった十日とか、もっとよく考えてからの方が、とは思わない。こういうことに「充分」はないのかもしれないけど、でもちゃんと、私は考えた。

このままずるずる、「直哉の彼女かもしれない」時間を過ごすのはよくない。本当はもう、十日前のあの夜、ホテルの部屋に置いてかれちゃったあの瞬間に、私は直哉の彼女じゃなくなってたのかもしれないけど、でもあれは、少なくともきちんとした「別れ」ではなかった。私はそう思ってる。直哉だって、きっとそう思ってるはず。

だから、私から連絡をした。

「もしもし……直哉？　私、桐江」

『……うん』

私の声も暗かったと思うけど、直哉も、相当沈み込んだ、暗黒のトーンになってた。

「あの……明日とか、少しでいいんだけど……時間とか、作れる？　……無理なら、また……別の日とかでも、いいんだけど……」

直哉は、ああ、っていったきり、しばらく間を置いた。

『……まあ……バイトの前か……あとなら』

上手くいってた頃は、じゃあ待ち合わせはアルパの噴水広場ね、時間は九時ね、何食べる？　トンカツ？　お好み焼き？　イタリアンは駄目だよ、この前ピザ食べたばっかりだから——なんて、立て続けにいろいろいえたのに、今は、やっぱり駄目。どこでもいいような、でも適当じゃ失礼じゃないか、みたいな、そんな思いしか湧いてこない。

そうしたら、直哉からいってくれた。

『……じゃあ、いつものシネコンの裏の、あの、居酒屋で待ってて。ゲーセンの隣の。九時には、いけると思うから』

うん、分かったっていって、電話を切った。

やっぱり、直哉って優しいなって、思った。

直哉とは、私がサンシャインアルパの、清掃のバイトをしてるときに知り合った。一年くらい前のことだ。

地下駐車場の隅っこにあるゴミ置き場を私が掃除していたら、そこにゴミを持って走ってきた人がいた。それが、直哉だった。

「あれ……収集車、もういっちゃったの」

あのときの直哉、黒いTシャツに細身のパンツ、シルバーアクセをじゃらじゃらって感じで、私には、なんかすっごいお洒落で、カッコよく見えた。そのときの私っていったら、水色の薄汚れた作業服とキャップ、ゴム手袋に長靴、おまけにマスクって、ひどい恰好だったから。

一応話すのに、マスクだけはずり下げた。

「ああ、でも、そこのドアの前に置いといていいですよ。ここの掃除終わったら、ちゃんと私が、こっちに出しときますから」

すると直哉は、何か変なものでも見つけちゃったみたいに、私の顔を覗き込んだ。

「……な、なんですか」

すっごいじろじろ見られた。でも、不思議と怖くはなかった。だって、直哉は両手にゴミ袋、私はデッキブラシを持ってる。いざとなったらこれで、エイッて――。

「……あれ、もしかして、オバチャンじゃない？」

失礼な。

「んまっ……まだ、に、二十……一、ですけど」

そういったら直哉、クスッ、と笑った。

「いやいや、そういう意味じゃなくてさ。いつもはここの掃除、オバチャンがやってるじゃない。背恰好も、ちょうど君と似たような」

「ああ……田代《たしろ》さんのことですか」

「いや、名前は知らないけど……あのオバチャン、ゴミ出し遅れっと、すっげー嫌味《いやみ》いうんだよ。結局は、そう、君と同じでさ、掃除が終わったら置き場に戻しとくっていってくれるんだけどさ、そこまでが長《なげ》えんだ。参っちゃうよ、クセーのに」

その臭いのを我慢して仕事してるんです、私も、と思ったのが顔に出ちゃったのか、直哉はすぐ取り繕《つくろ》うように「いや」と首を傾げた。

「ほら、あの……ねえ？　何かと、飲食店とか、生ゴミ、出すじゃない。ウチはほら、この通り……紙とか、ビニールばっかりだからさ」

それってなんの言い訳ですか。ああ、遅れて出して、放置しても腐るわけじゃないとか、そういうことをいいたいわけですか。

「いや、感謝してんだよ、ほんと。ねえ？……だって、置いといたら、持ってってくれて、掃除してくれて……」

それから、なんか分かんないけど直哉はいろんなことをペラペラ喋って、そうかニコ下か、若い女の子がこういうバイトって珍しいよね、とか、ウチの店にも遊びにきてよ、とか、なんかそんなことをいって、帰っていった。きっちり二つのゴミ袋は置いて。

何度も「遊びにおいで」っていわれたんで、私も、ちょっといってみようかな、くらいには思っていた。でも、バイトのあとっていうのは、さすがに嫌だった。別に直哉にじゃなくても、誰かに「臭いな」って顔されたらショックだから。一応これでも、年頃の女の子なんで。

だから、三日くらいしてからかな。直哉がバイトしてるお店、スカル・アイズを覗きにいったのは。

直哉、なんか普通に、私に接客し始めた。

「ああ、これ、昨日入ったばっかりなんですよ。可愛いでしょ？　このバラ、けっこうリアルでしょ……ちょっと付けてみてぇ……あ、似合う似合う。可愛い可愛い」

全然、私だって気づいてないみたいだった。私、笑い出しそうなのを我慢して、わざと、じぃーっと直哉の顔を見てた。

「……えっ……あ……なに？　いや、なん……ですか？」

あんまり私はしない方だと思うけど、意地悪って、けっこう楽しいもんだなって、このとき思った。

「ゴミ出し、今度から、早めにお願いしますね」

「……はい？」

それでもまだ分かんないみたいだから、マスクの代わりに手で口を隠して、それをパッととってみせた。

「オバチャンじゃないです。まだ二十一ですけど」

ようやく分かってくれたみたいだった。

「い、いやァ、普通に可愛いんで、全然分かんなかった。マジで分かんなかった。いやー、ほんとビックリしたよ。ああそう、君って、ほんとは可愛いんだ」

それから、店長の中川さんにも「下で掃除のバイトしてる子」って紹介されて。それからかな。なんか、お店に通うようになって、メシでも一緒にどう、みたいになって。付き合うようになったのは。清掃のバイトは、そのあとすぐに辞めちゃったけど。ちょっと時給、厳しめだったんで。

そういえば、シネコン裏の居酒屋って、初めて二人で入ったお店だったよね。別にお気に入りのメニューがあるわけでも、内装がステキってわけでもないけど、大体いつもすぐ座れたし、なんとなく落ち着くから、よくいったよね。

そのお店を、直哉は今日、指定してきたわけで。

「ハイ、いらっしゃい」

入り口を開けたら、すぐ分かった。ちょっと通路を進んで、右手のテーブル席に直哉はいた。前はよく、おーいこっちー、みたく手を振ってくれたけど、さすがに今日は違う。ヨォ、って、小さく手をあげただけ。

「……久し振り」

「ああ……うん」

それから、直哉は生ビールを頼んだ。私は、リンゴおろしサワー。料理は、小海老を煮込んだやつと、アンチョビとポテトのサラダ。

まずは、私から。

ちゃんと、頭を下げて謝った。

「……ごめんなさい……なんか、いろいろ、やな思いとかさせちゃって……私も、自分で自分のこと、よく分かってないとこあるから、なんか……これを機に、ちょっと、ちゃんとしなきゃなって、思ってる……だから、直哉にはほんと、感謝してる……うん。ありがとう、ございました……今まで」

いえた。一応、考えてきた通りには。

こっから先は、直哉の反応次第。もちろん、別れる必要はない、みたいな、そういう反応もあるかもなって、ちょっと期待してる部分も、ないではなかったんだけど。

「こっちこそ、ごめんな……なんか、大したこと、してあげられなくて……ほんとはもっと、一緒に、乗り越えていくみたいな……そういうのが、大人っていうか、男っていうかさ……でも俺、まだそこまで、大人じゃないっていうか、なんていうか……」

だよね。イヤだよね、この年で、変な病気持ちの女の子と付き合うのなんて。しかも長引いて、結婚とかなったら最悪だよね。一生、背負っちゃうんだもんね。

二人とも、料理にはあんまり手が伸びなかった。

直哉は中ジョッキ一杯を飲み干して、でも次は、なかなか頼まなかった。

だよね。今まで通りには、いかないよね。

私はまだ半分も飲んでなかったけど、また置いてけぼりにされたんじゃさすがにつらいんで、自分からいうことにした。

「もう、出ようか……」

直哉は、黙って頷いただけだった。

お勘定は、最後まで、きっちり割り勘だった。


「なに、ぼぉーっとしてんの」

次の日、私はチカちゃんに何度もそういわれながら、それでもなんとか、バイトはこなした。

「お疲れさまでした」

「お疲れっしたァ」

「はい、お疲れさま」

店長一人になっちゃうけど、今日は二人とも十時で上がり。

バックスペースに引っ込んで、一緒に着替える。

突如、ごいぃーんという音が目の前に響いた。

「いたっ……」

「だから、なに、ぼぉーっとしてんだっつーの」

チカちゃんがロッカーの扉を開けて、それに私がおでこをぶつけたんでした。はいはい、すみませんでした。私がぼーっとしてただけです。

「桐江、なんかあった？」

「……んーん、別に」

もう私、こういうことチカちゃんには相談しないって決めたんだ。

「ついに、エッチ失敗彼氏と別れたとか？」

げげ。図星だけど、ここで認めたら私の負け。ここは適当に、首を傾げて誤魔化しておく。

「ごめん、先に帰るね。お疲れさま」

チカちゃんは仕事中髪を引っつめてるから、終わったら必ず丁寧にブラッシングをする。メイクもかなり入念にやり直す。帰り支度は必ず、私の方が早く終わる。

「ああ……お疲れっす」

裏口から出て、隣の、月極駐車場との間の路地を抜けて道に出る。まあ、結局お店の前に出るわけだけど、一応ここのルールとして、従業員は裏口から出入りすることになっている。

その、ちょうどお店の前に出たところで、

「あ」

「……ああ」

あの、新聞記者の鶴田さんと出くわした。

お互いに、こんばんはって、頭を下げた。

「今……バイト、終わり？」

「ええ……今、終わりです」

「俺も、仕事終わって……弁当、買いにきたんだけど……まだ、あるかな」

私の脳裏には、ガランとした冷蔵棚の様子が浮かんでいた。

「いや……もう、お弁当はほとんど、残ってないですねぇ。スパゲティと、お握り……サンドイッチも、あんまり種類、なかったんじゃないかな」

鶴田さん、途端に困った顔になって、ほんと、なんか泣きそうな感じだった。

「そう……そうだよね。そうじゃないかなと、思ってはいたんだけど……なんか、デミグラスハンバーグボリューム弁当が、まだあるような……そんな気が、しちゃったんだよね」

その期待、かなり無謀《むぼう》です。デミバーグ弁のボリュームバージョンは先週、すでに販売を終了しております。また通常のデミバーグ弁も、夜八時頃には売り切れております。

「残念、ですね……大変、申し訳ありませんけれど」

鶴田さんは、じゃあ大戸屋にでもいくかな、と頭を掻いた。大戸屋っていうのは、あれだ。チェーン店の、和食系の定食屋さんだ。存在は知ってたけど、私は入ったことなかった。けっこう安くて、メニューもいろいろあって、店内は明るいし、ああいうところもたまにはいいだろうなって、前を通ったときに思ってた。

そう思ったら、なんか私も、ちょっとお腹空いてきちゃった。一緒にいっていいですか、って言葉が、ぽんと頭の中に浮かんだ。

鶴田さん、いい人っぽいし。私なんかよりすごい大人だと思うし。なんたって新聞記者だし。世の中のことといろいろ知ってて、悩みとか相談したら、いいアドバイスをくれるんじゃないかって、なんかそんな気がした。でも、昨日直哉と別れて、今日別の男の人と食事ってどうなの、みたいな思いもあって。だから、実際、声にはならなかった。

「じゃあ……また」

軽く手をあげて、鶴田さんは私に背を向けた。

そう、だよね。誘ってくれないかな、って期待も、心のどこかに、ちょっとはあったんだけど、ないよね。

私みたいなの、興味ないよね。鶴田さんは。

12

冷えたコンビニ弁当の見てくれは、ひどい。特に固まったデミグラスソースなんて、こんなことは決していいたくはないが、まるで、アレみたいだ。食べ物だなんて到底思えないあの表面の質感は、単身生活者の心を容赦《ようしゃ》なく凍《こご》えさせる。

でも、俺たちは知っている。店員に、少し長めにチンしてもらったデミソースは、ぷくぷくと泡立ちながら本来持っていた濃厚な香りを取り戻し、ヘビー級ボクサー並みのボディーブローで、この縮こまった胃袋を痛烈に打ち抜いてくれる。

ただ、不安もあった。

十時過ぎというこの時間帯。あのコンビニは書き入れ時と入荷時刻の谷間にあるのか、弁当が品薄状態にある可能性が非常に高い。そうでなくともハンバーグ弁当は人気商品。俺は期待と不安の板ばさみにあいながら、入り口の自動ドア前に立とうとしていた。

そこに現われたのが、芳賀桐江だった。

彼女はこともなげにいった。

「もう、お弁当はほとんど、残ってないですねぇ」

丸みを帯びた頬には、薄笑いすら浮かんでいる。

「残念、ですね……大変、申し訳ありませんけれど」

このところ、芳賀桐江をちょっと可愛いんじゃないか、みたいに思い始めていたのだが、この瞬間、俺の想いは変わった。

冷徹で、残酷で、意地悪な女。

俺のせめてもの抵抗は、大戸屋ならまだやってるから全然平気ですけど、と背中で示すことだけだった。

坪井から連絡があったのは、その次の日の夕方だった。

『……東口にある、珈琲亭って喫茶店、分かるか』

俺は分かると答えた。

『じゃあ、十分でこい。例のアレ……話すから』

たまたま池袋署のクラブにいたのでよかった。俺は自転車を全速力で漕《こ》ぎ、待ち合わせの店に向かった。

きっちり十分後、俺は店の扉を開けた。

「あの……待ち合わせ、なんですけど」

「はい、お待ち合わせですと……若い男性のお客様が、地下にお一人様、いらっしゃいますが」

俺はせまく急な階段を下り、地下のフロアに坪井の姿を捜した。

坪井は、壁の裏の二人用テーブルに、隠れるように座っていた。絆創膏は額だけになっている。他に客は、とりあえずいなかった。

「すみません……お待たせしました」

上着を脱ぎながら向かいに座ると、坪井は小さく頷き、すぐ視線をテーブルに落とした。まもなく、ブレンドらしきコーヒーが一つ運ばれてくる。俺はウェイターに同じものをと頼んだ。

「ご連絡いただけて、嬉しいです……ありがとうございました」

坪井は会釈のように、小さく顎を出した。視線は、下に向いたままだ。

「あの……私に、こういった連絡をくださったことは、栗田さんには……？」

「……いや。話してない」

それは好都合というか、あとが怖いというか。

「そうですか。……すみません、なんか……」

こういう状況。他の記者だったら、どういうスタンスで取材するのだろうか。栗田から切り離して、坪井だけこっちに抱き込むようにするのか。それとも、いずれは栗田に繋いでもらって、全体的に、穏便《おんびん》に、って感じか。

俺は、できれば栗田までは繋げたくない。この、坪井から多くを引き出す方向で進めたい。

まもなく俺のコーヒーも運ばれてきた。坪井はタバコを吸い始めていた。なんとなく間が持たず、俺は、ミルクをカップに注いだ。コーヒーシュガーもスプーン一杯入れ、丁寧に掻き混ぜる。

湯気と煙は混じり合い、少し高めの天井に広がっては、消えていった。

「あの……この前の、お話ですが」

俺が訊くと、坪井は静止していた手を再び口元に運び、ひと口吸い込んだ。火種が怒ったように赤く光り、だがすぐ、白い灰になる。

「……あんたの、いった通りだよ」

煙と一緒に、そう吐き出す。

「いった通り、と、いいますと」

「だから、アレだよ……ウチのサイトで流してたのは、稲垣の、まさに……その場面だったんだよ」

だった、という表現に引っかかりを感じた。単なる過去形とは違う、何か、もっと無責任なニュアンスだ。

「坪井さん、ひょっとして、最初は知らないで、流してたんですか」

アヒル口が、さらに尖る。

「……うん、知らなかった。最初は」

「じゃあ、いつの時点でお気づきに？」

伏せられていた視線が、ふいに浮き上がる。

「あんた、ウチのサイト、見たことある？」

「いいえ、残念ながら。私が知ったときには、すでにアクセス不能になっていました」

そう、と呟き、もうひと口。今度は短く吸い、そのまま火種を陶器の灰皿に押しつける。

「……あのサイト、ユーザーがコメントを書き込めるようにしてあってさ。配信始めて、どれくらいしてからだっけな、これって、稲垣の部屋じゃないかって、そういう書き込みがアップされたんだよ。……稲垣の部屋ってなんだ、って、俺は思ってさ。でも、最初はそんなに気にしてなかった。そしたら、そうだそうだって、他の連中も、なんか変に盛り上がり始めてさ。そのうち、なんかで調べたんだろうな。テレビの位置が同じだとか、棚にあるビデオのタイトルも同じだとか、布団の柄もだとか、そんなことまで書き込まれるようになって」

果たしてそこまで分かるものか、という疑問はあったが、とりあえず頷いて続きを促しておく。

「……で、俺も気になってきたんで、兄貴に訊いたんだよ。稲垣の部屋って、なんですかね、って。そしたら兄貴、笑ってたよ……へえ、やっぱ気づく奴は気づくんだな、って」

あの栗田が、笑った？

「ということはつまり、坪井さんはご存じなかったけど、栗田さんは承知の上で、それを配信したと」

「うん……だって、仕入れてきたの、兄貴だから。そりゃ、知ってたろう」

「ちなみに、栗田さんはそれを、どこから仕入れてきたんでしょうか」

それには、小さくかぶりを振る。

「知らねえ……ＡＶの流出とかは、潰れた制作会社とか、まあ、付き合いのあるプロダクションとか、いろいろだけど、素人モノは、けっこう直接持ち込まれるのも多いからな。出会い系で引っかけた女と姦《や》って、それを撮って、小遣い稼ぎに持ち込む奴、けっこういるんだよ。あと、盗撮とか」

はあ。持ち込み、ですか。

「そういう素人さんは、どういう伝《つて》で栗田さんに持ち込むんですか」

すると坪井は、小馬鹿にしたように、鼻で笑った。

「……ああ、あんた、あんまああいうサイト見ないんだね。ウチのじゃなくてもいいから、よく下の方まで見てみなよ。持ち込み歓迎、コンタクトはこちら、みたいに、たいていメアドのリンク貼ってあっから……まあ、半分以上が冷やかし、四割が駄作、売り物になるのは一割もねえけど」

ちょっと待った。

「売り物って、ソフトとしての販売もしてたんですか。ＤＶＤとか、そういう」

坪井はこれを、慌てたように否定した。

「あ、そういう意味じゃねえよ。販売は、まったくやってない。俺らは配信だけ……それで、充分儲《もう》かったしな。特にアレ……稲垣のが話題になってからは、週に二百から三百、入ってきたよ。……大して長続きはしなかったけど」

二百から三百。むろん単位は「万円」なのだろう。

「……長続きしなかった、というのは」

フンッと勢いよく、鼻息を吹く。

「だから、あれだよ。強盗っつーか、事務所めちゃくちゃにされた、あの一件だよ。あのお陰で、全部パーだ。それなりに、機材そろえるのに金もかけたし、俺もさ……いろいろ勉強して、苦労して、自前でできるようにしたんだよ。それがよ……ひと晩で、全部ガラクタよ。ヘコむぜ、実際」

なかなか、今日日《きょうび》はヤクザ稼業も苦労が多いようだ。

「でもまあ、助かったのは、あれだよ。現金は、手つかずで残ってたからな。不幸中の幸いってやつだ……あれまで盗られてたら、俺、マジで兄貴に殺されてたかもな」

いくらくらい現金があったのかも訊きたかったが、怖いのでやめておく。

「……ということは、やはり侵入者は、サーバコンピュータなどの、システムの破壊が目的であった、と」

「そう……なのかもな」

「犯人に心当たりは」

いいや、とかぶりを振る。

「そんなもんあるかよ。あったら即いってるよ。いって、ボコボコにしてるよ……生まれてきたことを後悔するくらい、傷《いた》めつけてやってるよ……」

まあ、そうなのかもしれないが。

「……で、実際、その映像っていうのは、どういうものだったんですかね」

そう訊いた途端、怒りに歪《ゆが》んでいた坪井の顔が、すぅーっと、憑《つ》き物《もの》が落ちたように、無表情になった。

「ああ……あんま、思い出したくねえな、アレは……」

「そんなに、ひどいんですか」

「いや、ぱっと見、内容はそんなでもねえけど、でもよ……要は、ガキをレイプするわけだろ。俺にも、子供いるからさ」

うっそ。

「……あっ、そう、なんですか」

「うん。二歳になる、女の子でさ。……だから、AVの流出とか、持ち込みとかはさ、どっちも大人だし、まあ、中高生モノとかもあるけど、それだって、たとえレイプされたにしたって、姦られる奴が馬鹿なんだよ。そういう男についていくから、姦られるわけでさ……でも、あのビデオの子は……姦られただけじゃなくて、あのあと、殺されたわけだろ。シャレんなんねえよ。あんなにちっちゃいのに」

ちらっと俺を、上目遣いで見る。

「……ヤクザもんが何いってんだって、思うかもしんねえけど……でも、あれはねえよ。とてもじゃねえが、赦《ゆる》せねえ」

そういうものか。

「……なにかよ。あんた、アレ、観たいの」

「えっ、観れるんですか」

坪井は、気まずそうに頷いた。

「一応、コピーがいくらか残ってっからな。俺は……サーバぶっ壊された時点で、もうアレを配信するのはよそう、ヤバいからこのコピーも潰しちまおうって、兄貴にいったんだけど、そしたら……」

拳を握って、自分の顔に持っていく。

「……ボコられちゃったわけ。寝ぼけたこといってんなって、バコーンって、ハイキック喰らっちゃったわけ」

なるほど。そういう経緯だったのか。

「とりあえず、一回だけなら観せてやるよ。あんた、ノートパソコンとか持ってねえの」

「ああ、持ってます。小さいのですけど」

カバンを軽く叩いてみせる。

「ＤＶＤ、観れんの」

「ええ、一応」

「じゃあ、今から事務所いくか」

いや、それはちょっと。

「でも……事務所にいったら、栗田さんが、いらっしゃるんでは」

「兄貴なら今、仙台にいってる。二、三日帰ってこねえよ。女と一緒だから」

そうですか。そういうことなら、お邪魔してみましょうか。

なんともおかしな状況になったなと思いつつ、俺は自転車を引きながら坪井と歩き、東池袋まできた。

「チャリは……そこの壁に寄せとけ」

「はい、そうします」

そして、平山ビルの二階へ。

「散らかってて、ワリいけど」

「いえ、おかまいなく」

初めて足を踏み入れる「アート・プロジェクト」の内部。そこにヤクザ的なアイテムは何一つ見当たらず、むしろ極めて事務的というか、かなり本格的な映像制作現場といった趣《おもむき》すらあった。

「機材、入ってきたばっかでさ。まだ繋いでもねえから、ネットもなんもできねえんだ」

「はあ……そうみたいですね」

部屋の中央。事務机を三つ突き合わせて作った島の上には、ＩＴ機器が入っているのであろう段ボールがいくつも積み上げられている。壁際には空のラックと、かろうじて被害を免れたのであろうモニターが三台、放置されている。

メインのこの部屋は十畳くらい。別にもうひと部屋あるのか、洋風の引き戸が左手に一つ。あとはトイレか浴室か、幅のせまいドアが右手に一つ。それだけの、非常にシンプルな間取りである。

「ここ、座れよ」

坪井は俺に、正面の窓を背にする席を勧め、隣の部屋に向かった。

「はい、すみません……失礼します」

そして、洋風引き戸を、ガラッと開ける。

「……兄貴、連れてきました」

ゾッ、とする暇もなかった。

坪井が開けた戸の陰から、あの栗田の、青白い顔が現われる。

マズい、騙された。

坪井がこっちを振り返る。

「……ワリいな。兄貴が、あんたに訊きたいことがあるんだって」

急激に額が冷たくなっていく。脇汗が、くすぐったいくらいタラタラと流れ出す。立ち上がって、ダッシュで逃げることも考えなくはなかったが、机の島を迂回する頃には坪井に出口を塞がれてしまうだろう。じゃあ、どうする。窓を割って飛び下りるか。

「……鶴田、だっけ」

ゆらりと、今日も黒装束の栗田が部屋から出てくる。一歩、二歩、三歩で俺の隣に立つ。

「挨拶しろよ」

「あっ」

こんにちは、と、こんばんは、のふた通りが頭に浮かんだ瞬間、

「ボグッ」

何かが視界を塞ぎ、顔の真ん中で、グシャッと音がした。

衝撃。それが治まると、痺《しび》れ。数秒後にはカァーッと顔中が熱くなり、続いて激痛が、鼻から顔の奥に向かって、骨も肉も削りとるように喰い込んできた。

「……んぶっ……ぶぇ……」

胸座を摑まれ、締め上げられ、されるがままに立ち上がる。栗田は坪井より背も低く、華奢《きゃしゃ》に見えたが、その腕力は凄まじかった。息が、まったくできない。

「いいか。俺が訊くのは一度だけだ。お前が答えるチャンスも、一度だけだ。どういう意味か分かるか」

囁くような、ごく小さな声だった。それなのに、鼓膜を直接突くような、冷たい鋭さがある。

「……分かるな」

俺は頷いた。何度も。何度でも。

少し、首の絞めつけがゆるむ。

「……ここが襲われたことを、お前はどうやって知った」

考えた。いちばん正確で、短い回答を思いついた。

「……タレ込み、です……コバヤシって男から」

ごめん、コバヤシさん。

「何者だ」

「詳しくは、し……知りません」

黒い拳が目の前に浮かぶ。

「ほッ、本当、ほんとですよ。あの、だから、ここに、侵入者があったのと、同じ夜に、め……目白、三丁目の、コンビニで、強盗事件があって……その、だから……その、犯人を取り押さえたひ……一人が、コバヤシって、男なんです」

ギューッと、また絞めつけが強くなる。

「連絡先を教えろ」

「いぐッ……だ、だから……」

鼻に血が溜まって、破裂しそうなくらい、ガンガン、ガンガン――。

「……知らない、ですよ……電話、いつも……非通知……」

「どんな男だ」

再びゆるむ。空気が、勢いよく気道に流れ込む。だが咳《せ》き込《こ》んでいる余裕もない。

「……五十、くらい……背の、高い……」

「何回会った」

「……二回」

「どことどこで」

「その、強盗事件の、現場と……西口公園」

「また連絡はくるか」

分からない。でも、くるといったら、とりあえず今日は、解放してくれるかもしれない。

「……たぶん……」

「じゃあ、次に」

連絡がきたら——。

そう、栗田がいいかけたときだ。

何か、ふいに場の空気が変わった気がして、俺は、いつのまにか閉じていた目を無理やり開いた。

見ると、入り口のドアが開いていた。

そこに、男が一人、立っている。

「……栗田。その人から、手を放せ」

コバヤシだった。右手にナイフを持っている。左手には、なんだ。スタンガンか。

栗田の手から、少し力が抜ける。

「やっぱりあんたか……ハガヒロシ」

ハガ？　ハガって、芳賀？　芳賀桐江の、芳賀？

「いいからその人を放せ。俺が誰だか分かってるなら、これが脅しでないことくらい理解できるだろう」

ナイフの刃を、今一度こっちに突き出す。

栗田の手が、俺から、完全に放れる。

一瞬、その場にへたり込みそうになったが、俺は残った体力、気力のすべてを振り絞って男のもとに向かった。栗田も坪井も、それを制止する素振りは見せない。

近くまでたどり着くと、男は俺を背後にかばうように立った。

「……鶴田さん、すみませんでした。あなたを、こんな目に遭わせるつもりはありませんでした。本当に、すみませんでした」

「どういうこと、なんですか……これは」

そもそもあんたは誰なんだ。コバヤシなのか。ハガなのか。

「……素人があんまり無茶するなよ」

栗田の声がし、俺はそっちを見た。何しろ全身が黒いので、すぐには何を持っているのか分からなかったが、

「物騒《ぶっそう》なもんはしまえ。あんたがしまえば、俺も下ろす。絶対に撃たない」

拳銃、のようだった。

それでも男はナイフを突き出したままだった。いやいや、早くしましょうよ。

「それにしても……あんたいい度胸してるな。スジもんの事務所に忍び込んで好き放題やらかすとは。……でも、下の入り口の防犯カメラには気づかなかったか」

男は応えない。

「管理人とこにあるレコーダー。あとで観て、誰だこいつはって思ったよ。いろいろ考えて、ひょっとしたらと思って、稲垣事件の遺族関係者を調べたら……あんたにたどり着いた。ハガヒロシ……稲垣満に殺された、鈴木史奈のオジ。あんたが目を離した隙に、史奈って子は稲垣に連れ去られたそうじゃないか」

「黙れッ」

それってつまり、あの、下烏田の親戚か。

男は坪井と栗田を順繰りに睨んだ。

「……お前ら、あの映像のマスターはどうした」

栗田がニヤリとする。

「あるよ。ちゃんとしまってある」

「出せ」

「なぜ」

「俺が処分する。隠しても無駄だぞ。配信を再開したら、俺はまた、必ず潰しにくるからな。その都度、何度でもくる。殺したければ殺せ。それで死ねるなら本望だ。……さあ、どうする。俺はしつこいぞ。殺されるまで、何度でもくるぞ」

わずかな身じろぎすら命取りになるような、そんな緊張感だった。

一方は拳銃。対するこっちは、ナイフとスタンガン。常識で測れば、向こうの方が圧倒的に有利な状況である。が、どういうわけか拮抗《きっこう》している。ハガと呼ばれた男の放つ「執念《しゅうねん》の波動」のようなものが、武力的な不利を補塡《ほてん》し、なお覆すほどに場の空気を圧している。

どれくらい、睨み合いは続いただろう。

ふと栗田が、肩から力を抜くのが分かった。

「……そうまでいわれると、こっちとしちゃワリに合わないな。シノギとしての旨みが……失せた」

拳銃は構えたままだが、顎で、坪井に何か命ずる。

頷いた坪井が、恐る恐る、隣室に向かう。

男は、双方に睨みを利かせたまま黙っている。

やがて戻ってきた坪井は、DVDを一枚、ビデオテープを一本、こっちに差し出した。

「そこに置け」

男にいわれた通り、坪井はDVDとビデオを、段ボールの載っていない、机の端に置いた。

「すみません、鶴田さん。それ、とってください」

「あ……はい……」

俺もいわれた通りにした。

手が震えて、危うく取り落としそうになったが、なんとか。受けとりに成功した。

「これで全部か」

男の問いに、坪井が頷く。

「本当だな」

栗田も頷く。

「ケチな小細工は趣味じゃない。それ持って、とっとと失せろ」

はい、ぜひ。そうさせてもらいます。

ほら、帰りましょうよ、早く。

13

階段を転げ落ちそうになりながら一階まで下りてきた。

薄暗い蛍光灯の明かり。

開けっ放しのドアの向こうは上原さん宅の玄関。

やった、外だ。助かった。そんな思いが、寒気と共に湧き上がってくる。

平山ビルを出て、振り返ったアート・プロジェクトの窓に人影はなかった。また坪井が栗田に殴られ、悲鳴でもあげはしないか。そんなことを思いながら、美容院の前までくる。

「鶴田さん……」

心配そうにいいながら覗き込んでくる、あんたは——。

「あの、すいません……その、コバヤシさんというのは、偽名、なんですか」

ちくしょう、上唇が痺れて上手く喋れない。鼻の周りもなんだかゴワゴワしている。

「あ、ええ……すみませんでした。そうです。私、本名はハガ、ヒロシといいます。あの夜……」

「強盗に入られたコンビニに、芳賀、桐江さんという方が、いるんですけど」

「はい……桐江は、私の娘です」

やっぱり、そうか。

彼、芳賀は「いや」と漏らし、また真剣な顔つきで俺を見た。

「それより鶴田さん、とにかく、病院いきましょう」

ああ、そういう心配をしてくれていたのか。

「いや、いいですよ……これくらい」

本当は自分でも、物凄い重傷ではないかと思っていた。こんなに痛い思いをしたのは、一体いつ以来だろう。子供の頃、木登りに失敗して真っ逆さまに地面に叩きつけられたときか。それとも高校時代、家にあった原チャリを無免許で運転して転んだときか。そもそも俺は、殴り合いの喧嘩などしたことはなかった。

「でも、鼻、曲がってますよ」

「……え？」

「鼻、こんなんなってますよ」

芳賀は自分の鼻を、右に捻るような仕草をした。

「……ほんとですか」

そういったつもりだが、実は「ほっとれすか」みたいにしか発音できていない。

「ええ。それ、そのままじゃたぶん、呼吸器的な問題も出てくるでしょうし、第一、みっ……」

あんた今、みっともない、っていおうとしませんでしたか。

「……痛々しいですよ。確か、あのガソリンスタンドの裏に整形外科があったと思うんで」

芳賀は自分の腕時計を覗き込んだ。

「六時半か……やってるか分からないですけど、いってみましょう」

そうですか。みっともないくらい、曲がっちゃってますか。

ああ。なんか、急に痛みが激しくなってきました。

芳賀のいった通り、今村《いまむら》整形外科というのがガソリンスタンドの裏手にあった。診療時間は六時までだったが、芳賀ががんばって看護師を呼び出し、交渉してくれたお陰で治療してもらえることになった。

担当するのは、かなり年配の院長先生だ。

「……殴られたの」

診療ベッドに寝かされた状態で、鼻血を拭《ふ》かれながらできる返事などありはしない。そもそもこっちは発音が不自由なのだ。っていうか痛いよ、先生。もっと優しく拭いてよ。

「殴ったのは、あんた？」

「いえ、違います」

先生、殴った相手が医者になんか連れてきちゃくれないでしょう。普通。

「うん……どう見ても折れてるね。まあ、これくらいなら局所麻酔打って、ちょっとつまんでやればすぐもとの位置に戻るよ。あとはギプスしとけば、二、三週間で治るでしょ。とりあえず……レントゲンからいってみようか」

麻酔を打つ？　つまむ？　ギプス？　二、三週間？　などと聞き返す間もなく、看護師に連れられてレントゲン室へ。撮影後はちょっと待たされて、診察室の、パソコンのモニターに映し出されたレントゲン写真を先生が見て。それじゃやるよ、のひと言で再びベッドに寝かされ——。

「注射、打っていい？」

「……嫌だっていったら、麻酔なし、ですか」

「いや、ガーゼに浸して、突っ込んで浸透させる方法もある」

「どっちが痛いですか」

「そりゃ注射の方が痛いよ」

「ガーゼでお願いします」

いちいち訊くなよそんなこと、とも思ったが、実は注射の方がよかったかもしれない。

「いっせーの」

「……ふぬッ、んのォォーッ」

テメエ、ガーゼの麻酔、全然効かねえじゃねえかッ。

その状態で、まあ鉗子《かんし》の一種なんだろうけど、ハサミみたいなペンチみたいな器具を両方の鼻の穴に入れられて、それで、グキグキ、ゴリゴリッて、

「いぎッ、ギィイーッ」

「もうちょっとの……我慢だよ」

折れた鼻の骨をつまみ上げて、もとの位置に戻すわけで。明らかに、殴られたときより痛かった。

「……うん、こんなもんでしょ。ね？　もとの顔、こんな感じだったでしょ？」

「ええ。そうですね」

芳賀さん。あんたも冷静に返事してんなよ。

それから、なんか患部の周りに貼りつけられて。鏡を見たら、何重にもテーピングされたみたいな感じになってた。

「……これで、三週間ですか」

「いや、ギプスは五日から一週間でとれるよ」

ちくしょう。栗田に損害賠償請求したい。けど怖くてできない。

今村整形外科を出た途端、平山ビルに自転車を置き忘れてきたことに気づいた。芳賀がとってこようかといってくれたが、そこまで甘えるのは気が引けたので、でもちょっと不安だったので、一緒にいってもらうことにした。

幸い、アート・プロジェクトの窓に明かりはなかった。玄関前で鉢合わせ、などということもなく、自転車の奪還は無事成功した。

腕時計を見ると、八時ちょっと過ぎ。普通なら、どっかで一杯やりますか、となるタイミングだが、怪我をしている身ではそうもいかない。でも、芳賀には訊きたいことが山ほどある。

結局俺は、彼を自分のアパートに誘った。

「ちょっと、こっからだと、遠いですけど」

「はい……私は、どこでも……」

十五分くらいの道中。二人とも、ほとんど無言だった。一瞬、いつものコンビニでつまみでも買っていこうかと考えたが、この取り合わせで顔を出したら桐江が驚くだろうと思い、やめにした。芳賀には、うちにあるもので我慢してもらうことにする。

「ちょっと、ここで待っててください」

五分ほど芳賀を外で待たせて、簡単に片づけてから部屋に入れた。

「お待たせしました。どうぞ」

「失礼します……」

炬燵《こたつ》テーブルの、テレビの前の席を勧めた。俺は湯を沸かし、緑茶を淹れてから、ベッドを背にして座った。いろいろ探したのだが、ポテトチップしかなかったので、これで我慢してもらおう。

「あの……いろいろ、お訊きしたいことはあるんですが、何から始めていいやら」

はい、と芳賀は力なくいい、うな垂れるように頷いた。

「そう……そもそも、なんで今日、あのタイミングで、助けにきてくれたんですか……あ」

この段になって、俺は初めて気づいた。

「あの、ありがとうございました……お陰さまで、命拾いしました」

俯いたまま、芳賀は「いえ」とかぶりを振る。

「こちらこそ、先日は、お電話で失礼しました……あのときに、鶴田さんにいわれて、私も、人に頼っていてはいけないと、目が覚めた思いがしました。それで……あのビルを、自力で見張ることにしたんです。通りをはさんで、向かいの喫茶店から」

考えることはみな同じというか、記者なのに素人と同じ手段をとっていた自分が恥ずかしいというか。あ、そういえばあの日のチーズトースト、結局とりにいかなかったな。あれは、確か先週の土曜だから、もう四日も前か。

「むろん、見張るといっても、二十四時間ではないですが……それでも、昨日です。家電量販店の配送車がきて、いくつも段ボールを搬入していくのを目撃しました。パソコンの類《たぐい》だろうと思いました。あれで奴ら、また始める気かと……また始めたら、また潰しにいかなきゃならないなと。これは、監視を徹底する必要があるなと……そう、思っていた矢先に、あなたが、坪井とあのビルに入っていくのを目にしまして。それで、様子を見にいったら、どうも、大変なことになっているようだったので」

なるほど。

しかし、よかった。見張っていてくれて。

「そういうことでしたか……あの、それはそうと……ナイフとか、スタンガンとか、ああいうの、いつも持ち歩いてるんですか」

芳賀はそれとなく、ジャケットのポケットに手をあてがった。

「ええ……恥ずかしながら、その……ヤクザ者を、敵に回してるわけですから。いつ、何があるか分からないんで……こういう用心も、必要かと思いまして」

それは、確かにそうかもしれないが。

ふと、俺は関係ないことに合点がいった。

「芳賀さん、もしかして、あのコンビニ強盗の夜って、桐江さんに、会いにきてたんですか」

沈鬱だった表情に、わずかに明るみが差す。

「ええ……その、つまり……あのあと私は、栗田の事務所を、襲撃にいったわけで。そこで何があるか、失敗するかもしれないし、その後どうなるかも分からなかったものですから……まあ、別れの挨拶、ではないですけど、桐江の顔を、ひと目見てからと……そんなふうに、思いまして」

「それで、外から見ていたら、強盗が始まってしまったと」

「はい。……で、こっちに、犯人が、逃げてきてしまったと」

そういう事情ならば、図らずも犯人逮捕に貢献してしまったからといって、英雄面《づら》などできなくて当然か。

「あの夜、鶴田さんに名刺を頂戴したときは、それをどうこうしようとは、まったく考えませんでした。ただ、コンビニ強盗の記事は、ちゃんと翌日新聞に載ったのに、栗田の事務所に関しては、まったくどこにも書いていない。こっちとしては、事件になって、警察の調べがどこまで進んでいるかとか、そういう心配を、していたわけで……それで、鶴田さんの名刺のことを思い出して、何かこう……情報が得られるんではないかと、思ったものですから」

　残念ながら、それもなかった、と。

「……本当に、申し訳ありませんでした。ご迷惑をかけるつもりも、ましてや利用するつもりなんて、さらさらなかったのですが、結果的に、こんな……怪我まで負わせることになってしまって……なんとお詫《わ》びしていいのか」

　芳賀は小さく、土下座の真似事をした。

　いや、利用するつもり、あったでしょう。わざわざあとから電話までしてきたんだから。

　あえて追及はしませんけど。

　俺は、気にしないようにいい、茶を勧めた。

「それで……芳賀さんはそもそも、なぜ栗田のサイトで、例の事件映像が流れていることを知ったんですか」

　頭を上げ、座り直した芳賀は、一度頷いてから始めた。

「まあ、恥ずかしながら……今は、派遣で紹介された短期の仕事を、ぽつぽつやりながら、生活しているような有り様でして……ネットカフェ難民、というほどではないんですが、そういう店に寝泊まりするような日も、少なからず、ありまして……やはり、私としましては、あの事件の犯人の、その後の動向であるとか、そういうのは、常に気になっておりまして、暇さえあれば、稲垣満と……検索して、いろいろ情報を、探していたところ」

「事件映像が流れている、という書き込みに行き当たった？」

「ええ……その通りです」

それも、俺と一緒というわけか。

「でも、それで栗田の事務所に行き着くには、けっこう手間がかかったでしょう」

「いや……それは、そうでもなかったです。あのサイトには、持ち込み歓迎、連絡はこちら、みたいに、メールアドレスが載っていましたので」

ああ。坪井もそんなことをいっていたな。

「持ち込みをしたいと、フリーメールを使って連絡をとって、待ち合わせをして……それは、区役所裏の公園でしたが……そこで、坪井の顔だけ確認して。そのときは、目印として、緑色のリュックを背負って、左腕にギプスをしている男、というのがあったので、すぐに分かりました」

その当時も坪井は、栗田に怪我をさせられていたのだろうか。

「で、顔は見せずに、やがて諦《あきら》めて歩き始めた、坪井のあとをつけて……それから、自力で調べました。奴らが、大和会系、山城組の人間であることも、あそこが栗田と、坪井と、もう一人、モリモトって男の、三人の事務所であることも。モリモトは、その後すぐに辞めてしまったようですが」

いつ頃の話かと訊くと、今年の秋口だと芳賀は答えた。

それにしても、なかなか。高い調査能力をお持ちのようだ。

俺は頷き、冷めた茶をすすった。

ポテチを一枚つまみ、芳賀にも勧める。彼も一枚食べた。勧めておいていうのもなんだが、実にポテチが似合わない男だと思った。

さて。いよいよ本題、ということになるが。

「……芳賀さん。差し支えなければ、十四年前の事件について、お聞かせ願えますか」

瞬時に、芳賀の表情は硬くなった。

「……はい」

芳賀はいったん、茶で口を湿らせた。

「……被害者は、私の亡くなった妻の、兄の一人娘でした。鈴木、史奈という子です」

確かその義兄の名前は、鈴木学だったと思う。

「桐江と、史奈ちゃんは、一人っ子同士というのもあり、とても仲が良くて……休みになると、互いの家に、泊まりに行き来するような間柄でした。ああ……当時私たちは、千葉の木更津の、下烏田というところに住んでいました。史奈ちゃんの家族は、世田谷に住んでいました」

その辺は以前調べた通りだ。だとすると、今現在、その下烏田の家はどうなっているのだろう。桐江は池袋在住。芳賀は、ネットカフェ難民――。

「あの日も、史奈ちゃんをうちで預かっていて、三人で、夜になって、花火をして……私が事前に、もっとたくさん買っておけばよかったのですが、二人は、それでは少し、遊び足りなかったようで……あとから、私が一人で、買いにいくことになって……あのとき、二人を連れて出ていたらと、本当に、死ぬほど後悔しました。……いや、今でも、自分の判断の甘さが、悔やまれてなりません……ただ、田舎道は、夜は本当に暗いですし、大人の足でも、ちょっとかかる距離だったものですから、つい……とはいっても、往復で、十五分か、二十分くらいだったはずなんです。それで、戻ってみると、玄関の鍵が、開いていて……」

テーブルの一点を見つめる芳賀の目に、何か、闇のようなものが宿るのを見た気がした。

「おかしいなと思って、中に入って、声をかけても、返事がない。またふざけて、どこかに隠れているのかと思って、家の中を捜しても……いない。庭は、花火をやった庭は、そんな、隠れられるほど広い場所じゃない。そのときになって、初めて、玄関の鍵が開いていたことが、大変なことなんだと、気づいたんです」

視線がさ迷い始める。当時に戻って、テーブルの上に、小さな桐江と史奈を捜しているかのようだ。

「とりあえず、近所を捜しました。懐中電灯を持って、自転車に乗って、あちこちの暗がりや、畑の方や、雑木林とか、方々……何せ田舎なもので、子供が落ちたりする段差とか、窪《くぼ》みとか……あと、新興住宅地だったもので、家の周りは、まだ宅地造成とか、辺りはなんか……す……すみません」

震える手で湯飲みを摑む。高く上に傾け、茶を飲み干す。

俺はもう一杯淹れてやった。

「……すみません……それで、途中、何度か家に帰って、二人が戻っていないか、確かめたりしながら、かなりの時間、一人で、捜していて……それが、よくなかったのだと、あとで、警察の方にもいわれましたが、でも正直、大変なことになってしまっている、ということを、自分自身、信じたくありませんでした。認めたくなかった、というか……ひょっこり、すぐそこの角から、二人は現われる。それを、駄目じゃないかと叱りつける。その程度で済む……そう、思いたかった。でも、もういい加減、警察に届けよう、そうしないと、取り返しのつかないことになる……ようやく、そう決心した頃です。家に戻ると、玄関に、桐江が座っていて、泣いていました。どうしたんだと訊いても、史奈ちゃんはどこだと訊いても、要領を得ない」

俺のうなじに、冷たい静電気のような、ピリピリとしたものが広がっていく。

当時の芳賀は、泣いている我が子を怒鳴りつけ、引っぱたいてでも、史奈の行方を聞き出したかったに違いない。

「ようやく、聞き出したのは、史奈ちゃんは、車に乗せられて、どこかにいってしまったと、いうことだけでした……どんな車だったかとか、訊いたのが先だったか、警察に通報したのが、先だったか……私も、混乱していましたので、よく思い出せないのですが、とにかく、その段階になって、初めて警察に……通報しました」

そうか。実は二人いっぺんにいなくなって、桐江だけが戻ってきたのか。

「警察は当初、営利誘拐を、疑っているようでした。私は、家に入って、電話のそばから離れないように、いわれました。で、裏口はあるかと、訊かれましたが、ないので、ないと、答えると……三、四十分した頃、私服刑事が、三人、きまして……すでに辺りを、別のグループが、捜索しているとかで……私は、電話の前で待機しました」

誘拐事案をちゃんと取材した経験はないので、漠然としか、そういった場面は思い浮かばない。

そういえば――。

「そのとき、桐江さんはどうしていたんですか」

芳賀は、はっとしたように顔を上げた。

「桐江は……ひどい、パニック状態で。とても、知らない大人の人と、話ができる状態ではなかったので、部屋で、寝かせていました。何度か私が様子を見にいって、落ち着いたら、話をさせると、警察の方には申し上げたんですが、なかなか、そうはいかなくて……私が、桐江に話を聞きにいって、上手く事情を聞き出せたときは、それを警察の方にお伝えすると……そういったことを、何度か繰り返しました」

パニック状態か。まあ、無理もないだろう。

「当時桐江さんは、事件の様子をどのように話したのですか」

芳賀は小さく溜め息をついた。

「……痩せた、髪の長いおばさんが、史奈ちゃんを、無理やり車に乗せて、連れていったと、いうようなことを、いっていました。ただ、逮捕された稲垣は、確かに線も細くて、髪も長くて……何せ、うちの周辺は暗かったですから、子供の目には、おばさんに見えたのではないか、と……ただ、かえってその証言が、捜査を混乱させたのは、事実だと思います」

桐江は今、二十二歳。ということは、事件当時は八歳か。確かな観察眼や、証言能力はなくても致し方ない。

「なるほど。では、それ以後の捜査は」

「それ、以後は……まあ、史奈ちゃんは、見つからず、十九日経って、まったく別の事件で、稲垣が逮捕されて……それで、遺体が発見されたのが、その四日後、九月の十三日……まだ、だいぶ暑い頃だったので、遺体は、私も見ましたが、だいぶ傷んでいて……」

腐乱状態であったと。特に子供は、当たり前だが体が小さいので、腐敗の進行は早かったものと思われる。

「……私が悪いんです。私が、面倒でも二人を連れて出ていれば、あんな事件は起こらなかった。私が悪い。それは確かなんです……でも、それはそれと認めるにしても、あの事件の生映像なんてものが、世に出回るなんてことが、あっていいはずがない。絶対に許せない。それが栗田であろうと、何者であろうと、私は赦さないし、もし今後もそういうことがあれば、私は、どんな手段を使ってでも、それを阻止します……絶対に」

気持ちは分かる。痛いほど。だが、同じくらい疑問もある。

そもそも、その実録映像というのは本物なのか。本物だったとしたら、なぜそんなものが今になって世に出回り始めたのか。

俺は、今も芳賀の手元にある、ビデオテープとＤＶＤの存在が気になって仕方がなかった。

14

直哉と別れてから、なんだか時間の流れが、とてもゆっくりになったような。そんな気がする。

午後、西日が当たり始めた雑誌コーナー。何度もお客さんに抜き差しされて、乱れてしまった列を真っ直ぐに直す。一番手前の週刊キンダイ、表紙の端が折れちゃってる。どうしよう。後ろに隠しとこうか、どうせまた立ち読みされちゃうんだから表に残しとこうか。悩みどころ。

あ、歯ブラシ。中身だけ抜かれて、箱だけ残ってる。ひどい。箱ごと万引きしていくより、なんか許せない。馬鹿にされた気がする。

これくらいの時間。午後二時辺りからの二、三時間が、私の勤務時間では一番暇。前は近くに小さな工場があったり、工事現場があったりして、そういうところで働いてる人たちが三時のおやつを買いにきたりしてたんだけど、最近はそれもない。町工場、潰れちゃったのかな。建築も、最近はあんまり盛んじゃないのかな。

近くに私立高校があるんで、夕方からはそういうお客さんがくる。でもこのお店、高校から池袋駅の最短ルートにあるわけじゃないんで、物凄く忙しくなる、ってほどでもない。

なんでだろ。なんであの子たち、ここの前の道を通って帰るんだろう。それ、ちょっと不思議。

あらら。おでんの汁から顔を出してる練り物、表面が乾いちゃってる。駄目よ。ちゃんと沈んでてね。そのうちきっと、誰かが買ってくれるから。元気出してね。

おや。お客さんだ。

「いらっしゃいませ……」

たまにくる年配女性。今日は宅配便の依頼のようです。

たぶん、仙台にいる息子さんに、食べ物とかを送ってあげるんでしょう。重たいです。でもお米、ってほどじゃない。缶詰とか、そういう感じかな。千六十円になります。はい、確かに。承りました。

「ありがとうございました」

「……あーとーざいあしたァ」

ようやくチカちゃんが休憩から戻ってきた。

「わり……寝ちった」

「どうりで。遅いと思ってた」

そもそもチカちゃんの休憩は私より長い。仕事中はギュウギュウに髪を引っつめてるから、休憩に入ったらまずそれを解く。それからが彼女のリラックスタイム。一服したり、お茶飲んだり、お菓子食べたり。そっからまた髪をやり直して、お化粧も直して出てくるわけだから、私より五分、十分は当たり前に長くなる。しかも、たまに爆睡もしちゃう。そうなると、お化粧の乱れも激しくなるから、余計直しにも時間がかかる。

「ほっぺ、跡ついてるよ」

「うん……カッコわりーけどしょーがねーべ」

ときどき変な方言使うけど、チカちゃんは生粋《きっすい》の東京人。

「桐江も、休憩いっていいよ」

「うん……じゃ、そうする」

「奥さんが焼いたクッキー、めちゃうまだよ」

「へえ。楽しみ」

そう。一人で休憩してたりすると、さらに痛感するんだ。

時間の流れが、ゆっくりになってしまったことを。

これってつまり、直哉のことを考えたり、思い出したり、メール打ち返したり、そういうことしなくなったから、暇になったっていうか、空っぽの時間が増えちゃったってことなんだよね。

だからって私、その隙間を埋めるために仕事でがんばる、なんてできないし。そういう類の仕事でもないし。別の誰かを好きになる、っていったって出会いなんてそうそうないし。ああ、鶴田さん。あの人は、まだちょっとよく分かんないし。

つい癖で、直哉のこと考えそうになるんだけど、すぐに、もう別れたんだ、って思い出して、思考を遮断《しゃだん》する。で、いちいち暗くなりたくないから、周りの何かに目を向ける。

うん。クッキー、美味しい。バターの風味が効いてて、外はカリカリ、中はサクサク。

あれ？ そういえば、クッキーとビスケットって、何が違うんだっけ。いつだったか調べたのに、忘れちゃった。あれれ、なんだったたっけな。

スタッフ用のインスタントの粉で淹れたコーヒーを、ひと口。苦味が甘みを包み込んで、やがて、体の中に落ちていく。残ったのは、甘くも苦くもない、優しい後味。

クッキーを、もうひと口、ふた口。コーヒーも、もうひと口。

少しずつ欠けて、小さくなっていく。優しい記憶だけを残して、それらは徐々に、私の中に消えていく。

ああ。きっとこんなふうに私は、少しずつ、直哉のことも忘れていくんだろうな。

仕事は別に、普段通りだった。売り上げもそこそこあったし、事故は特になかった。

「お疲れさまでした」

「お疲れっしたァ」

チカちゃんと私は、夜十時で上がり。

「はい、お疲れさまでした」

「お疲れぇーっす」

今日は店長と、もう一人大学生が残った。彼、東大生なんだって。そのわりには、なんかチカちゃんのこと気に入ってるふうなところがある。あ、そのわりに、とかいったらチカちゃんに失礼か。

いつものように、私の方が早く帰り支度を終えた。

「じゃ、チカちゃん、また明日ね」

「……うーん、お疲れっすぅ」

今日は十一時から好きなラジオ番組があるから、それまでにお風呂も入っちゃいたいから、早く帰らないと――なんて思ってたら、

「……あっ」

表に出たところで、急に前に人が出てきて。心臓、キュッてなりかけた。けど、その人が誰だかはすぐに分かったんで、私は思わず、小さく溜め息をついてしまった。

「お父さん……脅かさないでよ」

「ああ、ごめん……そういうつもりじゃなかった」

これが、私のお父さん。芳賀宏。

「なに、なんかあった」

お父さんは、中途半端な笑みを浮かべながらかぶりを振った。

「別に、何も……ただ、顔を、見にきただけだよ」

何かあったから、見にきたくなったんじゃないの？

あ、やだ。私、腹の虫。

「……お父さん、夜ご飯は？」

「いや、食べて……ないけど」

「そっち、ちょっといくと、遅くまでやってるスーパーがあるの。そこで買い物して、うちで食べない？」

確か、ねぎとお豆腐はあったはず。

「そうだ、お肉とか買ってさ、すき焼きみたいにやろうよ」

「ああ……それ、いいな」

うん。決まりね。

会計のとき、お父さんが払うって言い出したんだけど、駄目だっていって、私が払った。だって、せっかくきてくれたんだし。これくらい、私だってご馳走できるんだって、ちょっと胸も張りたかったから。

暗い帰り道も、お父さんと一緒だと、なんだか安心。

「今日、仕事、終わってからきたの？」

「ああ……そう」

「まだ同じとこ？」

「ん？」

「岩根《いわね》の郵便局？」

「あ、ああ……そう。まだ、同じところ」

　お父さんは、ずっと郵便局で働いてる。ちなみに下鳥田の家は、私が地元の高校を卒業して、東京の短大に入ったのを契機に売ってしまった。ちょうど仕事でも異動の話があったみたいで、お父さんは岩根の局の近くにアパートを借りることになった。私は、一度もいったことないんだけど。

　そういえば私、コンビニ強盗のこと、お父さんには教えてないんだった。ちらっとは思ったんだ。報告しなきゃって。でも、心配させるだけ無駄な気がしたし、実際私は無事だったんだから、まいっかって済ませてしまった。

　はい、着きました。

「どうぞ。先、入って」

「ああ……お邪魔します」

　お父さんがうちにくるのって、これで三回目か。なんか、やっぱり大きいね、男の人の背中って。それだけで廊下が塞がっちゃった感じがする。

ほらほらって、お父さんを部屋まで押し込む。

「そこら辺、適当に座ってて。今、パパッと作っちゃうから」

「ああ……」

コートを脱いで、エプロンしたら、早速調理開始。っていっても、材料を切って煮るだけだけどね。

お父さんは、なんか部屋のあちこちを、不思議そうな目で見ていた。相変わらずテレビないんだな、とか思ってるんでしょう。で、たぶん一分以内に、調子はどうだ、みたいなことを訊いてくるはず。

「そういえば、お前……最近、どうだ」

ほらね。

「どうって？」

「体調とか、まあ……仕事とか」

「うん、相変わらず。まあまあ普通にやってるよ」

直哉と付き合ってたことはそもそも報告してないから、別れたこともいう必要ないね。

「あ……うち、一人用のお鍋ならあるんだけど、それだとさすがに小さいから、こっちで作って分けちゃうね」

「ああ、いいよ、それで」

やっぱり、なんていうか、家族っていいね。こういう、ちょっと気持ちが落ちてるときに、ふらっと会いにきてくれるんだもん。

それとも、お父さんが私に会いたい理由が、他に何かあったのかな。だとしたら、私が相談乗ってあげなきゃいけないのかな。なんていったって、たった一人の家族なんだから。

とか思ってるうちに、煮えたみたい。

「……はい、お待たせしました」

「ああ、美味しそうだ」

ビールも買ってきたから、お父さんにはそれを添えて。私は、フルーツカクテル。グレープフルーツ・トニック。

「じゃ、乾杯ね」

「うん、乾杯……いただきます」

なんか不思議だね。お父さんとこうやって、東京のアパートで、すき焼き食べながらお酒飲むようになるなんて。

私、小学校の中頃は、ほとんど学校にいけなかったんだもんね。子供ながらに、私の人生どうなっちゃうんだろうって、思ってた。あの頃からだよね。私がテレビ、駄目になったの。下烏田の家にあったのも、結局処分してもらって。お父さん、小さいのなら自分の寝室に置いてもよかったのに、それも我慢してくれて。

ごめんね。なんか、こんな娘で。

かろうじて、六年生頃からは毎日通えるようになって。中学高校は、まあ、それでも決して欠席の少ない方ではなかったけど、一応、卒業に足りるくらいの日数は出席できた。

ずっと、お父さんには心配かけ通しだったね。

たぶん他の親だったら、もっとがんばれとか、しっかりしろとか、いってたと思う。でもお父さんは、一度も私にそんなこといわなかった。その代わり、大丈夫か、調子悪くないか、って。いっつも心配そうに眉間をすぼめてた。

だから、東京に出て一人暮らしっていうのは、私なりに、お父さんから独立っていうか、私からお父さんを解放っていうか、そういうことだったわけで。

あのときお父さん、意外とあっさり承知してくれたよね。

お父さん心配性だから、絶対駄目っていうと思ってたのに。

でも——ね？　案外しっかりやってるでしょ。そりゃ、もっと立派な仕事はいろいろあるだろうし、友達には社長秘書やってる子だって、資格とってバリバリやってる子だっているけど、あの頃の私からしたら、これだってなかなか立派だと思わない？

こんなふうに、お酒だって飲めちゃうんだよ。まあ、男の人からしたら、こんなのジュースみたいなもんなんだろうけど。

「お父さんは、どう？　仕事とか」

「……俺も、相変わらずだよ」

「配達とか、してるの」

「うん……まあ、そればかりじゃないけどな」

「他、何があるの」

「局に帰ったら、そりゃ、事務仕事だってあるし、その他にも、営業とかさ……ほんと、細々と、いろいろさ」

そっか。そりゃ郵便屋さんだって、何かと大変だよね。自分で働くようになって、私もそういうこと、なんとなく分かるようになった。

「お前の方は、何か、変わったこととか、ないか」

「うん。だから、相変わらずだって」

「でも……」

お父さんはそれとなく、カーテンのかかった窓の方に目を向けた。

「女の、一人暮らしだろ……いろいろ、気をつけないと、駄目だぞ」

あ、分かった。男の人のこと心配してるのね。

でも、残念でした。それももう、なくなっちゃいました。

「分かってる……分かってるよ。そういうのは私、大丈夫だから」

「痴漢とか、下着泥棒とか……ストーカーとか」

なんだ、そっちの心配か。

「何いってんのよ。ないよ、私なんかに。そんなの」

でも、そういった途端、お父さんの顔つきが一変した。

何か、怖いものでも見たような。うんと高いところから、下の方を覗き込んだような。そういう表情。不安、恐怖、嫌悪。そんなものが入り交じったような、険しい目つき。

「お前だから……心配してるんだ」

「あ、うん……ごめん」

「注意するに、越したことはないんだ」

「うん……分かってる。ありがと……」

お父さんが、ぐっと奥歯を嚙むのが分かった。

「誰か、いないのか……近くに、そういう、頼りになる、男の人は」

「は？」

「だから……恋人とか。でなきゃ、友達でもいい。何かそういう、心配事があったときに、すぐに駆けつけてくれるような。そういう男の人は、知り合いに、いるのか」

直哉の顔が浮かんで、でもすぐに消えていった。また浮かびそうになったけど、今度は、自分で打ち消した。

頭の中を、いろいろ捜し回って、店長の森田さんや、バイトの大学生たちの顔も浮かんだけど、でも、なんでだろう。最後に浮かんで残ったのは、鶴田さんだった。

なんか分かんないけど、相談したら、あの人だったら、親身になってくれそうな、そんな気はした。実際、相談乗るっていってくれたことあったし。貧血で倒れたとき、介抱《かいほう》してくれたし。住んでるの、近くだっていってたし。

「うん……知り合いは、いる。近所に」

「何やってる人だ」

いきなり訊くんだ。そういうこと。

「えっ、でも、付き合ってるとか、そういうんじゃないよ」

「友達ってことか」

「んん……まあ、だから、知り合い」

「いえないのか、何をやってる人か」

困ったな。

「いや、別に、いえないわけじゃないけど。でも、いってもしょうがないでしょ。ただの知り合いなんだから」

「ただの知り合いなのに、駆けつけてくれるのか」

「うーん……と、思うんだよね。なんか、そういう感じの人なの」

「好きなのか」

んもぉ。

「……違うってば」

「向こうが好きなのか。お前のこと」

「そういうんじゃない」

「だったら、仕事くらい……あ、ひょっとして、仕事、してないのか」

やだな。こんな話になるなんて思わなかった。

「してる。仕事はちゃんとしてるよ。新聞記者。警察にも知り合いいるし、そういう方面は、頼れる感じの人……これでいい？　安心した？」

お父さん、ほんと、どうしちゃったの。

心配してるのかと思ったら、急に怒ったみたいになって。で、こっちが白状したら、今度は、ぽかーんとなっちゃって。

何よ。私に新聞記者の知り合いがいたら悪い？

15

話をひと区切りさせた芳賀は、手元にあったディスクのケースを手にとった。

「こんなものがあるから……」

中身を取り出し、まるで草加《そうか》煎餅でも割るように、

「あっ」

いきなりパキンと、俺の目の前で、真っ二つにへし折ってみせた。

尖った切り口が掌《てのひら》に当たったか、芳賀は一瞬だけ顔をしかめたが、かまわずその手でビデオのケースも摑んだ。同じように中身を抜き出し、背表紙の反対側をこじ開けるや否や、テープ部分を引き出し始める。

俺は、以前観たホラー映画の一場面を思い出していた。あの主人公は、呪《のろ》いのビデオテープを公園で滅茶苦茶に破壊した。途中までテープを引き出し、クシャクシャに丸め、地面に叩きつけ、外側のパネルごと靴底で踏みつけ、最後は噴水に投げ込んだ。

芳賀も同じようにしたかったに違いない。だが、この部屋は畳敷き。芳賀は黒い靴下を履いているだけ。だから、テープを延々と引き出すしかない。見たところ、モノはごく普通の百二十分テープだ。あれを全部引き出したら、この八畳間は一体どうなってしまうのだろう。すでに正座した芳賀の下半身は、半ばテープの山に埋もれている。

しかし。

何も、いきなり壊し始めなくたってよかったんじゃないか？　一回くらい、俺に観せてからでもよかっただろうと思う。俺は、そこらの変態や野次馬野郎とは違う。新聞記者だ。

ジャーナリストだ。これは立派な事件だし、犯罪の実録映像を公開するなんていうのは、極めて悪質かつ反社会的な行為だ。俺はそれを糾弾《きゅうだん》する立場にある。俺が観るのは、そのための事実関係確認に他ならない。

仮に、もし栗田たちの流していたのが稲垣事件のそれでなかったとしたら、どうなる。芳賀が自ら手を汚して事務所を襲撃したことも、俺が栗田に殴られたことも、全部無駄だったことになってしまう。それはいくらなんだって馬鹿らしいだろう。

さらにいえば、芳賀はこの映像が世に出るたびに、それを潰して回る覚悟でいるという。理由はどうあれ、それも犯罪行為であることに変わりはない。見過ごしていいのか？　そんなことを、社会正義の番人である新聞記者が、黙認していいのか。

だがそれも、その映像が本当に稲垣事件のものであるならば、であって。もし違うんだったら、今後あなたが危ない橋を渡る必要はなくなるんですよ、芳賀さん——。

と、心の中でいってみたところで、もはやどうなるものでもない。芳賀は存分に引き出した黒いテープを力一杯両手で引き伸ばし、何ヶ所かは千切《ちぎ》ってしまっていた。

そこまでやって、ようやく気づいたようだ。

「あっ……すみません、なんか、散らかしちゃって……」

「いえ、大丈夫です……明日、捨てておきますから」

「いや、あの、それじゃ、申し訳ない……持って帰りますから、大きなゴミ袋か何か、貸していただけますか」

本当にいいですから。どうぞそのまま、お帰りになってください。

当事者である芳賀の話は、事件内容を把握する上では単なる断片的情報に過ぎない。

やはり、物事はもっと多角的に捉《とら》える必要がある。

要は、買い集めた本くらいちゃんと読みましょう、ってことだ。

まず、芳賀から聞いた話はどこまで一般に知られているのかということを確かめた。これは、ほとんどそのまんまだった。「芳賀」という名字こそ伏せられているが、史奈が事件当夜、親戚宅にいたことは共有通信のデータベースにもあったし、稲垣事件のドキュメント本には、その家に一つ年下の従妹《いとこ》がいたことまで記されていた。

その従妹が、史奈を連れ去ったのは髪の長いおばさんと証言した、というのも捜査情報として挙げられていた。これがのちの捜査を混乱させたというのも、また事実のようだった。

だが、俺も地方の出だからよく分かる。田舎には、性別の曖昧な年配者がけっこういる。大変失礼な言い方になるが、頭に手拭いでも巻いていたら、じいさんもばあさんも見分けがつかなくなる。野良仕事をするのに前屈《まえかが》みにでもなっていたらなおさらだ。そんな土地で、しかも暗い夜に髪を伸ばした人を見たら、子供は女であると、短絡的に判断しても仕方ないだろう。

一方、木更津署生活安全課防犯係は事件前に、芳賀宅から少し離れた大久保《おおくぼ》という住宅街に出没する、不審な男性の情報をキャッチしていたらしい。幼女に話しかけたり、写真やビデオを撮ろうとしていたというが、その男性についての捜査は充分に行われなかった。また、史奈ちゃん事件の犯人は女性であると、捜査員の頭に刷り込まれていたのも災いした。捜査本部もこの男の情報を把握していながら、決して多くの人員を割かなかった。実際、稲垣は後日、この大久保住宅街での盗撮行為についても、自らの犯行であると供述している。これで鈴木史奈以後も被害者が出ていたら、大変な責任問題に発展したのではないだろうか。

というのも、その大久保という住宅街のはずれに、稲垣の自宅はあったからだ。この不審者情報を徹底的に洗っていれば、もっと早く稲垣にたどり着いていた可能性はある。下烏田の芳賀宅から大久保の稲垣宅までは、直線だと約一キロの距離。一般道を通っても二つの家は、当時まだ建設中だった館山《たてやま》自動車道をはさんで約一・五キロの位置関係にあった。この距離、範囲に犯人の住居があって、捜査の網にまったくかかってこなかったのでは、初動捜査の不手際を指摘されても仕方あるまい。

そして、問題の稲垣宅はというと。

その盗撮行為をしていた大久保の住宅街から、五百メートルほど離れた田園地帯にあった。先祖は代々農業を営んできたというから、ある意味、旧家といってもいい家柄だったのだろう。ただし、農業をしていたのは祖父の代までで、稲垣の父親はほとんど田畑に出た経験がなく、大学卒業後は地元の農協職員をしていたという。所有していた農地の大半は休耕地と化し、祖父が亡くなってからは少しずつ売却していたという情報もある。ちなみに父親は、事件の半年後に首吊り自殺している。その際、息子の犯行を苦にした旨《むね》の遺書を残している。一方、母親は今も存命のようだ。いつの世も母親は強い、ということだろうか。

では、稲垣自身の職歴はというと、これが、高校卒業以降これといったことは何もせずに過ごしていたようである。それでいて、母親から月数万円の小遣いをもらっていた。その時間と金がのちの、あの異様な光景の部屋を形作っていくわけだ。

稲垣家の母屋は、所有する田畑の奥に建つ、わりと大きな日本家屋だったが、稲垣はそれとは別に建てられた離れを自室として使用していた。一応、二軒は内廊下で繋がっており、外に出ずとも行き来できる造りになっていたが、稲垣本人がその出入り口を本棚で塞いでしまったため、事件当時にはそれができなくなっていた。なので、出入りは掃《は》き出し窓から。いつの時点かは不明だが、稲垣はこの窓に外からかけられる鍵と、出入りが見られないようにトタン板の衝立《ついたて》を自力で設置している。

完全に、稲垣一人の世界となった離れは、数年の歳月を経て、あの本とビデオで埋め尽くされた趣味の砦、偏執狂的収集癖の洞窟へと変貌していく。

そこで捜査本部が確認したビデオテープの数、約七千本。コミックや雑誌を含む書籍、約三千冊。そのほとんどは押収され、木更津警察署に運び込まれた。逆に稲垣の部屋は、逮捕数日後にはほぼ空っぽになったが、その状態を確認したあるマスコミ関係者は、本棚のあった辺りの床が数センチ沈み、隙間から裏の雑木林が見えるようになっていたと後日語っている。そこに、史奈ちゃんは遺棄されたわけだ。

むろん、捜査本部はビデオ等の押収品を可能な限り検証した。この、可能な限り、という辺りが実に怪しいのだが、とにかく捜査本部の発表では、この七千本の中に、犯行状況を記録したものはなかったことになっている。

本当だろうか。

大久保の住宅街に出没し、噂になるほど幼女の写真やビデオ撮影に明け暮れた稲垣。史奈ちゃん事件からさして時間も経っていない九月九日、まるで我慢できなくなったかのように、自宅から三キロ、芳賀宅から二キロの距離にある児童公園までわざわざ出向き、幼女の排泄《はいせつ》場面を撮影しようとし、公園管理組合員に取り押さえられた稲垣。そんな奴が果たして、自宅の自室に幼女を監禁、自らが陵辱する場面を、撮影せずにいられただろうか。

いや、これは別に俺だけの疑問ではない。当時の捜査関係者、マスコミ、共通の疑問だったようだ。

だが、ないものはない。そう胸を張っていうくらいだ。捜査本部だって、一応ひと通り、七千本のビデオに目は通したのだろう。むろん、日々撮影に使用していたビデオカメラの中身も確認している。まだ撮影途中だったそのテープには、なんと、稲垣が片手で猫を殴り殺す場面が記録されていたという。

俺は翌日、朝の警戒電話情報を得るために、池袋署に顔を出した。

いち早く、大木記者が訊いてきた。

「なんだァ鶴吉、その顔は」

「……ヤクザに殴られて、鼻骨が折れました」

正直にいったのに、またまたァ、と笑いながら俺を指差す不謹慎な野郎がいる。及川だ。

「鶴吉がヤクザと？　殴り合い？　あり得ねー」

ああ、殴り合いではない。一方的に殴られただけだ。ちなみに首も絞められた。

「うるせーな……喋るだけで響くんだからよ。あんま話しかけてくんな」

「なんでまた、ヤクザと喧嘩なんかしたの」

あり得ないんじゃなかったのか、おい、及川よ。

「喧嘩じゃねえよ……ちょっとトラブっただけ」

「なんで。取材？　なんかいいネタ拾ったん」

教えねーよ、バーカ。

その後も少し追及は続いたが、俺は「うるせー」のひと言で通した。やがて訊くのもつまらなくなったか、誰も俺に話しかけてこなくなった。

今朝の警戒電話担当は及川だった。

「どうも、ありがとうございました……えーと、今日も特にないようっすね」

俺はそれだけ聞き、上着とカバンを引っ摑んで部屋を出た。

署の玄関を出たところで携帯を構え、警視庁のキャップにかける。

五回コールし、出ないかなと諦めかけた瞬間、

『……おいす。なんだ、もう出んのか。やけに早《はえ》えな』

痰《たん》の絡んだような、いつものガラガラ声が聞こえた。

「ああ、すんません。おはようございます」

『じゃあな』

「アァー、ちょっと待ってください」

今朝は、単なる「クラブを空けますよ連絡」ではないのだ。

「キャップに、訊きたいことがあるんです」

『へえ……珍しいな、お前が』

いつまでも署の前というのは恰好悪いので、とりあえずビックリガードの方に歩き始めた。

「ええ。あの……十四年前に、稲垣満という男が起こした、幼女誘拐殺人事件、覚えてますか」

『ああ？　お前、なにバカいってんだ。それ知らねえで事件記者やってる奴なんざ、うちの社にゃいねェぞボケ』

　それがいるんですよ。申し訳ないことに。

「はい……でその、当時、実際に現場で取材した方とか、キャップの知り合いにいないですかね」

『十四年前で、ありゃ確か、千葉だったよな……だったら、いま函館《はこだて》支局長やってる真壁《まかべ》さんなんか、そうだよ』

　よりによって函館ですか。

「いや、もうちょっと近場で、話聞ける人で」

『近場？　なに、急ぐのか』

「まあ、なるべく。今日とか会えると、ベストです」

『だったら、サツカンの方が早いだろ。いるだろ、誰か』

「いや、警察関係者は、あとにしたいんですよ」

俺はその線を疑ってるわけだから。

『近場で、か……稲垣事件ねぇ……』

ズッ、と耳元で音がする。緑茶をひと口、か。

『そうさなぁ……古田《ふるた》さんとか……いや、あの人いま福岡か……ああ、そうだ。もう記者は辞めちゃってるけど、カトリって奴が、新大久保で店やってるよ。真壁さんが当時県警キャップで、カトリはその下にいた人間だから、詳しいと思うぞ』

新大久保といっても、むろん稲垣の出没した、木更津市の大久保とは関係ない。山手線の駅の、新宿《しんじゅく》の隣の、あの新大久保だ。

いい。それ、いいですね。

「店って、なんのですか」

『なんだっけな……ライブハウスみたいな、飲み屋だっていってたけどな。俺はいったことねえけど。いくんだったら連絡先、あとでメールしてやるよ』

「はい、ぜひ。お願いします」

何かいいネタか、と訊かれたが、それは、まだ分からないとボカしておいた。キャップも、それ以上突っ込んでは訊いてこなかった。

その後に急ぎの仕事でも入ったのか、実際にキャップからメールがきたのは正午を少し回った頃だった。ただ連絡をとってみると、先方も店に出るのは三時か四時だというから、ちょうどよかったのかもしれない。じゃあその頃に伺うといい、俺は電話を切った。

元共有通信記者、香取栄作《かとりえいさく》氏の店は、新大久保駅を出て左手、線路と並行する細い道をいき、楽器屋が並ぶ一帯を過ぎて左手ということだった。

雑居ビルの地下一階。店名は「ライヴバー／グランブルー」。どっかで聞いたような名前だ。

階段で下りてみると、意外にも入り口の扉はガラスだった。てっきりこういうところは、分厚い防音扉になっているものと思っていたが。

店内はまだ暗い。

「ごめんください……」

俺が戸口から顔を覗かせると、ほの明るいカウンターにいる男がこっちを振り返った。

「ああ、いらっしゃい」

彼が香取氏だろうか。十四年前に千葉の県警記者クラブにいたとすると、四十代半ばにはなっていそうなものだが、

「宮武さんから連絡もらったよ。鶴田くん、だよね」

カウンターの中でにこやかにそういう彼は、ほとんど俺と変わらない年恰好に見えた。

「はい。共有通信の、鶴田です。このたびは、急にお時間いただきましてすみません」

一応名刺を渡しておく。香取は笑みを浮かべて片手で受け取り、カウンターのスツールを俺に勧めた。すぐに鼻のことを訊かれたが、ちょっと転んで、と適当にいっておいた。

店自体は、ドラムを中心に据えた小さなステージと、いま俺がいるカウンターに、テーブル席が四つの、比較的小さなものだ。

飲み物は何がいいかと訊かれたので、仕事中なのでウーロン茶、と頼んだ。

「……でなに、稲垣事件のことだって？」

「ええ……ああ、ありがとうございます。いただきます」

カウンター越しに出されたグラスを、俺は少し手前に引き寄せた。

「何が知りたいの。大体のことは、もう調べてきたんでしょう」

さすが元記者。話が早い。

「ええ。事件の概要は、大体頭に入れてきたつもりです。ただ、時間がなくて、裁判に関することまでは、まだちょっと」

「あっそう……」

香取は茶色いフィルターのタバコを銜え、オイルライターで火を点けた。

「実はその、お伺いしたいのは、例の……稲垣の部屋にあった、大量のビデオについてなんです」

「ああ、懐かしいな……そうそう、山ほどあったよね。ありゃ凄かった」

「事件当時、捜査関係者はあの中に、犯行を記録したものがあるんじゃないかと考え、おそらく全巻チェックはしたんだと思いますが、結果からいえば、そういったものはなかった……それって、本当なんですかね」

香取は、ん？　と眉を上げてみせた。

「どういうこと？」

「単刀直入に、文字通りの意味です。本当はあの部屋から、犯行を記録したビデオは発見されていた。でも、それを発表できない何らかの事情があって、結局それは封印された……そういう可能性って、ないですかね」

うーんと首を捻り、香取は斜め下を睨んだ。

「そういう可能性は、ないんじゃないかな……だって、そんなビデオがあれば、稲垣の犯行は完全に立証できたわけでしょう。そうしたら裁判だって、あんなに揉《も》めることはなかったわけだから」

マズい。やっぱりちゃんと、裁判についても読んでくるべきだった。

「……あんなに、と、いいますと」

「だから、あの裁判、精神鑑定までいったでしょう」

「あ、そうですね。実際、心神喪失で稲垣は、無罪になってるんですもんね」

「うん……それには当然、検察側は不満があったわけよ。そんなんじゃない、稲垣は被害少女を陵辱するより前に、鈍器で頭を叩き割って殺害したと、そう証明したかったわけ。ところが、稲垣自身は犯行を認めているにもかかわらず、トンチンカンなことばかりいってやがる。女の子は誘拐したんじゃない、向こうから遊びにきたんだ。セックスはできた、実際に射精までした、でも痛い痛いって泣き叫ぶもんだから、途中から口を塞いでた、そうしたら死んじまった……とね」

なんと。

「それって、最高裁での話ですか」

「なに。君、それも調べてこなかったの」

「いや、その……ええ。すみません、勉強不足でした」

鈍器で撲殺《ぼくさつ》っていうのも、あれ——ヤバいな。俺、読み飛ばしちゃってたのかもしれない。

香取は鼻で溜め息をつき、苦笑いを浮かべた。

「駄目だよ。記者がネタ固める前に、相手にぶつけちゃ。できることは全部やってから。これ鉄則だろう……まあ、俺みたいなのが相手だから、よかったようなものの」

はい。以後気をつけます。

「それはだから……うん。裁判の争点としては、最初っからだよ。弁護側の、っていうか稲垣本人の主張は、セックスはした、口を塞いで殺した。だが実際、遺体に性的暴行の跡はなかった。死因は頭部を鈍器で殴られての脳挫傷《のうざしょう》……脳挫滅《ざめつ》だったかな、ちょっと忘れたけど。とにかく一審から弁護側、検察側の主張は、真っ向から喰い違ってたわけ」

ふいに香取は、アッ、と声を高くして手を打った。

「段々思い出してきたぞ。そうだ。その、殴打の凶器になった鈍器も発見できなかったんだ。鑑識の話では、あまり鋭角的ではない、わりと表面が平らな、大きな重たいもの。たとえば、鉄製の花瓶とか、そういうものじゃないかっていわれてた。ただ、遺体は死後だいぶ経ってから発見されたからな。しかも地中に埋められてたわけじゃない。雑木林の地面に、放置されてた。その間には雨だって降ったし、季節が季節だから気温も高かった。生ものを腐らせるには絶好のシチュエーションだったわけさ」

香取は、最後のひと口を吸ってカウンターの中、流しの辺りにタバコを落とした。

「……そんな喰い違いが、あちこちあったんだ。犯行を記録した映像があるとしたら、変な話、検察側は金使ったって持ってきたかったはずだ。それが、なに……表に出せない事情があったんじゃないかって？　そんなの、あり得ないよ。ないとしかいいようがないよ」

まあ、裁判がそういう状況だったら、そうなのかもしれない。

「じゃあ逆に、捜査関係者の中に、稲垣と縁がある人間がいて、そいつが密かに持ち出して、証拠隠滅《いんめつ》を図ったとか」

「あの、何千本もあるビデオの中から、犯行ビデオを探し当てて処分したってか？ 無理だろう、それは。延べ何百人って捜査員が、目から血の涙流すような思いして、一本一本チェックしてったんだぞ。そんな、犯行ビデオをピンポイントで盗み出すなんてのは、ラベルに女の子の名前でも書いてない限り、不可能だな」

「じゃあ、これだって分かってから盗んだとか」

「だから、犯行の記録ビデオが発見されたって話自体がないんだってば。あったら、絶対に漏れてきてるって。今はどうだか知らないけど、あの頃はけっこう、現場のサツカンには直接話聞けたからな。俺がじゃなくても、そういう事実があったんだとしたら、誰かしら摑んでるって」

うーん、そうか。

「だいたいあんた、なんでいまさら、稲垣の犯行ビデオのことなんて調べてんの」

いや。ご存じない方に、それは教えられません。

「まあ、いろいろ……諸事情がございまして」

「特ダネか？ そりゃ、一応あんたは俺の後輩になるんだろうから、できることなら協力してあげたいけど、でもな……仮にあったんだとしても、それを警察や検察が隠す理由なんてありっこないよ。ちなみに、稲垣の家族にも親戚にも、警察に圧力をかけられるような人間はいなかったからな。昔は大地主で、手広く農業をやってた家系らしいが、それもじいさんの代で、だいぶ萎《しぼ》んじまったっていうから」

そこは、かろうじて知ってます。はい。

するとまた香取は、アッ、と手を叩いた。

「あと、あれだ。喰い違いっていえば、稲垣は被害少女の耳を齧ったっていうが、遺体の耳は両方とも無傷だった。そういうのも、うん……あったな。とにかく、いちいち変だったんだよ。稲垣の陳述は」

耳、ねえ。

16

香取は断言した。

事件当時、捜査関係者が稲垣の犯行ビデオを発見しておきながら闇に葬《ほうむ》った可能性など、皆無であると。そんなものがあったなら、稲垣裁判はもっと円滑に進んでいた。精神鑑定にまでもつれ込むことなどなかったはずだ、と。

これが事実だとするならば、俺の推理は脆《もろ》くも崩れ去る。

十四年前、捜査に係わった何者かが犯行ビデオを発見し、それを如何《いか》なる理由からかは不明だが私物化した。その何者かは今になって、ビデオの公開に踏み切った。理由は、おそらく金だろう。そいつは小遣い銭欲しさに、栗田にビデオを売り渡した。

穴だらけの推理であることは承知している。ビデオを隠した捜査関係者に心当たりがあるわけでもなく、また私物化した理由も特に思いつかない。公開が今になった事情も分からない。いわば、単なる空想。その程度の推理だ。

しかしこれが否定されると、ある意味、可能性はだいぶ絞られてくる。

一つ考えられるのは、稲垣が犯行に及んでから逮捕に至るまでの間、つまり、あの部屋が捜査側の管理下に置かれる前に、件《くだん》のビデオは稲垣の手から別の何者かに渡されていた、という可能性だ。その何者かが、さらに栗田に売り渡した。

だがこれにも、公開を今にする理由は見当たらない。なんといっても事件は十四年前である。面白半分で公開するには、ちょっと時間が経ち過ぎている。

では、次の可能性はどうか。

ビデオはそもそも稲垣の部屋以外のところに保管されていて、それが最近になって発見、公開された、というケースだ。これなら、公開が今になったことも説明できる。

犯行後、稲垣は捜査の手が自分に迫ることを恐れ、安全な場所にビデオを隠したが、何かの巡り合わせで、それが最近になって偶然何者かに発見されてしまった。たとえば稲垣宅裏の雑木林に埋まっていたのを、山菜採りにきた人がたまたま掘り起こした、とか。まあ、そこで山菜が採れるかどうかは知らないが、隠し場所がどこであるにせよ、そういうこともあり得なくはないだろう。

発見者はむろん、持ち帰ったビデオをデッキに挿入する。そして、再生――。画面に現われたのは、世にもおぞましい幼女の陵辱シーンだ。だがその発見者は、恐ろしいことに善人ではなかった。こういう映像が好きな奴も、世の中にはたくさんいる。上手くすればこれは金になる。そうだ、裏ビデオとして誰かに売ろう。でも、自分でコピーして手売りするのは大変だ。そうか、裏映像を配信しているサイトに売りつければいいんだ――。そうして行き当たったのが、栗田たちの運営している「激裏動画ドットコム」だった、と。

さらに、これの別パターンも考えられる。そして、実はそれが一番可能性が高いのではないかとも思う。

というのは、逮捕前に稲垣がビデオをどこかに隠し、措置入院終了後に自ら発掘、金欲しさに栗田に売り飛ばした、というケースだ。

こうして並べてみると、なんだ。結局栗田に訊くのが一番早いんじゃないか、となるわけだが、それは残念ながら無理だ。少なくとも今の俺にはできない。この、鼻をへし折られたときの恐怖がそれを許さない。あの栗田の蒼白《あおじろ》い顔を思い浮かべるだけで、今も背筋が寒くなる。

少なくとも鼻がちゃんとくっ付くまで、俺は嫌だ。

本当はすぐにでも稲垣関連の取材に動きたかったのだが、こういうときに限って発表ネタが出る。

巣鴨署に設置されていた「振り込め詐欺合同捜査本部」が、総勢十三名からなる犯行グループの摘発に成功した、というのがそれだ。

この捜査本部は千葉県警、埼玉県警、茨城県警と警視庁が合同で設置したもので、といってもそれぞれから三名ないし四名、全員でも二十名足らずの小規模な陣容だが、一人ひとりはそれなりに優秀な捜査員だったのだろう。下っ端を二人確保したあとは、あっという間にリーダー格の男を割り出し、最終的には犯行に関与したとみられる十三名全員を検挙するに至った。

しかもこのリーダー格の男というのが、今年の初めまで大和会系暴力団の構成員だったというから大変だ。実は今も組と繋がっていて、詐欺行為がそのまま暴力団の資金源になっていたのではないか。そういう可能性まで出てきたのだ。

これの第一報が出たのが、香取と会った翌日。俺はなんだかんだで、それから四日ほどこのネタにかかりきりになってしまった。途中で、山城組や栗田の名前が出てきたら面白いのにな、とも思ったが、さすがにそれはなかった。

むろん、その間もずっと俺は稲垣事件について考えていた。

例の映像が本物かどうかの確証も得られないまま、ああだこうだと考えをこねくり回しても仕方ないとは思いながら、それでもやはり考えてしまう。

犯行後、稲垣が撮影したとされるビデオは、どういう経緯をたどって栗田の手に落ちたのか。考えれば考えるほど、それはすべて稲垣本人の所業であるように思えてくる。そしてすぐに、栗田に会って直接確かめたら、という考えに至る。栗田さん、あんた、稲垣から直接ビデオを買ったんじゃないですか。だが、その場面を思い描くだけで震えがきて、結局諦める。ちょっと薄汚れてきた鼻ギプスの表面を撫《な》でては、まだ怖いよね、お前だって、と心の中で呟く。

では逆に、稲垣本人にアタックしてみるというのはどうか。

稲垣事件の裁判が結審したのが五年前。事件から九年の歳月を経たのちの措置入院である。千葉県内にあるとされるその病院で、一体どれほどの治療がなされたのか。むろん、いまだに入院している可能性はある。入院していたら、誰がどんな手を使ったところで取材はできないだろう。病院は、そっち系の患者のプライバシー保護には異常にうるさいのだ。俺のような記者では面会は疎《おろ》か、入院の有無を確認することすらできないだろう。だが一方で、すでに社会復帰している可能性も、なくはないわけで。

もし稲垣がこの五年の間に措置入院を終え、退院しているのだとしたら、奴は今どこで、何をしているのだろう。

警察庁は現在、子供を対象とした暴力的性犯罪の再犯を防止するため、法務省から前歴者の出所情報提供を受け、出所後の住居や転居、動向の確認、把握をするよう努めている。

だが、そもそも稲垣は懲役刑に服していないのだから、こういったリストには入らない。

つまり、警察関係も稲垣の消息を把握していない可能性が高いわけだ。

とすると、稲垣の今現在の居所を知るにはどうしたらいいのだろう。

まず思いつくのが、公判で稲垣の弁護を担当した弁護士だ。弁護士なら、その後の入院先や動向を把握している可能性は充分ある。あるいは捜査関係者。当時の千葉県警捜査一課の捜査員や、木更津署強行犯捜査係員。

しかし残念ながら、その両方とも俺には伝がない。

仕方がない。ここは一つ、先輩にもうひと肌脱いでもらうこととしよう。

というわけで再び香取氏に連絡をとり、話を聞かせてもらうことになったのが十二月の九日。やはり午後三時過ぎに、店にきてくれということだった。

前回同様、外から見る店内はまだ暗かった。

「ごめんください……鶴田です」

戸口でそういうと、奥のテーブル席にいた香取がこっちを振り返った。

「ああ、鶴田くん……こっち、入って入って」

「失礼します」

会釈をしながらそっちまでいく。どうやら、ギターの弦《げん》の交換をしていたようである。よくあるタイプのフォークギターを抱えている。テーブルには、はずした弦だのペンチだのが載っている。

「あれ……鶴田くん、鼻、治ったの」

ああ。

「お陰さまで……昼間医者にいったら、もう取っていいっていうんで。はずしました」

そんなことはどうだっていい。

「へえ、香取さんて、ギター弾《ひ》けるんですか」

「いや、弾けるってほどじゃないよ。ビートルズとかさ、あの辺りをちょろちょろっと、弾き語りするくらいで。……これだって、いわば店の備品でさ。飛び入りのお客さんに、はいどうぞって貸せるように、一応置いてあるってだけ。……ああ、適当に座って」

俺は「はい」と答え、隣のテーブルの丸椅子に座った。

改めてステージの辺りを眺めていると、ふと、小さな疑問に行き当たった。

「あの……変なこと訊くようですけど、香取さんは、なんで、記者をお辞めになったんですか」

「ん？　んん……」

香取はギターの先っぽの方、いくつもついている糸巻きの一つを捻って、音を合わせ始めた。ゴイン、ゴイン、ギン、ギンギンギン――。

「なんで、だったかな……まあ、いろいろだよ。大雑把《おおざっぱ》にいえば、疲れちゃったってことなんだろうけど……寝る間も惜しんで、サツカンや関係者を追っかけ回してさ。挙句の果てに摑んだ真相は、とても記事にできるような内容じゃなかった……そんなの、二度も三度も経験してみなよ。嫌になるって……」

　そういって、だがすぐにかぶりを振る。

「いや……単に、俺が向いてなかったってだけかな。体はもちろんだけど、記者は精神的にタフじゃないと。俺みたいなのは……駄目だよ。俺には、こういう、穴蔵みたいなところでじっとしてる方が合ってる。客がこない夜は、早めにクローズの看板出して、明かりも全部消してさ……」

　香取が指差したのは、テーブルの端にあるキャンドルグラスだ。

「そいつに火を灯《とも》して、ビートルズを唄うんだ。一人でピンクジン作って、ちびちび飲みながら……って、何いわせんだよ」

　まあ、それが恰好いいのかどうかは、俺にはよく分からない。が、そのとき香取の浮かべた苦笑いには、ちょっと渋い雰囲気があって、そんな人生もいいかなと、思わなくもなかった。

「……で、なに。今日は」

いけね。すっかり忘れるところだった。

「ああ、あの……まあ、今回もズバリお訊きしますけど、その……稲垣のですね、消息って、分かんないですかね」

ハァ？　と香取は、鼻の穴を広げてみせた。

「稲垣の消息？　そんなの、俺が知るはずないでしょう」

「いや、香取さんでなくても、どなたか、知っていそうな方、ご存じないですかね」

どなたかっていわれてもな、といいながら、香取はまた次の弦を合わせ始めた。

「……当時、稲垣に係わった人間っていったら、県警と所轄の強行犯捜査員が一番だろうけど、もう、何年経ってんだっけ」

十四年です、と俺は答えた。

「十四年っていったら、最低でも二回は異動してるでしょう。捜し当てるだけで大変だよ。県警の捜査一課だって、それなりに人は動くしね……じゃなきゃ、弁護士か。確かあれは、ナカモリって弁護士だったと思うけど、当時でもう、六十近いジイさんだったからね。分かんないよ……生きてるかどうか。怪しいもんだよ」

実は密かに、香取が今も当時の関係者と連絡をとってくれていることを期待していたのだが、駄目か。そうそう上手くはいかないぞ、と。

「あとは法務省……検察関係か。でもそっちは、サツカン以上に面倒でしょう。口割らせるの」

うん、と素直に頷いておく。俺では無理だ。まったく自信がない。

「そっち関係に慣れた人間に、動いてもらうか、じゃなかったら……」

香取はギターをテーブルに置き、立ち上がった。

カウンターにいき、置いてあったタバコに手を伸ばす。

「じゃなかったら、なんですか」

たっぷり火を点け、ひと口。深く吸い込む。

吐かれた煙が、明かりの下を白く霞《かす》ませる。

「……じゃなかったら、いっそブンヤのセオリーを……いっぺん、捨てちゃうとかね」

新聞記者の、セオリーを――。

「捨てる、と、いいますと」

「要は、週刊誌記者の手を真似るのさ。連中はよくやってるでしょう。あの人は今、みたいな企画。やり方は芸能人だって、犯罪者だって同じさ。そいつが特に土地鑑《かん》持ってそうな、まあ、たいがいは故郷ってことになるけど、その辺りで人の集まりそうなところ……商店、飲食店、飲み屋なんかで、それとなく訊くんだよ。そういえば、あの事件の犯人って、今どうしてんですかね、みたいに……そうすると、けっこういるんだよ。なんだかんだ、ペラペラ余計なことまで喋ってくれる人が」

稲垣の故郷というと、千葉県木更津市大久保か。まあ、いかれないほど遠くはないが、それでもいって帰ってくるだけで半日は潰れる。当てもなく話を聞いて回ったら、一日なんてあっという間に終わってしまうだろう。直近でいけるとしたら、今度の土曜か日曜。十二日か十三日辺りか。

　香取は、俺が何を考えているか察したようだった。

「稲垣の実家には、いってみた？」

「いえ。まだ一度も」

「確か、親父は逮捕後間もなくして自殺したけど、母親は生きてるんじゃなかったっけ」

「ええ。最近出版されたドキュメント本でも、母親のその後については書いてませんでしたから、おそらく、生きてる可能性の方が高いとは思いますけど」

「だったら、実家にいって、直接母親に会ってみれば。案外、ぽろっと喋るかもよ。仮に喋らなくても、顔色でなんとなく、分かることもあるでしょう」

　香取はタバコをカウンターの中に放り込み、こっちに戻ってきた。

「鶴田くん、休みとれてるの」

　なんですか、いきなり。

「いえ、この前、巣鴨がデカいヤマ挙げたんで、ここんとこ、けっこう出が続いちゃってて。あんまり、休めてないですね」

すると、なぜか難しい顔をし、溜め息をつく。

「……まあ、それでなくたって、サツ回りは日々キツい思いしてるとは思うけど、こういうネタに、自分の休みまで使い始めたら危ないよ」

まさにそれを考えていたところだったので、ちょっと、チクッときた。

「はあ……」

「何しろ、当てもなく現場を当たるってのは、とにかく時間のかかる作業だからね。情報も、必ずしも得られるとは限らない。それでも、情報は出ると信じて、とにかく現場に入り浸る……そこまで踏み込んで、もう……プライベートもなんもないくらい、どっぷりになっちゃうと……ほんと、すり切れちゃうから。すり切れて、終わっちゃうから……どっかの、誰かさんみたいに」

いや、俺はたぶん、大丈夫だと思います。

そこまで気合の入った記者じゃないんで。

新大久保駅のホームで電車を待っていたら、携帯が鳴った。

警視庁のキャップからだった。乗る前でよかった。

「はい、もしもーし」

『おう、鶴吉。お前、今どこだ』

事件だろうか。聞き逃してはいけないので、一応階段の方に避難する。

「新大久保の、ホームですけど」

『なんだ。また、香取んとこいってたのか』

「ええ、まあ……」

電話越しの溜め息が左耳にかかる。

『そもそもお前、稲垣事件の何を調べてんだ』

「あー、それはですね……」

この先も取材を続けるなら、遅かれ早かれ、いずれは社内の別の人間の手を借りなければならなくなるだろう。もうそろそろ、キャップには話を通しておいた方がいいかもしれない。だが、どこからどうやって話すべきか。

そんなことを思案していたら。

『お前、ひょっとして……稲垣事件の、実録映像の件を調べてるんじゃないだろうな』

「えっ」

なんで知ってんだ。

危うくずっこけて、階段からすべり落ちるところだった。

『図星、みたいだな』

「あ、いや……まあ……ええ」

しばしの沈黙。

電車がきたのか、上の方が騒がしくなる。俺はそのまま階段を下まで下りた。

「でも、キャップ……なんでそれ」

『あのあと、北海道の真壁さんと、ちょっと喋ったんだよ。そしたら、そんな話が出てきた。稲垣事件の映像が一時期、ネットに流れたって噂がある、ってな……だがそれはもう、観られなくなっちまった。キャッシュも、どこにも残ってない。なんだったんだろうな、って……』

マズい。こんな話が出回るようじゃ、急がないと他に抜かれる可能性がある。

「じゃあ、真壁さんはそれ、観てないんですか」

『ああ、観てないって。噂だけだって……お前は観たのか』

「いえ。俺も、観てはいないです」

目の前で、ディスクもビデオテープも破棄されてしまいました。

『……じゃあ、それが今、また別のサイトで流されてるってのは』

なに――。

「えっ、なんですかそれ」

『知らなかったか』

「ええ、知りませんでした……ってそれ、なんですか。どこからの情報ですか」

キャップは一つ、咳払いをはさんだ。

『……どこって、俺が調べたんだよ。そんなもんが本当に出回ってんのかなって。だから……お前が、振り込め詐欺のアレで動き回ってる間、ずっとだよ。五分でも十分でも、手が空くたびに、ずっとネットで調べてた。そしたら、ついさっきだよ。それらしい映像に、ようやく行き当たった』

うっそだろ、おい。

「キャップ、それ……み、観たんすか」

『ああ、観たよ』

「ど……どう、だった、ですか」

小さな唸《うな》り声。タバコに火を点けるような間が空く。

『……まあ、部屋の様子がどうとか、そこまでは分からん。似てる気もするし、そうでもない気もする。写真部にいって、例の、稲垣の部屋の有名な写真があるだろ。あれを取り寄せて、じっくり見比べたら、あるいは判定できるかもしれんが……』

段々寒気がしてきた。両膝《りょうひざ》も、なんか、ふわふわする。

「……内容は、どう、だったっすか」

『んん……内容自体は、そうさな……大したことないっていやぁ、大したことない。実は実録でもなんでもなくて、ただの芝居でしたっていわれたら、なーんだ、ってなレベルさ。

ただあれが、リアルなレイプ映像だとして、その後にその子が、その男の手によって殺されたってなりゃ、話は別だよな……おぞましいと思うよ。もちろん』

観たい。モラルも何もかもすっ飛ばして、心から、観たいと思う。とても芳賀にはいえないが、もう今すぐにでも、観たくて観たくて仕方がない。

「キャップ、そのサイトのアドレス、メールで送ってください」

『ああ、そのつもりだが……ただ、有料サイトだからな。カードの引き落とし手続きとかあるから、そこらのネットカフェとかではやらん方がいいぞ。昨今は、何があるか分からんから』

「ああ、はい……じゃあ、家に帰って。うちのパソコンでやります」

『そうしろ。じゃあ、そっちのアドレスに送っといてやる』

「はい、お願いします」

俺は踵を返し、階段を駆け上がった。

慌て過ぎて、またコケそうになった。

17

すき焼きを食べ終わってからも、お父さんはやたらとその記者さんについて聞きたがった。

「名前は、なんていうんだ」

「それ訊いてどうするの」

「どうもしないが……ただ記者さんじゃ、いま話をするにしたって、なんかこう……変だろう」

別に、何も変じゃないと思うけど。

「……鶴田さん。鶴田……あれ、下の名前、なんだっけな」

「いや、下はいい。もう分かった」

何が。何が分かったっていうの。

「……連絡先は知ってるのか」

「分かってるよ。名刺もらったもん」

っていうか、どうやって知り合ったか、とかは訊かないんだ。

「アパート、どこだか知ってるのか」

は？

「アパートかどうかは知らないけど、近くに住んでるはずよ。だって、うちのお店のお得意さんだもん。お弁当とか牛乳とか、よく買ってくもん」

お父さんは、ちょっとハッとしたような顔をして、でもすぐに、そうか、っていって立とうとした。

「とにかく……まあ、誠実そうな人だから、何かあったら真っ先に、その人に相談しなさい。お父さんは、すぐにこられるわけじゃないんだから」

何いってんのかな、まったく。

私、鶴田さんが誠実な人だなんて、ひと言もいってないのに。

そんな話をしたあとだっていうのに、鶴田さんはなかなかお店にきてはくれなかった。

まあ、あっちは忙しい身だし。今までだって、必ず毎日きてたわけじゃないし。頼りにするっていったって、それはこっちが勝手に当てにしてるだけの話だし。

それに、特に心配なことも今のところないしね。このお店だって、そうしょっちゅう強盗に入られたりはしないでしょう。

でも、

「いらっしゃいませ……」

入り口に人が立つと、つい鶴田さんかな、って見てしまう。髪の長い女の人だったらいい。太った男の人ならいい。すぐに違うって分かるから。でも、それなりにスマートで、ちょっと頭がボサボサしてたら、期待しちゃう。今も見ちゃった。全然違う、初めてくるお客さんだったけど。

「桐江……なにそんなに外ばっか見てんの」

げ。チカちゃんて、ほんとよく人のこと見てるよね。

「んー、別に。なんでもない」

「あのさぁ、そろそろあたし、一服いってもいいかな」

時計を見る。午後三時半ちょっと過ぎ。今きたお客さんは、男性化粧品のコーナーをちょっとだけ見て、すぐに出ていった。

「うん、いいよ。いってきて」

チカちゃんは「さんきゅッ」と可愛くいって、ウィンクしてバックスペースの方に歩いていった。

あ、お昼寝しちゃ駄目だよって、いうの忘れた。最近やたらと多いんだよな――なんて思ってたら、

「……アァァァーッ」

バックスペースの方からチカちゃんの声が聞こえた。

幸いお客さんは一人もいないんで、私もいってみた。

バックスペースに入るドア口に立つ。一応目は店内に向けたまま、声だけかける。

「なに、チカちゃん、なんかあった」

「ド、ドロボウ……桐江、ドロボウだよッ」

「ええーッ」

　とっさに私も、一歩中に入ってしまった。

　壁の両側は在庫を収納した棚。奥の方にはちょっとした休憩スペースとロッカーがある。でもチカちゃんは左の方、裏口のドアを開けて外を見ている。

「えっ、なに、どういうこと」

「いや、今、あたしがこっちきたら、誰かが、すすぅーって、こっから出てった。んで、奥見たら、ロッカーの扉が、いくつか開いてた」

　そわわっと、背中を何か、羽根みたいに柔らかいもので撫でられたような、そんな、錯覚を覚える。

「……店長じゃ、ないの」

「違う。もっと痩せてた」

　まさか、鶴田さん？　そんな馬鹿な。それだけは違う。

「……どんな、感じの、人」

「分かんない。一瞬だったし。でも、うちの店の誰かじゃなかった。もっと、小柄な感じだった」

　うん。うちのバイトの男子学生は、みんな背高いもんね。

「桐江。とりあえず、自分のロッカー確かめな。財布とかちゃんとあるかどうか」

「うん……分かった」

ほんとだ。上下五ヶ所、計十ヶ所のうち、四ヶ所の扉が薄く開いたままになってる。

私はいわれた通り、ロッカーの中を確かめた。今年買ったダウンジャケットと、使い古しのトートバッグ。ジャケットのポケットは、別に何も入れてなかった。トートの中には、お財布と、手帳と、携帯と、化粧ポーチと、鍵と、読みかけの文庫本。うん、別に失《な》くなったものはなさそうだ。

「チカちゃん、私は大丈夫みたい」

続いてチカちゃんも自分の持ち物をチェック。やっぱり、失くなったものはないようだった。

チカちゃんは「そうだ」っていって、防犯カメラの映像を映しているモニターの前にいった。私はちょっと離れたところから、コントローラーを操作するチカちゃんの後ろ姿を見ていた。

「ちっ……なんも映ってねーや」

ああ、そういうこと。

っていうことは、ドロボウは前の道に出て、すぐ右に曲がっていっちゃったのかもね。

もちろん、そのことは店長にも報告した。

これからは裏口にちゃんと鍵をかけよう、ってチカちゃんはいったけど、それだと日常業務が煩《わずら》わしくなるから、逆に貴重品はロッカーに入れないで、レジカウンターまで持っていくよう徹底しよう、って店長がいって、そうすることに決まった。私も、その方がいいと思った。

すぐに在庫も調べたけど、それも特に減ってはいないようだった。じゃあ一体、あのドロボウは何しにきたの？ 夜から入る大学生は、チカちゃん目当てのストーカーじゃないか、っていってた。ロッカーを密かに開けて、顔を突っ込んで匂いを嗅《か》いで――。

実は私も、ちょっとそう思ってたんだけど、その、匂いを嗅ぐって、やめてほしい。すっごい気持ち悪い。寒気がする。

まあ、侵入者の話題がスタッフの間で出たのも、次の日くらいまでで、そんなに引きずるほどのことではなかった。何しろ実害がなかったわけだから。なんだったんだろうね、って。そんな感じ。

でも考えてみたら、強盗に入られたのが先月十七日の夜。今日が十二月七日だから、まだ三週間も経ってない。三週間の間に、強盗に侵入者？ 変質者？ やっぱり、ちょっと呪われてるのかな。このお店。

そんなことを考えつつも、ちゃんと真面目に仕事はしています。

「あいがとーざいやしたァ」

今はチカちゃんがレジに立っている。私は、冷蔵庫のラベルの貼り替えをしている。ドリンクメーカーが映画とタイアップのキャンペーンをやってて、営業の人が「使ってください」って持ってきたのを、お店の普通の値札と取り替えるの。

またお客さんが入ってきたみたい。

「いやっしゃいあせぇ」

「いらっしゃいませ……」

わざわざ見はしないけど、一応声は出しておく。コンビニはそんなに、お寿司屋さんみたく元気にしなくていいから、女の子的にはやりやすい。

また一枚、シール状のラベルを台紙から剝《は》がそうとした、その瞬間だった。

ふいに、辺りが暗くなった気がした。照明が消えたとかそういうんじゃなくて、私と表の窓の間に誰かが立って、外の明かりが遮《さえぎ》られた。そういう暗さだ。

冷蔵庫のガラスを見ると、しゃがんだ私の右斜め後ろに、人影が映っていた。たぶん、男の人。ニット帽でもかぶっているのか、頭が丸い。上着はハーフコート。下はジーパンかな。両手をポケットに突っ込んでる。ちょっと猫背。たぶん、背はそんなに高くない。

やだ。私がしゃがんで作業してるから、お客さんが通れないんだ。

すみません。そういって、私はラベルの束を持って立ち上がるつもりだった。

でも、できなかった。

突然、何か饐《す》えたような、不潔な感じの臭いが、ふわーっと後ろから漂ってきて。私は、バイトでゴミ置き場の掃除だってしてたから、もっと不潔で、もっとクサい臭いはいくらでも嗅いできたはずなのに、その臭いは、なんかすごく駄目で。動悸がしてきて、貧血みたいに、おでこから血が冷えていくみたいな、そんな感じになってしまった。

チカちゃん。

そう呼ぼうとしたんだけど、声も出なくて。目の前に、黒い煙が立ち込めてくるみたいになって。ラベルをばら撒《ま》いちゃって、ガラスに手をついたのは覚えてる。おでこが何かに当たったのも分かった。たぶん、冷蔵庫の取っ手。

すごい痛い。切れたかも——。

そこまでしか、覚えてない。

気がついたら、休憩スペースの椅子に座ってた。おでこは切れてなかったけど、結局またチカちゃんに介抱してもらう破目になってしまった。

「桐江、最近多くね？　こういうこと」

「うん、ごめん……」

「ちゃんと食ってんの？」

「うん、食べてる……つもりだけど」

少し休んだら、気分は落ち着いたんで仕事に戻った。その後は普通で、また気分が悪くなることはなかった。

でも、つい考えてしまう。あの臭い、なんだったんだろう。後ろにいた、お客さんの臭いだろうか。真っ黒い影の輪郭しか覚えてないけど、誰だったんだろう。よくくるお客さんじゃない。たぶん初めての人。またくるのかな。またきたら、私、また気持ち悪くなっちゃうのかな。

夜七時には店長がきた。私は、本当は黙っててほしかったんだけど、チカちゃんが報告しちゃった。桐江、また気分悪くなったんですよ、って。

むろん、チカちゃん的には私を心配してくれてのことなんだろうけど、私は、それとは別の心配をしていた。こういうことが続くようじゃ、あなたにお店は任せられませんね、辞めてくださいってなる可能性も、あると思うから。でもそれだけは、絶対困る。私の場合、どんな仕事でもできるわけじゃないし。それにこのバイト、けっこう気に入ってる方だし。

「どうする、桐江ちゃん。早めに上がる？」

まあ、森田さんは優しい人だから、そんなことといわないか。

「いえ、大丈夫です。八時までやれます」

「そう……じゃあ、あとちょっと。がんばって」

はい、っていって、その後は在庫整理と、段ボールの処分をしてから上がった。

帰りはスーパーに寄って、ちょっと買い物をした。チカちゃんに、ちゃんと食べてるのって、心配されちゃったしね。

というわけで、夕飯のメインディッシュはレバー。貧血にはやっぱりこれでしょう。あんまり好きじゃないけど、今夜はがっつり食べようと思う。

それと、お米も少なくなってたんで、五キロのを買った。だから、けっこう重くなっちゃった。途中で袋の持ち手が伸びてきちゃって、それが喰い込んで手が痛くなっちゃって、最後は抱えて歩いた。

家に着いたら着いたで、今度は鍵が見つからない。

「んん……どこよ……どこいったの……」

あった。トートの底の方で、ポーチと文庫本の間にはさまってた。

片足を上げてお米の袋を支えて、鍵をドアノブに挿す。チャコン、って、この鍵が開くときの音、けっこう好き。で、足と肘とお尻と、もう体のあらゆるところを使ってドアを開ける。そして、くるり。半回転しながら中に入る。うん、成功。

ようやく荷物を上がり框《かまち》に置いて、照明のスイッチを押す。

あれ？　押したのに、点かないね。何度かカチカチやってみても、やっぱり点かない。

ブレーカーが落ちちゃったのかな。ここに越してきてから今まで、一度もそんなことなかったのに。

斜め上を見上げる。そこにブレーカーらしきものは見えるけど、スイッチ一つひとつがどういう状態になってるかまでは、暗くて分からない。えっと、懐中電灯。いや、電池切らしたまんま交換してないんだった。

あー、どうしよう。暗いの嫌い。電気が点かないの、怖い。

そうだ。携帯のバックライトで照らしたら見えるかも。

私は前屈みになって、上がり框のところに置いたトートバッグに手を伸ばした。そのときだ。

ふいにまた、あの饐えた臭いが、鼻先をかすめたような気がした。

実際に臭ったのか、思い出しただけなのか、それは分からない。でも、冷蔵庫のガラスに映っていた影。あの男の影が、ぶわーっと広がって、この部屋を覆い尽くしていくような、この部屋の闇が、全部あの男の影であるような、そんな錯覚に支配されて、

「いっ、い……いっ……」

臭いも、どんどんきつくなってきて、この部屋ごと、なんか、あの男に、呑《の》み込まれてしまったような気がして。

「いやっ、い……イヤッ」

なに、なに、この、べとべと、べとべとした、手。

聞こえる。何か、聞こえる。誰？　何いってるの。

「イヤァァーッ」

——いいね……。

えっ、分かんない。

——可愛いね……可愛いよ……すごく。

やだ、触らないで。

——ああ……いい匂いがする……。

耳、耳のところで、なんか、くちゃくちゃ、べちゃべちゃ、音がする。腐った雑巾《ぞうきん》みたいな臭いのする、黒い、長い髪が、顔にかぶさってくる。重たい、生温かい体が、私の背中に、お尻に、密着してくる。

——ああ、可愛いな……。

やめて。許して。

——ずっとだよ。君は、ずっと……。

やだ。やだ。

——ずっと、ここにいていいんだよ。ずっと僕と、こうやっていよう。

やだ。絶対やだ。放してッ。

——お兄ちゃんが、優しくしてあげるから……。
イ、イッ、痛いッ。
——痛くないよ、痛くない……。

「イヤッ、イヤッ、イヤァァァーッ」

——騒がないでよ。静かに……。

「イヤッ、アッ……イギャァァァーッ」

——騒ぐなっていってるだろう……騒ぐなよ、頼むよ……。

く、苦しい。息ができない。でも重たくて、身動きがとれない。

足の間が、裂けそうに痛くて。それでも無理やり、何かが、ぐいぐい、入ってきて。

「アガァァ……」

お腹の中で、何か別の生き物が、勝手に暴れ始めて。私はもう、苦しいのと、痛いのと、怖いのとで、頭の中が、ぐるんぐるん、滅茶苦茶に回って。

別の生き物の動きは、どんどん激しくなっていって、私の中身が、ぐちゃぐちゃに掻き回されて、壊されて、そして、

「イィィィーッ」

耳が、左耳が——。

やだ。また私、貧血を起こしちゃったみたいだ。

気がついたら暗い玄関で、お米の袋に載っかるみたいにして突っ伏してた。

そう、そうだ。携帯で照らして、ブレーカーを確かめようとしてたんだった。

手探りだったけど、携帯はすぐに見つかった。開いて上に向けたら、ブレーカーのスイッチの、右から二番目だけが下に下がってるのが見えた。それを上げてスイッチを入れたら、照明はすぐに点いた。

でも、なんだろう。昼間お店で倒れたあとより、格段に気分が悪い。胸の奥がざわざわしてて、お腹の辺りも、なんだか重い感じがして、少し痛い。

なんだろう。いま私、なんで気分が悪くなったんだろう。明かりが点かないってだけで、なんでこんなことになっちゃったんだろう。思い出せない。どうしちゃったんだろう。

ひょっとして私、また少し、変になりかけてるのかな。

外に出られなかった小学校の頃みたいに、またどこか、おかしくなってきてるのかな。

やだな、こんなの。ほんとに。

18

急いでアパートまで帰って、パソコンのスイッチを入れた。ハードディスクが安定するまで待てず、メールソフトを立ち上げて受信を確認した。

キャップから一通きていた。開くと、サイトアドレスが一つと、動画のタイトルらしきものが記されており、それにメッセージが続いている。

【これを見たお前がどう判断するかは知らないが、

ちゃんと報告はしろ。

一人で動き過ぎて、他所《よそ》に抜かれたら元も子もないぞ。宮武】

分かりました、ありがとうございます。心の中で、そう呟く。

続けてブラウザを立ち上げ、先のアドレスにアクセスする。現われたトップページにあるタイトルは『無修正裏動画ＭＡＸ』。小さなエロ画像がところせましと並んでいるが、今のところは無視。左上に見つけた、ログイン、会員登録はこちら、のアイコンをクリックし、登録ページに進む。そこで個人データを打ち込むと、最後にカード情報の入力を求められた。

そう何枚も持っているわけではないが、万が一を考えて、予備の口座から引き落とされるカードを使うことにした。間違いないよう一文字ずつ打ち込み、登録ボタンをクリック。

一分ほど待っていると、サイトから登録完了のメールが届いた。そこに載っているＩＤとパスワードを入力して、ようやくログイン。見たい動画が選べるようになった。

メールにあったタイトルを捜す。

『リアルレイプ　名無し少女　推定六歳　完全無修正』

　胸糞の悪くなるタイトル。だがそれを開き、観たいと願う自分がいる。このサイトにアクセスし、薄暗い部屋で一人パンツを下ろし、血走った目で画面を喰い入るように観る男どもと、自分は同じことをしようとしている。しかも自分は、その後にこの「名無し少女」がどういう運命をたどるのか知っていて、それでもなお観ようとしている。芳賀がディスクとテープを破壊したときは、自分はそこらの変態や野次馬とは違う、社会正義の側にいる人間なのだから、一度くらい観せてくれても、と考えたが、こうなってみると、自分の方がよほどタチの悪い野次馬のように思えてくる。

　ちくしょう。この期《ご》に及んで、俺は何を躊躇《ちゅうちょ》してるんだ。

　マウスを握る手に汗が滲む。あと一つ、「再生」のボタンをクリックすれば、それが観られる。どうする。観るのか。観ないのか。

　そう。ここまできて、観ないという選択肢は、ない。

　観るんだ。俺はこれを観て、確かめるんだ。

　十四年前、稲垣の部屋で、一体何があったのかを。

　そう決心して、ようやく、クリック。

　画面の中央にあった黒いウィンドウに、いまデータを読み込んでいる旨のメッセージが表示される。

やがて、それが消えると――。

画面に広がったのは、確かに『稲垣事件――七つの謎』に載っていたあの写真と、よく似た光景だった。ただ、本に載っていた写真が白黒であるのに対し、いま見ているのはカラー。それだけでかなり印象が違う。アングルもだいぶ低い。ひょっとしたら、三脚などは使わずに、床に直《じか》に置いて撮影しているのかもしれない。位置としては、唯一の出入り口である掃き出し窓の辺りだろうか。

部屋の中央には、布団が敷いてある。そこに、二人はいた。

むろん一人は男だ。ブルーのＴシャツにジーンズ。長い黒髪。体付きは華奢だ。貧弱、といってもいいかもしれない。何枚かの写真で見た、稲垣満のイメージとそっくり重なる風貌だ。男は膝立ちで、逃げようとする女の子にしがみつき、押し倒そうとしている。

女の子は、ピンクのプリントＴシャツに、色褪《いろあ》せた黄色のミニスカートを穿いている。裸足で布団を蹴り、必死で男の手から逃れようとしている。

だが、いかに貧弱といえども相手は大人の男だ。敵うはずがない。

やがて彼女は組み伏せられ、Ｔシャツを剝ぎ取られ、スカートをずり下げられ、肌着の上下も、半ば破られながら脱がされていく。

次に、男も脱ぐ。隙を見て彼女は逃げようとするが、男も決して油断はしていない。そのたびに立ち塞がり、抱きつき、執拗に彼女を布団のエリアから出さないよう努める。まるでネズミをいたぶるネコのようだ。カメラからはやや距離があるので表情は分からないが、おそらく笑っているのだろう。なんとなく、そう見える。

実際、男は全裸になると、少し声に出して笑った。引き攣った、甲高い笑い声だ。生白い、痩せた背中が震えている。そのまま、彼女に覆いかぶさる。

彼女は四肢《しし》を畳んで、小さく固まろうとする。男は彼女の頭を撫でながら、何事か囁きかける。徐々に体を密着させ、体重をかけていく。傾いた体を支えようと、彼女が右手を布団につく。平らな胸がちらりと映る。男はそこに顔を持っていく。もぐり込もうとするように、彼女の胸に顔を押しつける。

いや——。

震えた小さな声が、

イヤ、イヤッ——。

次第に、針のように尖っていく。見る側の良心を、ザクザクと削りとる金切り声へと変わっていく。芝居とは到底思えない。

俺は何度も目を逸らしそうになり、だがそのたびに、歯を喰い縛ってモニターを凝視し続けた。こんなもんは、エロスでもなんでもない。ただの暴力だ。心の虐殺だ。それを傍観している俺は、彼女を見殺しにしているも同然だ——。

男は横向きに倒れた彼女に、さらに強引に行為を迫る。ぎこちない腰の動き。なかなか思う形にならないのか、自分の下腹部と彼女の間に手をあてがい、何度も微調整を繰り返す。その間も彼女の金切り声は続いている。

それが、ついに叫び声に変わる。

最悪の事態に、至ったようである。

男の腰の動きが、少しずつこなれていく。リズムが出てくる。

そうなって男は、ようやく彼女の声の大きさに気が回るようになったのか、その口を塞ごうとする。イヤイヤをする彼女。生白い手が、赤い唇を追いかけて覆おうとする。

彼女はこっちに正面を向けている。顔は男の手と長い髪に隠れ、ほとんど見えない。それでも断続的に叫び声は漏れてくる。何もない、つるりとした白い体が、男の突き上げを喰って激しく揺さぶられる。それでもまだ、小さな手で力いっぱい、布団の端を摑んでいる。悪夢の波に呑み込まれまいと、転覆するまいと、必死で現実にしがみついている。

男の動きが忙《せわ》しない。頂《いただき》が近いのかもしれない。

そのときだ。

ひと際激しい、声帯がささくれ立ちそうな、痛ましい絶叫が室内に響いた。

直後、男が上半身を反らす。

長い髪も浮き上がり、彼女の顔が露《あら》わになる。

そこに、小さくだが、今まではなかった色が現われた。

鮮やかな、赤。それが、彼女の頬を、なお口を塞いでいる男の手を、伝い落ちていく。

血？　なんだ。どこから出血したんだ。

すぐ思い浮かんだのは、香取の言葉だ。

――喰い違いっていえば、稲垣は被害少女の耳を齧ったっていうが、遺体の耳は両方とも無傷だった。

耳か。この体勢からすると、齧られたのは左耳だ。あれだけの出血だ。あとにまったく残らないなんてことは考えられない。

とすると、つまり、どういうことだ。

被害少女、即《すなわ》ち鈴木史奈の耳は、両方とも無傷だった。

だが今、稲垣の部屋と思われる場所で、稲垣と思《おぼ》しき男に襲われた少女は、確かに耳を齧られて出血している。しかも今、男が口から手を離したというのに、体を離したというのに、微動だにしない。ぐったりと横向きに倒れたまま、死んだようになっている。

奇《く》しくもこれは、セックスはした、口を塞いで殺したという、稲垣の証言と合致する状況ではないか。

ということは、なんだ。これは、俗に「史奈ちゃん事件」とも呼ばれる幼女殺害事件の実録映像ではなく、まったく別の、もう一人の被害者の陵辱場面を記録したものなのか。

もしそうだとしたら、稲垣が裁判でした陳述はトンチンカンでもなんでもない。単に史奈ちゃん事件の裁判で、別の事件の様子を語っていただけ、ということになる。と同時に、稲垣は事件当時、心神喪失でもなんでもなかった、完全に正気だったとも考えられる。映像はいつのまにか終わっていた。なぜか真横に傾いて、寝そべった彼女が縦に映る状態で静止していた。

俺は室内を見回し、稲垣関連の書籍を探した。稲垣裁判について、もう一度ちゃんと把握する必要がある。

本棚の下に『稲垣満裁判　上』を発見した。下巻も、すぐ近くに転がっていた。手早く上巻から捲《めく》っていく。

最初は、初公判の様子だ。

抜け殻のように、どこにも視線を合わせようとしない稲垣。検察が起訴状を読み上げる間も、その態度は変わらない。裁判長による黙秘権の告知も、聞いているのかいないのか。

だが罪状認否になると、少し様子が変わる。

稲垣は裁判長に向かって、はっきりといった。

「名前は知らないけど……女の子は、遊びにきてくれたんです。僕が連れてきたんじゃない。向こうから、僕の部屋に、きてくれたんです」

あの映像を見たあとでは、そんな馬鹿なとしかいいようがないが、今それをいっても仕方がない。

もう少し読み進めていくと、妙な記述にぶち当たった。それは公判のリポートからいったん離れて、警察の捜査過程について記した部分にあった。

【稲垣の自室からは、実に様々なものが採取された。主にネコのものと思われる体毛や、体液。誰のものか分からない人血も布団に染みついていた。指紋も稲垣本人と母親の他に、もう一人分、出入り口のガラス戸から採取された。小さな女の子ではないかと見られたが、被害少女の指紋とは一致せず、結局それが誰のものかは分からなかった。ひょっとしたら、本当に当時、稲垣の部屋に遊びにきていた女の子がいたのかもしれない。】

警察も、ある程度力を入れてこの線の捜査はしたようである。それはそうだ。鈴木史奈のものではない指紋と、血痕《けっこん》があったのだから。まあ、それを結び付けて考えられるのは、いま俺がその映像を観たからなのかもしれないが、警察だって馬鹿じゃない。第二の被害者の可能性くらい、考慮していたはずだ。

だが、それを立件するには至らなかった。稲垣も、それについては口をつぐんだのだろう。

証拠を固め、起訴しなければ裁判にはならない。よって史奈ちゃん事件の裁判で、この謎の指紋と血痕について大きく取り上げられることはなかった。

腹が減ったので食料調達に出ることにした。

といっても行き先は二つしかない。スーパーか、コンビニか。しかし、材料を買いそろえて、自分で料理をする気にはまったくなれないので、やはりコンビニで弁当を買うことにする。

夜七時。

「いやっしゃいあせぇ……」

レジにいたのは例の、派手な茶髪の女の子だった。桐江が貧血で倒れたときに少し会話を交わしたが、顔見知りになった、という感覚は、少なくとも向こうにはないようだった。今も、まったくこっちを見ようともしない。

まあ、そんなことはどうでもいい。

パンの並んだ棚を迂回して弁当コーナーにいくと、今夜は運よく、デミグラスハンバーグ弁当が残っていた。ボリュームバージョンじゃないけど、いいか——そんなことを思ったとき、近くで「あっ」と声がした。

声の方を向くと、すぐそこに桐江が立っていた。どうやらバックスペースから出てきたところのようだった。

「ああ、こんばんは」

俺が挨拶すると、桐江はやけに明るく微笑み、小首を傾げるようなお辞儀をした。

「いらっしゃいませ。最近、忙しかったんですか？」

なんだろう。今日はやたらと機嫌がよさそうだ。

「ん、うん……ちょっと、ここ何日か、忙しかったかな」

「全然お見えにならなかったから」

「ああ、そう、ね……巣鴨の方に、いったきりになってたもんで。あんまり、寄らなかった」

　珍しい。俺は彼女がこんなにニコニコしているのを、初めて見る気がする。

「デミバーグ弁当、ですか？」

「うん……これにしようかな」

「よかったですね。それ、最後の一個ですよ」

「そう、みたいね……うん。ラッキーだった」

「いつもより、ちょっと早いですもんね」

「そう……今日はもう、夕方で、上がりにしちゃったから」

　すると桐江は、あっそうだ、といって、パック飲料が並んでいる冷蔵庫の方に歩いていった。そして、きてほしそうにこっちを見る。

「……なに？」

　俺も彼女の隣までいった。

「これ、この牛乳、新製品なんですけど、美味しいですよ。鶴田さん、牛乳よく飲むでしょ？」

「うん、牛乳、けっこう好き」

商品名はズバリ「すっごく美味しい高原牛乳」。牧場の上に広がる青い空。パッケージの絵柄も、なかなか爽やかでいい。

「じゃあ、せっかくだからそれも、もらっていこうかな」

桐江の丸い頬が、さらに笑みの形にふくらむ。非常に、なんというか、可愛い。

「ありがとうございます」

斜めに傾けながら、牛乳パックを両手で差し出す。

そのとき、はらりと、桐江の髪が、顔の横で割れた。

ぴょこんと、小さな耳が顔を出す。

上のところが、少し欠けて、変形した、耳。

やや弧《こ》を描くような形の、左耳の、欠損。

あ、馬鹿だ。俺、前にこれ、見てる。見てるのに、なんで気づかなかったんだ。

俺の視線に気づいたか、桐江は慌てたようにそれを隠した。

「あ……変な形でしょ……小さい頃に、怪我しちゃったの……やだな……見られちゃった」

俺は、ごめんとか、そんなことないとか、わけの分からないことを呟きながら、牛乳パックを受けとった。

じゃあ、といって彼女と距離を置き、レジを済ませて、足早に店を出る。

心臓が、聞いたことのない速さと大きさで鳴っていた。一杯に開いた蛇口。そんな勢いで、心臓が血液を送り出しているのが分かる。

おい、フザケんなよ。あのビデオの被害者は、桐江なんじゃないか。鈴木史奈だけじゃなくて、桐江も、稲垣の餌食《えじき》になっていたんじゃないか。

俺はポケットから携帯を出し、メモリーに芳賀宏の名前を探した。携帯番号だけは前回、あのディスクとテープを破壊した夜に聞いておいたのだ。

コールは三回だった。

「もしもし、鶴田です」

『ああ、どうも……どうか、しましたか』

「芳賀さん、ちょっと、会ってお話できませんか。今どちらですか」

とぼけんなよ、いまさら。

『今は……上野《うえの》です』

「じゃあ」

腕時計を見る。七時十二分。

「七時四十五分に、公園口の改札を出たところで、どうですか」

しばし迷うような間はあったが、結局、芳賀は応じた。

『……分かりました』

俺は電話を切り、近くの児童公園にいってベンチに座った。

さっきは、俺もよほど慌てていたのだろう。弁当を温めてもらうのを忘れていた。冷たいデミグラスソースはアンコのように固まっていて、ひどく舌触りが悪かった。味も、よく分からない。ご飯は硬いし、ケチャップスパゲティもボソボソしていて不味い。それでも俺は食べた。そうしないと、なんだか、桐江に悪いような気がしたからだ。

でも、さすがに牛乳は飲めなかった。十二月の夜の公園で、牛乳を一リットル、一気飲みするのは自殺行為だ。少なくとも俺がやったら、確実に腹を壊す。

結局それを持ったまま、俺は池袋駅に向かった。

上野に着いたのはギリギリだった。七時四十四分。

芳賀は改札の向こう、柱のところに立ってこっちを見ていた。

「……すみません、急にお呼び立てして」

パスケースをしまいながら頭を下げると、芳賀は怪訝《けげん》な目で俺の手にあるコンビニ袋を見た。

「これは、別になんでもないです……それより、ちょっと話せるところにいきましょう。喫茶店でも、そこの、公園でもいいですが」

冷えた弁当で被《こうむ》ったダメージは、山手線内の効き過ぎた暖房ですでに回復していた。寒くても、俺は一向にかまわない。

芳賀が何も答えないので、俺は真っ直ぐ歩き始めた。横断歩道を渡り、そのまま公園に入っていく。国立西洋美術館の前を過ぎて右、大きな噴水のある広場に向かう。さすがにこの時間だと人はほとんどいない。最近は取り締まりが厳しいのかホームレスもいない。俺は最初に見つけたベンチの方に歩いていった。

「座りましょう」

「……はい」

芳賀も、今夜の用向きがただならぬものであることを察しているのだろう。俺の隣に座って、神妙な様子で地面に視線を落としている。

「……芳賀さん。最初に、お詫びしておきます。私、ついさっき、例の映像を、観てしまいました」

無言のまま、芳賀が俺に顔を向ける。外灯の明かりを浴びた双眸《そうぼう》がギラリと光る。

「栗田のところとは違うサイトに、新たにアップされていました。私の目には、男は稲垣であるように見えました……本物だろうと、判断しました」

芳賀が俺の、ジャンパーの袖を摑む。

「なんていうサイトだ」

唸りにも似た低い声。

「芳賀さん、それより……」

「なんてサイトだって訊いてるんだッ」

さらに力を込めて摑むので、俺も意地になって振り払った。

「やめてください……そんな、場当たり的なことばかりやってたってしょうがないでしょう」

グッと、芳賀が奥歯を嚙み締める。

「それ以外……俺に、何ができるっていうんだ」

くたびれた背広の肩が震えている。そこに手を添え、まずは落ち着けと、いってやりたかったが、そんな安っぽい慰めに意味があるとも思えず、俺は結局、膝のところで両手を組んだ。

「その前に、確かめておきたいことがあります……あなたは、あの映像を、観たことがありますか」

芳賀の太い眉が、ぴくりと微動する。

「……観たことが、ありますか」

ごろりと喉仏が蠢《うごめ》く。いま飲み下したのは、なんだ。伏せておくべき真実か。認めたくない事実か。

「観たこと、あるんですよね。あるからあの日、あなたは確かめもせず、ディスクとテープを破棄したんですもんね。違いますか」

ようやく、小さく頷く。

「ええ……観ました。一度だけ……ネットで」

芳賀の両目は、正面の、暗い水面を睨んでいる。

「あれは、あの映像に映っているのは、ほんとは、鈴木史奈ちゃんではなくて……桐江さんなんじゃ、ないですか」

冷たい風が、美術館の方から吹いてくる。

芳賀の、少し乱れた前髪が揺れる。

「なぜ……そんなことを、訊くんですか」

その答え、あんたは知っているはずだろう。

「……耳です。左耳。映像の中で稲垣は、被害少女の左耳を齧っています。顔に流れ落ちてくるほどの出血ですから、かなり大きく食い千切ったのだと思います。……桐江さんの左耳も、上のところが、少し欠けて変形していますね。桐江さんは、小さい頃に怪我をしたといっていましたが、本当は」

「やめてくれ」

芳賀は自らの膝を両拳で叩いた。

「……やめてくれ。それ以上、いわないでくれ」

「でも芳賀さん。私はこれで、むしろ納得がいったんですよ。あなたは、姪御《めいご》さんの被害映像の公開を中断させるために、ヤクザの事務所を襲ったんじゃない。本当は、実の娘……あの映像に映っているのが史奈ちゃんじゃなくて、桐江さんだから、だからこそ……あなたは自らの身の危険も顧みず、栗田の事務所を襲撃した……そうなんでしょ、芳賀さん」

角張った、逞《たくま》しい顎が震えている。目はまた、前方の暗い水面を睨んでいる。

「……そうだと、私が仮に、そうだと認めたら、鶴田さんは……新しいサイトについて、私に、教えてくれますか」

難しい選択だった。

新しいサイトについて教えたら、芳賀はまた、その配信元を襲撃すると言い出すに違いない。

だが、それだけはさせられない。

19

ひと昔前の、香港映画のアクションシーンを思い出す。

互いに拳銃を向け合ったまま膠着《こうちゃく》してしまう、あの感じ。

このときの俺と芳賀は、まさにあの状態だったのだと思う。

俺が撃ったら、芳賀も撃つ。俺が撃たなければ、芳賀も引《ひ》き鉄《がね》は引かない。

あの映像に映っていたのは史奈ではなく、桐江なのか。

この質問に芳賀が答えたら、俺は映像配信サイトについて教えなければならなくなる。俺がそれを教えたら、芳賀は再び配信をストップさせるため、その拠点を襲撃すると言い出すだろう。そこまで考えると、迂闊《うかつ》な追及はできなかった。

だが一方で、芳賀の答えはもはや不要であるともいえた。

あの映像に映っているのが桐江でないならば、はっきり「桐江ではない」といえば済むことだ。ということは、あれは桐江であると、すでに芳賀は認めているも同然なのだ。

ただそうなると、新たな疑問が生じてくる。

稲垣満は公判で、自分は部屋を訪ねてきた幼女とセックスをし、口を塞いで殺した、と証言している。最後に「殺した」と、明言している。

それを信じるとすると、あの映像に映っている耳を齧られた幼女は、桐江ではないことになる。なんといっても、芳賀桐江は生きているのだ。コンビニでバイトをし、今日だって俺に牛乳を勧めてくれた。あれが幻だなんてことはあり得ない。痛いくらいの現実だ。通信社の記者で、夕飯は主にコンビニ弁当という、侘《わび》しい独り者であるこの俺の現実に、桐江は確実に存在している。

ただし、あの幼女が桐江ではないとなると、今度は逆に芳賀の行動が説明できなくなる。あれに映っているのが自分の娘だからこそ、芳賀はそれがヤクザの事務所だろうがなんだろうが襲撃して、配信をストップさせようとしたのだ。あれが史奈でも桐江でもなく、まったく別の幼女であったならば、芳賀があんな危ない橋を渡る必要はない。むろん、それは芳賀の娘が、桐江一人であったならば、の話だが。

「あの……つかぬことを伺いますが、あなたのお子さんは、桐江さん、お一人ですか」

なぜそんなことを訊くのだろう、と思ったようだった。芳賀は少し眉をひそめながら、ええ、と小さく頷いた。

やはり、そうか。

すると俺側の疑問は一点に絞られてくる。

稲垣に襲われたにも拘らず、なぜ桐江は生きているのか。むろん、稲垣は襲った子の耳を必ず齧る、という性癖があるのなら、それもまた別の話になってしまうが、史奈の遺体は両耳とも無事だった。必ず齧る、というわけではないと思われる。

どういうことだ、これは。

だが俺はその疑問を、一時棚上げしておくことにした。あえて訊かずにおくことによって、今ある芳賀との関係を維持することを優先した。

「芳賀さん……」

俺はできるだけ、穏やかな口調を心がけた。

「配信している組織があるのは、確かに問題です。何らかの方法で、いずれはストップさせなければなりません。ですが、それよりもっと問題なのは、あの映像のオリジナルを持ち、ばら撒いているのが誰かということです」

芳賀は俺の方に顔を向け、だが目は見ずに聞いていた。

「そこを絶たなければ……サイト管理者を襲撃して回っているだけでは、いつまで経ってもイタチごっこですよ」

それは、分かっているようだった。芳賀は静かに頷いた。

「ですから……私と一緒に、調べてみませんか」

目が合う。実に強い、芳賀の視線だった。

「調べる、って……どうやって」

残念ながら、これという確かな方法は、俺もまだ思いついていない。

「ええ……まあ、刑事なんかは、捜査が行き詰まったら、常に現場に返れ、なんていいます。俗にいう、現場百遍というやつです。……ですから、我々も原点に返りましょう。事件のあった大久保から、調査を始めましょう」

途端に芳賀は表情を曇らせた。忌まわしい事件の舞台となった土地に戻ろうというのだ。気が進まなくて当然だと思う。だが、どうしてもいく必要がある。いや、今はそれしか方法がないのだ。

「私はまず、稲垣の母親に会ってみようと思います。今もあの家にいるのか、それとも別の土地に移ってしまったのか、それは分かりませんが、まずはそこから始めてみようと思います」

芳賀の表情がさらに暗くなっていく。

俺は続けた。

「芳賀さんは、稲垣の家のあった場所をご存じですか」

「……ええ。当時は、郵便局員をしておりました関係で、あの辺の地理には、明るいです……いや、でも、宅地造成なんかで、けっこう変わっているかもしれないですから、いま分かるかどうかは、分かりませんが……」

うん、と一つ頷いておく。

「芳賀さんは、近くまで案内してくださるだけでけっこうです。稲垣の母親には、私が話を聞きます。むろん、そう簡単に手がかりは掴めないかもしれないですが、まずはそこから始めてみましょう」

芳賀も、小さく頷いた。

「分かりました……で、具体的には、いつ」

まあ、俺にだって仕事というものがある。

「今度の土曜、十二日でどうでしょう」

「分かりました……じゃあ、今度の土曜日に」

あまりに芳賀が簡単に納得したので、俺は逆に怖くなった。

「芳賀さん。私を差し置いて、一人で行動するのはやめてくださいよ。あなたの発想は、ちょっと極端過ぎます。必ず、私と一緒に行動してください。お願いします」

また、頷く。ごく簡単に。

「分かってます……いろいろ、ご迷惑をおかけします」

本当に分かっているのか、この男は。

十二月十二日、土曜日。

芳賀とは八時四十分に、東京駅のＪＲ改札前で待ち合わせた。

互いに交わした「おはようございます」という挨拶が、なんとも妙なものに感じられる。

「芳賀さん、スイカとか、何かカードは」

「ああ、持ってます」

「じゃ、ちょっと貸してください」

俺は受けとったカードに三千円のチャージをし、芳賀に返した。

「ああ……すみません」

「いえ。私にとっては、あくまでも仕事……取材の一環ですから。必要経費ですよ」

こっちもボランティアでやっているのではない、ということを、それとなく示しておく。

さあ、と促して先に改札を通る。乗るのは君津行き、八時五十四分発の総武線快速だ。乗車時間が一時間ちょっとあるので、ペットボトルのお茶を買って電車を待った。土曜日だからか、ホームはさほど混雑していない。電車も座れるといいのだが。

「あ、そういえば芳賀さんって、おタバコは」

「いえ、吸いません。鶴田さんは」

「私も、吸いません」

まあ、どっちにしろ喫煙車両などはないだろうが。

しかし、自分で言い出しておいていうのもなんだが、妙な状況になっているなと、つくづく思う。

最初に会ったとき、芳賀はコンビニ強盗の逮捕に貢献し、だが名前も告げずに現場から去った謎の男だった。次に会ったとき、彼は山城組の栗田の事務所が襲われたという情報をよこした、いわばタレ込み屋だった。その次は、栗田の事務所でフクロにされかかっていた俺を助けてくれた、命の恩人。しかし、その彼こそが事務所襲撃の実行犯だった。その心は——実の娘の陵辱映像が世に出回るのを阻止しようと、孤独な戦いを挑み続ける、一人の父親。

電車がきた。

四人が向かい合って座るボックスタイプの席だったらどう座ろうか、などと一瞬考えたが、その心配はなかった。普通に、長いベンチシートが並んでいるタイプの車両だった。

空いているというほどではなかったが、なんとか二人分の席は確保できた。

「木更津は、久し振りですか」

「そう……ですね。もう、家も売ってしまいましたし」

「いつ頃ですか」

「……四年ほど、前でしょうか。桐江が高校を出て、こっちの短大に入ったのを機に、手放しました」

「じゃあ、その後はお一人で？」

「ええ」

「どちらに？」

ようやく取材されていることに気づいたか、芳賀は少し険しい表情をした。

「……それと、今回のこれは、何か関係が？」

俺は逆に微笑んでおいた。

「いえ、分かりません。ただ、芳賀さんが不思議に思っていないことでも、私のような第三者が聞いたら、変に思って、そこから分かることも出てくるかもしれない。ですんで、何でも質問しておくんです、記者という人種は。……これからも、根掘り葉掘り不躾《ぶしつけ》にお訊きするかもしれませんが、どうぞ、お気を悪くなさらないでください」

芳賀は困った顔をしながら、それでも「はい」と、一応いって頷いた。

よし、上手くいった。こういっておけば俺は今後、芳賀になんでも尋ねられる。大体、芳賀は今日一日俺から逃げられないのだ。先日訊きそびれた質問も、今日中に機会を見つけてすればいい。

実に、有意義な一日になりそうだ。

電車は少しずつ都心を離れ、それに伴って乗客も、車窓から見える背の高い建物も、徐々に減っていった。

やがて、車両はガラガラに空いた。風景も、広く開けた。

香川生まれの俺には、むしろ懐かしく思える眺めだった。

いや、そんな感傷に浸っている場合ではない。

「……あ、さっきの、あれですけど。桐江さんと離れて暮らすようになってから、芳賀さんはどちらに？」

やや迷惑そうな顔をしつつも、芳賀は答えてくれた。

「同じ市内の、岩根というところの局に、いったんは異動したんですが、なんというか……こう、子離れ、できていないんでしょうね。東京と千葉……そんなに離れているわけでもないのに、どうも、一人というのが、落ち着かないというか、仕事に身が入らなくて……それでも、桐江が短大を出るまでは、がんばれたんです。でももう、その後は……気が抜けてしまったというか、なんというか……それで、辞めました。以後は、都内を転々と……生活費は、まだ家を売った蓄《たくわ》えがあったんで、なんとかなったんですが、どうも、気持ちが……」

子離れできない、か。

一人娘を持つ父親というのは、たいていこんなものなのだろうか。

「……そういえば、奥様は」

芳賀は「ああ」といって顔を上げた。

「桐江が三つのとき、ですから……もう、十九年前になりますか。交通事故で、亡くしました」

「そうでしたか。じゃあ、男手一つで、大変でしたね」

「さあ、どうでしょう……男親一人だからとか、そういう、なんか、ごく一般的な感覚とは、また、違う年月でしたから……この、十四年は」

確かに。

「そうですよね……すみません。なんか、質問が下手《へた》で」

「いや、いいんです」

芳賀は、ずっと手に持っていたペットボトルのフタを開け、ひと口含んだ。飲み下すと、ごろり。浅黒い皮膚の下で、喉仏が転がる。

そして、溜め息をつく。

「……でも、十四年前のあの夜、もし家内が生きていて、家にいてくれていたら、というのは、考えました……何百回も、何万回も、考えました……どっちにしろ、私が悪いのですが。小さな女の子二人を残して、家を離れたのは、この私なんですから……」

決して、忘れていたわけではないのだが——。

そう。この芳賀宏はやはり、被害者の親なのだ。

十時半前には木更津駅に着いた。芳賀の案内で、東口から駅を出た。

小さいがバスロータリーがあり、周りにはそれなりに商業施設もあるのだが、どういうわけか、驚くほど人が出歩いていない。「地方のシャッター通り」というのは昨今の不況を語る上で重要なキーワードだが、実のところ、東京にいるとあまりそれを実感する機会はない。東京では、私鉄沿線の小さな駅の商店街でも、それなりに賑わっているところの方が多い。特に、池袋などという巨大な歓楽街を拠点に仕事をしていると、地方の荒《すさ》んだ現状などはまず目に入らなくなる。

いけないな、そんなことじゃ、などと思っていたら、

「鶴田さん……次まで、だいぶ時間がありますね」

芳賀は腰を屈め、バスの時刻表と腕時計を見比べていた。

「いやいや、タクシーでいっちゃいましょう。下烏田とか大久保って、わりと辺鄙《へんぴ》なとこなんでしょう?」

おっと。元住人にこういう言い方は失礼だったか。

あえて芳賀の返事は聞かず、俺は近くに停まっていた黒いタクシーに手をあげた。すぐにドアが開く。俺は「さあ」と芳賀を促した。

とりあえず彼を押し込み、俺もあとから乗る。

「すみません、大久保方面にいってください……芳賀さん、あとは、お願いします」

「あ、ええ……」

大久保のどの辺ですか、という運転手の問いに、芳賀は、近くなったらいいます、と答

えた。

車はロータリーから出て、しばらく真っ直ぐ走った。カーディーラーやファミレス、携帯電話ショップなどが道沿いにあるが、空き地や空き物件も相当あるように見えた。

さらにいって右折し、大きな道に出る。案内標示によると、これが国道十六号のようだ。

やがて前方に低い山が見え始め、

「次を、左折で」

国道から逸れ、

「そこ……いや、もう一つ先を、左に入ってください」

田園地帯に進んでいく。

「ああ……そろそろ、その辺で停めてください」

芳賀は実に中途半端な、雑木林と畑の間を抜ける、大きな右カーブの途中で車を停めさせた。

料金を払って、俺から降りる。

「うっ……さむっ」

一応晴れてはいるのだが、何しろ風が強い。内房で海が近いからだろうか。あるいは単に山間だからか。

芳賀が降りると、タクシーはすぐに走り去っていった。

「……この先の、左手です……稲垣の実家は」

黙って頷き、タクシーがいったのと同じ方向に進む。

一歩一歩踏み出すごとに、カーブの向こうの風景が露わになる。

寂れた田園風景だ。白茶けた大地。何かを栽培している様子は、少なくとも今ここから見る限りでは、ない。小川があるのか、小さな橋のような欄干《らんかん》が見える。低い山の麓《ふもと》には民家が点在している。比較的新しそうに見える家もあるが、いずれにしても日本家屋ばかりだ。

「どれ、ですか」

「あの、青い屋根瓦の家から、ちょっと右にいったところの……」

ああ。黒い屋根の、辺りでも一番古そうな家か。確かに、裏手に離れのような建物があるのが見える。距離は、まだ二百メートルかそれくらい先だ。

「いってみましょう」

「……はい」

今きた道から逸れ、それでもまだ車がすれ違えるくらいの道路を山に向かって進む。わりと立派な青い屋根の家の前で右に折れ、あとは真っ直ぐだ。

強い風に吹かれ、目に砂埃《すなぼこり》が入った。何度か瞬《しばた》き、涙を出して洗い流す。

あと五十メートルくらいのところまできた。

「芳賀さん、どうしますか。裁判とかで、母親とは、顔を合わせてるんじゃないですか」

「ええ……むろん、話したことはありませんが、顔は、あっちも……覚えてるかもしれません」

「私が、一人でいきましょうか」

芳賀は、しばし考えてから頷いた。

「……お願いします」

「はい。じゃあ、この辺りで待っててください」

そこで別れ、俺は一人で歩き始めた。

もう、乗用車が一台通るのがやっとという幅の道だ。舗装もひび割れてだいぶ傷んでいる。少し上り坂になっているが、ガードレールなどはない。脱輪したら、一、二メートル下の畑に容易に転落してしまうような状況だ。

目的の家の前まできた。ここかと確かめるつもりで振り返ったが、芳賀はどこかに身をひそめたのだろう。姿は見えなかった。

道路と家の敷地を隔《へだ》てるものは特にない。塀も生垣もなく、ただ地面が乾いた土になっているから、そこが境界なのだろうと判断できるに過ぎない。道は、ここから二十メートルほどいった辺りまでしかない。左の山側にカーブして、そのまま、土の中に消えるようになっている。

家屋は五メートルほど奥まったところに建っている。こっちに面しているのは、縁側と、玄関。ただし、縁側は雨戸で締め切られているため中が見えない。灰色に煤《すす》けた、ところどころ表面がめくれ落ちた、実に頼りない木製の雨戸だ。上を見ると、雨どいがはずれて斜めに傾いている。二階の窓も、同様の雨戸で締め切られている。

空き家か。まあ常識でいえば、そうなっている可能性の方が高いだろう。この場所で息子が幼女を陵辱した挙句殺害し、裏山に遺棄したのだから、この土地から出ていく方がむしろ自然だ。

それでも、一応玄関前までいってみる。飾りガラスのはまった引き戸は、土埃で汚れ放題になっている。戸の木枠には呼び鈴があったような、日焼けの浅いところと釘の跡が残っている。表札はない。郵便受けは戸の脇。入れたらそのまま玄関の中に落ちる仕組みになっている。

だがよく見ると、引き戸の、指を掛ける縦に細長いヘコミ部分は、さほど汚れていない。特に下の部分は、普通に金属の色が見えている。試しに横に引いてみたが、さすがに開きはしなかった。

俺は顔を上げ、飾りガラスの向こうに何か見えないか注視した。

「……すみませーん」

反応は、ない。聞こえるのは風の音ばかりだ。

もう一度。

「すみませーん。どなたか、いらっしゃいますか。すみませーん……あのォー、どなたか、ご在宅でしょうか……」

しばらく、そんなことを繰り返した。戸も叩いてみた。

呼んでは耳を澄まし、叩いては呼んでみる。

すると微かにだが、コトン、と何かが、中で鳴ったような気がした。慌てて耳を傾ける。

汚れてさえいなければ、ガラスに直接耳をくっ付けたいところだ。

「あの、すみません、どなたか、ご在宅でしたら、ちょっと、お願いします……どなたか、いらっしゃいませんか」

もう、音はしなかった。だがその代わり、ゆらりと、何か灰色のものが、ガラスの向こうで動くのが見えた。これは確かだ。見間違いなどではない。

俺はさらに呼びかけた。怒鳴らないように、急《せ》かさないように、丁寧に。出てきてくれるように頼み続けた。

灰色の影は、ゆっくり、ゆっくり、こっちに近づいてきていた。やがて土間に立ったのだろうか、それは急に、人の輪郭に形を変えた。中背の、年配の、地味な身なりの、女性の影だ。

「……どなた……ですか……」

テレビに出てくる、幽霊のような声だった。ゆらゆらと定まらず、ともすると途切れそうになる、弱々しい声。

「あの……失礼ですが、こちらは、稲垣さんのお宅と、伺って参ったのですが、間違いございませんでしょうか」

耳を澄ませ、数秒待つ。

するとまた、同じ声で「どなたですか」と返ってきた。

つまり、ここは今も稲垣邸であると、そう認めたと考えていいのか。

「はい。私、共有通信の、鶴田と申します。ちょっと、お話を伺いたく思い、お訪ねしたのですが。……ここを、ほんの少しでけっこうです、開けていただくわけには、参りませんでしょうか」

またしばらく返事を待つ。

冷たい風が何度も、俺と汚れたガラスの間を吹き抜けていった。

「……お帰り、ください……」

そう聞こえ、灰色の影は向きを変えた。

「あっ、ちょっと、ちょっと待ってくださいッ」

だが、影が止まることはなかった。その姿のまま玄関に上がり、右斜め奥へと消えていく。ひょっとしたら、さっきは這って玄関まで出てきて、だが帰りは、歩いて戻ったのかもしれない。

どちらにせよ、これは大きな収穫だ。

稲垣の母親。ものの本で調べたところによると、稲垣久子《ひさこ》。

彼女はどういうわけか、今もこの忌まわしき稲垣邸で暮らしている。

それは、確かなようだ。

20

今日は久し振りに、丸一日オフ。新しくインナーが欲しいなと思ってたので、買い物にいくことにした。

池袋には、ほんとにたくさんデパートがある。大きいところでいうと、東武に西武。でもあの二軒は、私には値段や設定年齢層がやや高め。もうちょっと近いところだと、丸井かＰＡＲＣＯ。年齢的に一番しっくりくるのは、たぶんＰ’ＰＡＲＣＯ。でも、個人的に一番好きなのはサンシャインシティだった。

だから、困ってる。

あそこの地下一階には、直哉がバイトしてるスカル・アイズがある。たぶん、今日も直哉はあそこで働いてるんだろうし、何より二人での思い出がいっぱい詰まった場所だから、いったらつらくなっちゃうんじゃないか、一人が寂しくなっちゃうんじゃないか、悲しくなっちゃうんじゃないかって、すごく不安。

うっかり前を通ったり、別のところで偶然直哉に出くわしたりするのも気まずい。直哉だって、元カノが仕事場の辺りをうろうろしてると思ったら、気分よくないと思うし。

でも、それだけの理由でサンシャインを丸ごとNGにしてしまうというのも、キツい。もったいない。

だから、結局きちゃった。

でも実際きちゃったら、案外開き直れた。だって、今日は土曜日。午前中から若い子でいっぱいだし、私なんてチョー地味系だから、その中に入ったら全然目立たない。しかもサンシャインシティってけっこう広いから、そう簡単に出くわすもんか、とも思えた。スカル・アイズの周辺だけいかなけりゃ、すれ違ったってきっと分かんない。

なんて、勝手に決めつけて歩いてる。

一階。エニィスィスとか、見るのは好きだけど、私にはちょっと合わないかな。大人っぽいし、綺麗系だから。

うん。こうやって改めて見てみると、私には一階より、やっぱ地下一階の方がしっくりくるな。

ほら、B.L.U.E.とか。絶対好き。デニムの使い方が可愛いから、ワイルド系でもなく、かといって綺麗系でもなく、大人っぽくもないけど、子供っぽくもなりたくない娘にはいいと思う。色遣いもオーガニックな感じで、優しくていい。

でも、あれ？　なんか、急に気分悪くなってきた。胸がムカムカする。なんだろ。ワンピースの値段見たかったんだけど、ちょっとここ、いったん離れよう。

やだな。ほんと、どうしちゃったんだろ。最近の私。

でも少し歩いて、エスカレーターの辺りまできたら、大丈夫になった。深呼吸して。うん、別に、なんともない。一応、そこのトイレに入っとこうか。いや、平気だな。頭も振ってみたけど、全然痛くない。イケるな、私。

そのまま奥に歩いて、そうだ、ユニクロでインナーを見るんだった、って思い出した。やっぱり、サンシャインって便利。お腹空いたら、食べるところだっていっぱいあるし。

で、ユニクロに入ってみた。そうそう、こういう長袖で、襟ぐりが大きく開いてるのが欲しかったんだよね。でも、このピンクはちょっと、私には合わないな。かといって、このブルーじゃ――。

あれ、変だ。まただ。また胸がムカムカする。おかしいな。私、テレビがあるところだけじゃなくて、洋服屋さんも駄目になっちゃったのかな。コンビニをクビになったら、絶対ユニクロに雇ってもらおうと思ってたのに。

慌ててお店から出る。用なんてなんにもないけど、とりあえず向かいのトイザらスに逃げ込む。クリスマスが近いから、もうあちこちにツリーがあって、サンタさん人形もあって、とってもハッピーな雰囲気。どう、ここは。

　しばらく深呼吸を繰り返す。縫いぐるみのクマさん、ちょっと、ごめん。買わないけど、触らせて。君みたいな感触、すごく安心するの。ちょっとだけ、ちょっとの間だから。

　と、そのときだ。

　黒い、影みたいな人が、私のすぐ横を、通り過ぎていった。

　あ、これ、この、饐えたような臭い。私、知ってる——。

　そう気づいた途端だ。ずぶずぶっと、足から冷たい砂に埋まっていくみたいに、体の自由が奪われていくのを感じた。しかも、寒い。力を抜いたら、ガタガタ震えがきちゃいそう。

　黒い影は、気づいたら、見えなくなっていた。私が目をつぶった瞬間に、どこかの角を曲がったのか。それとも、棚の陰にでもしゃがんでるのか。

　ほんとはこのお店、中をぐるっと回って出口から出なくちゃいけないんだろうけど、そんなことといってられなかった。

　私は次に入ってくるお客さんが自動ドアを開けた瞬間に、逆走してトイザらスから逃げ出した。

もう、すぐサンシャインから出て、地上の道を速足で歩いて、駅方面に向かった。

何度も後ろを振り返った。あの影みたいな人が追ってくるんじゃないか。気づいたらすぐ後ろを歩いてるんじゃないかって、怖くて怖くて仕方がなかった。

あんまり後ろを注意し過ぎて、前を向いたらそこにいた、なんてなったら、もう私、気絶しちゃうかもしれない。

ノンストップで明治通りの交差点まできたら、さすがに息が乱れていた。晴れてるせいもあって、動いたら汗かいてきちゃった。

ここまできたら、もう、大丈夫でしょう。道を左に渡ったら、交番だってあるし。

ひと息ついて、辺りを見回す。同じように、信号待ちをしている人がたくさんいる。でも、誰一人として、私のことなんて気にしていない。カップルだったら、相手のことを見ている。一人の人は、自分の向かう方向を見ている。

なんか、急に馬鹿馬鹿しくなってきた。

別にあんなの、なんでもなかったんじゃないか、って。今こうやって深呼吸してみても、どうってことないし。

たぶん、ちょっと気にし過ぎなんだ。あのコンビニ強盗からこっち、私は少し、神経質になってるんだ。

でも、だからってもう戻るのは嫌だった。よく考えたら、ユニクロなら東武デパートの中にだってある。わざわざサンシャインにまでいく必要はない。

うん。もういいや。いったんうちに帰ろう。なんか疲れた。

アパートに帰って、夕方まで休んで。それから東武デパートのユニクロにいって、結局、サンシャインで見たのと同じインナーを買った。色は白にした。それから、いつものスーパーに回った。

今の私って、どういう状態なんだろう。自律神経とかが参っちゃってるのかな。だとしたら、なんだろ。青魚とかがいいのかな。サバとか？ あ、しめサバあった。でも生より、味噌煮とかの方がいいな。寒いから。よし、今日の夕飯はサバ味噌煮定食だ。

でも、鮮魚コーナーに向かう途中で——もうイヤだ。また気分が悪くなりかけた。もうこうなると、実際の体調がどうこうより、自分自身に腹が立ってくる。なんでよ、なんで私、こんななの。

思わず目を閉じる。

冷たいものが、肌の表面から徐々に体内に侵入してこようとしている。でも、掌と膝が冷たいのは、違う。私、へたり込んじゃったんだ。売り場の床に。ああ、目を開けなきゃ。自分がどういう状態なのか、ちゃんと——。

「……あのぉ、大丈夫？」

年配女性の声が近くでした。でも、答えられない。

ちょっと店員さん、と同じ声が呼ぶ。はい、とキビキビした声が応える。足音がいくつか、私の周りに集まってくる。いけない。なんか、大事になっちゃう。

「お客様、どうかされましたか」

心臓がおかしい。激しい動悸。やたらと不規則。

何か喋らなきゃ。でもいま口を開けたら、たぶん私、吐いちゃう。

周りに人が増えた気がする。空間が、閉ざされていく。

誰かがいった。

僕、知り合いなんです、って。

えっ、誰が？

そういった人、今、店員さんと話してる。

ああ、また気分悪くなっちゃったんですね。分かりました。この人、家が近所なんで、僕が送っていきますよ。ええ、僕一人で大丈夫です。分かってますから。ちょっと、病気なんです、この子。荷物、これだけ？　これだけみたいだね。僕が持つから、さあ、立って――。

右肘を持たれた瞬間、私はそこが、鋭く痺れるような、異様な不快感を覚えた。

誰、この人。しかもこの人、すごい、クサい。

いや、いやだ私、この人――。

そう思ってるのに、どうしても抵抗できない。右肘をがっしり摑まれて、強引に立たされて。反対の脇に腕を回されて、抱きかかえられるようにして、前に、一歩一歩引きずられていく。

違うの、私、こんな人知らない。

誰か助けて。店員さん、違うの、助けて、この人、違うの――。

でも、肝心の声はちっとも出ない。体にも力が入らなくて、全然いうことを聞いてくれない。一所懸命、目を開けようとするんだけど、上手くいかなくて、見えたのは白っぽいお店の床と、近くにいる別のお客さんの足が一瞬だけ。聞こえるのは、ユニクロの袋の、ガサガサした音と、自分たちの足音。ベタ、ベタっていう、重たい靴の音。

やがて、顔に感じる空気が変わった。瞼《まぶた》を通して感じてた光も、急になくなった。どうやら外に出たらしい。お勧め商品のアナウンスが、徐々に背後に遠くなっていく。なのに、あの生ぐさい饐えた臭いだけは、ずっと私の横から湧き出してくる。

やだ、私、どこに連れていかれるの――。

周りはどんどん静かになっていく。どんどん、暗くなっていく。

「……ああ、長かった」

耳元で声がした。平べったくて、鼻にかかったような、変な声。さっき店内で聞いたのと同じはずなのに、なぜだろう。響きが、全然違う。さっきより、ずっと子供っぽい。

「……ようやく、見つけたよ……やっぱり、君だったんだね」

右肘を掴んでいた手の感触が、消える。すぐ、顔の前を何かが通る気配がした。臭いもキツくなった。

いきなり何かが、私の、左耳に触れた。

「ああ……可愛い耳……間違いない。僕が食べちゃった耳の、残りだ」

その瞬間だ。

ボヘエーッて、私はそこに、胃の内容物をすべて、吐き出してしまった。でもそれが、逆によかった。胸のつかえがとれたように、急に、息が吸えるようになった。目も開くようになった。

「うわ……駄目だよ、こんなとこで吐いちゃ……」

私が最初に見ようとしたのは、バッグだ。私の左脇、男の手が、ユニクロの袋と一緒に握っていた。

「ああっ」

それを渾身《こんしん》の力で奪いとって、そのまま私は走り出した。よれよれだったけど、何度も転びそうになったけど、それでも私は走った。男が追ってくるかどうかなんて確かめもしないで、とにかく、一歩でも速く、少しでも遠く、私は足を動かし続けた。

タバコ屋さんが見えてきた。あの角を左に曲がったら、すぐアパートだ。その段になって初めて、私は後ろを振り返った。

誰も、いなかった。

っていうか、誰だったの、あの人。

僕が食べちゃった耳の、残りって、なに。

ようやくアパートの前に着いた。バッグに手を突っ込んで、鍵を探す。よかった。すぐ見つかった。

もう意識もだいぶはっきりしてきてたんで、鍵はすぐに開けられた。ドアを開けて、入ってすぐ閉めて、また鍵を掛ける。

そこまでしたら、急に体の力が抜けちゃって、その場にへたり込んじゃった。出しっぱなしにしてた靴の上に座っちゃって、お尻が痛かったけど、すぐには立つこともできなかった。

二、三度深呼吸をしたら、少し落ち着いて、冷静にもなれたんだけど、その分、怖い目に遭った、危ない目に遭ったっていう実感も湧いてきちゃって、涙が、あとからあとからあふれ出てきて、止まらなくなった。

誰か——。

そう思ったとき、同時に二人の顔が頭に浮かんだ。一人は、お父さん。もう一人は、鶴田さん。

お父さんは、自分はすぐにはこられないから、鶴田さんに連絡しなさいっていった。だからってわけじゃないけど、私はバッグから携帯を取り出して、メモリーに彼の名前を探した。

鶴田吉郎。

すぐに通話ボタンを押した。

プップップップッて、相手の居場所を探す時間が、やたらと長く感じられた。そして、コール音。

でも、鶴田さんは出てくれなかった。

『ハイ、共有通信の、鶴田です。ただいま電話に出ることができません。発信音のあとに、メッセージを録音してください。こちらから折り返し、ご連絡いたします』

何よ、こんなときに。こんな明るい声で。

ピーッて鳴った。やだ、喋んなくちゃ。

「……あの、芳賀です……芳賀、桐江です。あの、さっき……変な人に、スーパーで、付きまとわれた、っていうか……ちょっと、変なこと、されそうになって……鶴田さん、忙しいですか？……あの、もし、大丈夫なら……お仕事、終わってからでいいんで、会ってもらえませんか……私、一人でいるのが……」

怖いんです、っていう前に、切れてしまった。秒数オーバーみたいだった。

少しの間、プープーッて鳴ってたけど、それも終わって。間もなくバックライトも消えた。もしかしたらすぐかけ直してきてくれるかも、とか思って握ってたんだけど、それもなかった。

なんか、かえって寂しくなってしまった。真っ暗な玄関に、一人ぼっち。

携帯、バッグに戻そうかと思ったんだけど、でも、いつ鶴田さんからかかってくるか分かんないし、心細いってのもあったから、ジーパンのポケットに入れておいた。私の穿いてるの、あんまりタイトなやつじゃないから、前のポケットに携帯入れといても、全然邪魔にならないんだ。

でも、よっこらしょ、って立ち上がった、その瞬間だ。

後ろで、ズズズッ、て音がした。

それは、とてもよく知っている音。鍵を、ドアの鍵穴に、挿し込んだときの音だ。

えっ、て思って振り返った。窓から入ってくる外灯の明かりが、淡くドアレバーの辺りを照らす。丸みを帯びたロックのツマミが、チャコン、って音を立てて、縦になる。

なに、これ。

横になっていたドアレバーが、九十度、下に回る。

ドアが、音もなく、開く。

「……ばあ。……僕だよ」

私は、大きな手で、心臓を鷲摑《わしづか》みにされたような、そんな衝撃に見舞われた。

さっきの男。なんで、鍵――。

「……驚いた？　そりゃ驚くよね」

思わず後退《あとずさ》りすると、その空いた場所を埋めるように、男が中に、入ってきた。

「へへ……複製したんだ。コンビニのロッカーから、君の鍵を拝借して……返しにいったときに、もう一人の子に見つかりそうになって、ちょっと焦ったけどね……」

まただ。足の方から、ずぶずぶと、冷たい砂に、沈んでいく――。

「知らなかったかもしれないけど、僕、この前もここに入ったんだ……っていうか、まずは鍵がちゃんと複製できてるか、試しにきたんだけどね……いやぁ、鍵屋さんに頼んだんじゃなくて、自前で、速乾パテで型取りして作ったにしては、上手くいったんだけど……その、複製の方がさ、案外ヤワで。一回使ったら根本から折れちゃってさ。閉めるとき苦労したよ……」

なんとか、男から離れようとしたんだけど、でも逆に、上がり框と、自分が置いたバッグにつまずいて、私は真後ろに、尻餅をついてしまった。

「……君、桐江ちゃんっていうんだね。知らなかったよ……あの夜は、僕も騒がれて慌てちゃったっていうか、結果的に、あんなことになっちゃったけど、あとで考えると、変だなって、思ってたんだ……裁判の間中、ずっと考えてた。君はひょっとしたら、生きてるんじゃないか、って」

下がれば下がるだけ、男はこっちに迫ってくる。方向を変えると、そっちに迫ってくる。

っていうか、この人、なんの話をしてるの。

「僕ね、ずっと考えてたんだ。君の体……足の爪から、つるつるの脇の下まで、全部思い出せるのに、なのに名前が……分からない。入院中、そればっかり考えてた。あの可愛い、僕の女の子は、なんて名前だったんだろうって。……でも、いくら考えたって、知らないものはしょうがないよね。分かるはずない。だから、勝手につけることにした。ミンキーモモからとって、モモ、か、クリィミーマミの、マミか……ミズサワユウの、ユウ……でも結局、マミに決めたんだ。僕の、マミちゃん」

男が、私の足のところでひざまずく。四つん這いになって、さらに、のぼってこようとする。

「だからね……退院して、早く君を捜そうって思ったの。そのために、一所懸命治療したの。真面目にやったの……そしたら、ちゃんと退院できた。悪いこともしてない、ちゃんとした人だって、認められたんだ……全部、君のため。マミちゃんのためだったんだよ。僕、マミちゃんのためにがんばったんだよ……褒めてよ」

何か、武器になるものとか、ないの——。

「……なんか、警察がさ、あの辺りを、捜査してたじゃない。鈴木史奈って子がいなくなったって……そんなこと、知ったこっちゃなかったけど、でも、疑われたら嫌だなって思って、僕、あれを……隠すことにしたんだ。君と、僕の、ビデオ……そのことも、ずっと考えてた。早く退院して、またあれを観たいなって……そうしたら、思いついたんだ。あれを手がかりに君を捜したら、きっと上手くいくぞって」

どんどん、男が覆いかぶさってくる。もう、下半身はすっかり、呑み込まれてしまった。

えっ、史奈ちゃんが、なに——。

「退院してみて、びっくりした……インターネット。パソコン通信は知ってたけど、あれが、こんなに発展してるとは思わなかったよ。これを使わない手はないなって……それでね、クリタのところに持っていったの。なんか情報が入るかもと思って、サイトもずっとチェックしてた」

分かんない。なに、この人、なんのことをいってるの。クリタって誰。

「そしたら……僕のアイデアって凄いね。ちゃんと、君のお父さんが引っかかってきたもんね。あの日……なんとかって新聞記者がクリタの事務所に連れてこられた夜、僕、あの部屋の隣にいたんだよ……知ってた？」

記者って、ひょっとして、鶴田さん？

「そしたらそこに、君のお父さんもきたんだ。……ふふ……まあ、挨拶はしなかったけどね。あとでクリタに聞いた。あれって誰？　って……そうそう、そしたらお父さんたち、あとから置いてった自転車、とりに帰ってきてさ。間抜けだよね……面白そうだから、僕、あとを付けてったんだ。そしたら、君のお父さん……記者の部屋にいったあと、君のいるコンビニに寄ったんだよ……」

　鶴田さんと、お父さんが、なんで？

　お父さんが、私のいるコンビニにきた日っていったら――。

「……ゾクゾクってきたよ。君を見た瞬間は……ああ、ようやく見つけた、あの子こそ、僕のマミちゃんだ、って……あの小さかったマミちゃんが、十四年前のあの夜、僕の前で裸になって、イヤイヤって、恥ずかしがってたマミちゃんが、こんなに大人になって……それも、あの頃と全然変わらない可愛さで……うん。まるで、魔法で大人に変身したみたいだった……ありがとう、僕のマミちゃん。可愛いままでいてくれて……そう、僕は、神様に感謝したんだ。僕たちを再び引き合わせてくれて、ありがとう、って……なんの神様かは、よく分かんないけど」

　とうとう、男の顔が目の前まできた。

　私の髪を撫で、頬ずりをし、耳元で囁く。

「……一緒にいこう……僕と、一緒にいこう……二人で過ごした、あの甘い部屋にいって、また、甘いこと、たくさんしよう……ね？　そうしよう」

イヤだ。イヤ、絶対にイヤ。

「ほら、またぁ……相変わらずだなぁ、マミちゃんは。駄目ですよ、そんな、聞き分けのないことじゃ……まあ、こういうこともあるかもと思って、君をちっちゃくしちゃう、魔法のアイテムを、僕は用意してきてるんだけどね」

男がどこからか取り出したのは、黒い、四角い、電気剃刀《かみそり》みたいな形の――。

21

俺は一人、道を戻った。慌てず、騒がず。

稲垣宅から五十メートルほど離れた辺りで足を止めると、道端の、錆《さ》びたドラム缶の陰から芳賀が出てきた。

「……どうでした」

俺は一つ頷いてみせた。

「なんと……いましたよ、稲垣久子。あの家にまだ住んでます」

芳賀が、ゴクリと唾《つば》を飲み込む。

「……会えたん……ですか」

それには、かぶりを振らざるを得ない。

「いや、玄関は開けてくれませんでした。でもガラス戸……なんていうか、こう、模様みたいになってる、中がよく見えないやつですけど、そこまできて、そのガラス越しに、会話はしました。……といっても、どなたですか、と、お帰りください、のふた言でしたけど」

芳賀は眉をひそめ、難しい顔をした。

俺は続けた。

「とりあえず、久子があの家にいることは確認できましたから、あとは周辺で聞き込みをしましょう」

怪訝な顔で、聞き込み？　と訊き返す。

「ええ。あそこで閉じこもっているだけじゃ、生きてはいけません。見れば、自給自足をしている様子もありませんしね。ということは、必ず外部との接触がある。……まず近隣を回って、家の出入りについて確かめます。それから……近くの商店ですね。生活用品、食料はどうしているのか。それが分かれば、暮らし振りも自《おの》ずと見えてきます。ひょっとしたら……誰かをかくまっている、なんてことも、判明するかもしれない」

さあ、と促して、俺は細い坂道を下り始めた。

まずは、そう。お隣さん、といっていいのだろうか。T字路に面して建っている、青い屋根のお宅を訪ねてみる。

玄関までいって、呼び鈴を押す。こちらはかなり最新式の、カメラ付きドアホンを設置している。

《……はい、どちらさま?》

意外と若い、女性の声が応えた。

「恐れ入ります。私、東京から参りました、共有通信の、鶴田、と申します。ちょっとお尋ねしたいことがございまして、少しだけお時間、よろしいでしょうか」

《はあ……少々、お待ちください》

数秒して、やはり飾りガラスの前まで人がきた。いま応えた若奥さんだろう、と思ったら、戸が開いて実際に見てみたら、そこそこのオバサンだった。さらに後ろにはジャージ姿の老人。お舅《しゅうと》さんだろうか。

「……はい。えっと」

「恐れ入ります。私」

名刺を差し出し、今一度自己紹介をする。芳賀は横で頭を下げただけだった。

奥さんは、俺の名刺をそのまま背後の老人に渡した。

名刺を見た彼が、きゅっと眉根をひそめる。

「……マスコミが、今頃なんだい」

これだけで、十四年前の騒ぎの大きさが窺い知れる。

「ええ。実は、お察しかとは思いますが、そこの、稲垣さんについて、何かご存じのことがあれば、伺えないかなと思いまして」

二人は目を見合わせると、老人が前、奥さんが奥に、立ち位置を入れ替えた。

「あそこが、なに」

「はい。今もあそこは、変わらず稲垣さんのお宅、ということなんでしょうか」

「ああ。あの、事件を起こした倅《せがれ》の、母親が一人で暮らしてるよ」

「お仕事とかは、何かされてるんですかね」

それには、小さく首を傾げる。

「仕事は、してねっぺよ。したくても、できねえだろっけんが」

にわかに訛《なま》りがきつくなってきたが、幸い意味は分かる。

「じゃあ、収入は、どうしてるんでしょうね」

「そりゃ、あれだっぺよ……土地売って、その金と、あとは年金か……うん。もう、年金もらえる年になったろ」

稲垣満が、今年三十八歳。二十代で産んでいれば、おおむね六十歳は超える勘定になる。

「人の出入りなんかは、普段あるんでしょうか」

何しろ稲垣邸にいくには、必ずこの家の前を通らなければならない。出入りのすべてではないにしろ、ある程度は把握しているものと思われる。

「いや、出入りってほどの出入りは……ねえな」

「でも、まったくってことはないでしょう。郵便とか、新聞とか」

「新聞も郵便も、いってねえようだが」

なあ、と老人が同意を求める。後ろで奥さんが頷いてみせる。

「そう、ですか……じゃあ、買い物とかは、どうなんでしょう。この辺じゃ、車がないと厳しいですよね。食料とかは、何かの配達で賄《まかな》ってるんですかね」

「いや、車でいってるだろ」

彼は、当然といわんばかりの顔でいった。

「えっ、でも、車、なかったですよ」

「あったっぺよ。ボロボロの小汚《こぎたね》えのが」

「あの家に、ですか」

「ああ。家の前に停まってっぺよ」

「いえ、なかったですよ」

さらに彼はあると言い張り、こっちに踏み出してきた。自分の目で確かめるつもりのようだ。

敷地から出て、五、六歩、道の向こう際までいって、稲垣宅の方を見やる。俺たちもそれに続く。

「……あ、ほんとだ。ねえわ……じゃ、出かけてんだろう」

そんな馬鹿な。

「いえ、だって私、今あちらに伺って、奥さんとお話……」

自分でそこまでいって、初めて俺は気づいた。

芳賀と目が合い、互いに同じ見解に達していることを確かめた。

久子ではない誰かが、車に乗って、出かけている？

「すみません……その車、車種はなんだか分かりますか」

二人はそろって首を傾げたが、奥さんの方が、すぐ何か閃《ひらめ》いたような顔をした。

「主人に訊いたら、ひょっとしたら分かるかも」

「ご主人は、今どちらに？」

「仕事にいってますけど……ちょっと待っててください」

奥さんはすぐ、玄関にとって返した。どうやらご主人に電話をして訊いてくれるようだった。

俺たちも玄関に戻ると、まもなく奥から返答があった。

「……古いカローラだそうでーす。トヨタの、カローラァ」

「すみませーん、年式とか、もうちょっと詳しく分かりますかァ」

やや間を置いてから、奥さんがコードレスの子機を持って出てきた。

「……直接どうぞ」

ちょっと怒った顔をしている。

俺は、すみませんと頭を下げてから受けとった。

「もしもし、お忙しいところ申し訳ございません……」

とりあえず自己紹介をし、稲垣宅の自家用車について知りたいのだと告げた。ご主人は「そうね」と、しばらく考えてから答えた。

『年式か……たぶん、十年なんてもんじゃないよ。もう、二十年近く乗ってんじゃないかな』

「デザインはどうです。角張ってますか。それとも、丸みを帯びた感じですか」

『そういった意味じゃ、まあ、そこそこ今ふうではあるよ。ある程度丸みのある外観だね』

すると、九十年代前半のモデル。七代目とか、その辺りか。

「セダンですか、ワゴンですか」

『セダンだね』

「色は」

『色？　んーと……いっつも埃だらけだからね、もとの色は定かじゃないけど、確か、ほんの少し青の入った、黒っぽいボディだったと思うよ』

よし、大体のところは分かった。

大変参考になったと礼をいって切り、奥さんに子機を返した。

ついでに、最寄りのガソリンスタンドはどこかと訊くと、道に出て左、五百メートルくらい先だという。

すぐにそのガソリンスタンドを訪ねたが、残念ながら、そういった車に心当たりはないということだった。ここで、最近よく中年男性が乗ってくる、などという情報が得られたら最高だったのだが。まあ、心当たりがないのでは致し方ない。

さきほど訪ねたのは井川《いがわ》さんというお宅だったが、もう少しその近辺で聞き込みをしてみた。

タクシーできた道沿いの、藤吉《ふじよし》さんというお宅。

「ああ、稲垣さんね……あの奥さんも、気の毒っちゃあ気の毒よね。息子が、あんな事件しでかしたんだから」

話をしてくれたのは、おそらく久子と同年代であろう女性だ。

「事件前は、稲垣さんとはお付き合いはありましたか」

「そりゃ近所だし、子供も、学年は違ったけど、中学までは同じところだったから、ある程度はね……道で会えば、話もしましたよ」

「じゃあ、事件後は」

「んん……やっぱりね。向こうだって付き合いづらいだろうし、ほとんど近所のもんとは、口も利かなくなりましたよ。道ですれ違ったって、挨拶もしないし……お互いにね。見て見ぬ振りで」

まあ、普通はそうならざるを得ないだろう。

「でも、稲垣さんはあそこに暮らし続けている。なぜですかね」

「さあ……息子の帰りを、待ってんじゃないの？」

「しかし、帰ってきたって……息子もこの地域では、かえって暮らしにくいでしょう。もっと別の土地に動くとか、そういう方がいいんじゃないですかね」

「そりゃ、普通はそうでしょうけど……知らないですよ。私はあそこん家《ち》の人間じゃないんだもの」

同じように、田中《たなか》さんというお宅も訪ねてみた。藤吉さん宅の裏手、川沿いのお宅。だが、ここは一発で追い返された。

「いまさらあんな、人殺しの出た家の話なんかしたかねえんだッ。とっととこの土地から出てけって、そういっとけ。胸糞悪いッ」

ごもっとも。失礼いたしました。

門前払いを喰ったのはこの家だけではなかった。続く三軒は、程度の差こそあれ、おおむねこんな調子だった。

久々に話が聞けたのは、少し離れた薄井《うすい》さんというお宅でだった。

「……亡くなった正英《まさひで》とは、小、中と同級だったからね。よく知ってるよ」

正英というのは満の父親、農協職員をしていた、稲垣正英のことである。

「どんな方でしたか」

「真面目、は、真面目だったよな……ただ、倅にはちょっと、厳しくし過ぎたかもしれんな。テレビも観せない、オモチャもろくに買ってやらないで、勉強、勉強……ところが、高校受験に失敗した。この辺でも、決して評判がいいとはいえないような……まあ、簡単にいっちまえば、バカ学校だよ。そこにしか合格できなかった。……満はもう駄目だって、散々愚痴《ぐち》ってたよ。そんなことねえって、むしろ俺が慰めてたくらいだ」

高校受験で挫折、というのは、稲垣の裁判本のどこかにも書いてあった。

「それを、家でも相当いったんだろうな。それが原因で、倅は捻《ね》じくれてった……そういっても、過言じゃねえんじゃねえかな」

親は、よかれと思ってしたことなのだろうが。

「じゃあ、正英さんの自殺というのは、それを苦にして？」

「んん……そう、かもしれねえけど、どうだろうな。単純に、罪の重さに耐えかねたんじゃねえかな。当時この近隣じゃ、ちょっとした変態で通ってたからね、あそこの倅は」

それも、本で読んだ記憶がある。

「具体的には、どういう？」

「んん……そこの、バス通りまで毎朝出てきちゃ、登校していく小学生を眺めて……最初はそれだけで、家に帰っていってた。でもそのうち、写真を撮り始め……いや、ビデオだったかな……でまあ、さらに話しかけるようになり、終《しま》いにゃ学校までついていく……そこまでやったら、さすがに問題になったんだろ。学校側から直接、正英のとこに連絡がいったらしいよ」

それっぽい話も読んだ気はするが、ここまで詳しくは知らなかった。

「それは、いつ頃の話ですか」

「事件より、二、三年、前かな」

「それについて、正英さんは」

「そりゃ、こっぴどく叱り飛ばしたってよ。なんたって、高校卒業後は家でダラダラしてるばっかりで、その挙句、朝っぱらから小学生を追いかけ回してた、じゃな……恥ずかしくて外も歩けないって、やっぱり愚痴ってた」

しばらく大人しく聞いてはいたが、どうも正英絡みの思い出話は尽きそうになかったので、俺は頃合いを見て話題の軌道修正を試みた。

「ちなみに、稲垣満がここに戻っているというようなことは、ないでしょうか」

薄井氏は口を尖らせ、しばし考え込んだ。

おい、あるのか？

「……どんな些細《ささい》なことでもけっこうです。ご存じなら、お聞かせください」

薄井氏は小さく頷き、姿勢を正した。

「いや……直接見たとか、そういうことじゃねえっけんが」

「ええ。なんでしょう」

それでもまだ、渋る感がある。

俺は正面から顔を覗き込んだ。

「薄井さん……稲垣満がもし、すでに治療を終えて、病院を出てきているのだとしたら、我々は直接会って、どうしても、あることを確かめなければならないんです。そして、彼が退院後、身を寄せる場所があるとすれば、それはやはり、ここである可能性が高いと思うんです」

だがなお、薄井氏の表情は晴れない。

「それは……なんだ。つまり、奴がまた、何か事件を起こすかもしれないと……そういう意味かい」

「いや、そこまでは分かりません。ただ、十四年前の事件と繋がりのある、ある出来事が、今、すでに起こっていると……現状では、そういうふうにしか申し上げられません」

ようやく、彼は頷いた。

「そう……まあ、俺が直接見たのは、車だよ」

「はあ……どんな」

「奥さんが普段乗っている、黒っぽいセダンだ」

例のカローラか。

「それを、どこで？」

「……そこのバス通りを、二キロか、それくらいいった辺りに、墓地がある。そこの前に停まってた」

墓地？

「稲垣家のお墓も、そこに？」

「そう。先祖代々の墓がある……だから、変だなと思ったんだ。ちょうど、これくらいの鉄製の門があんだっけんが」

彼が示したのは、大人の肩くらいの高さだ。

「鍵なんかかかってない。いつ誰がきてもお参りできるように、門は押せば開くようになってる。駐車スペースも、門を入ってすぐのところにある。なのに、通り沿いに停めてたんだ」

「それは、稲垣さんの車に間違いないんですか」

「ああ、間違いない。俺は、後ろから通り過ぎるように走ってて、右後ろのヘコみを見たんだから、間違いない……暗かったけど、それはちゃんと見た」

暗かった？

「それって、何時頃の話ですか」

「夜の、十二時近かったと思う……それもあって、変だなと思ったんだ」

夜の十二時に墓参り、は確かに妙だ。

「そこに車を停めて、何か別のことをしていたってことは、ないんですか」

「いや、ないだろう。あの辺には、他には何もない。竹藪《たけやぶ》ばっかりだ」

薄井氏はさらに表情を曇らせた。

「……妙なのは、その……夜中に、車が停まってた、ってことじゃ、ねえんだ」

なんだろう。急に、寒気のようなものを感じた。

「はい……なんでしょう」

「その、何日かあとにさ……稲垣の墓が荒らされてたって、そういう話を聞いたんだ。寺の人から……寺ってのは、その墓地のところじゃなくて、もっと離れたとこにあんだっけんが……その、寺の人の話だと、どうやら、墓が荒らされたのは、俺が例の車を見た夜らしいんだな」

なんだ、それは。

「……荒らされた、というのは、具体的には」

「えーと、なんつーんだ……骨壺《こつぼ》を入れる穴を塞いでる、石の、フタみたいなのがあるだろう。あれが穴の中に落ちて、割れてたらしい。骨壺は数だけあったし、何か盗まれたわけでもない……ただ、フタが中に落ちて、割れてた……いったんそのフタを開けて、戻すときに、手がすべって落ちたんじゃないかって、寺の人はいってたけどな」

夜、稲垣家の車が停まっていて、その夜のうちに、稲垣家の墓が荒らされた。稲垣家の人間が、自分の家の墓を荒らしたのか。具体的にいうと、久子か、あるいは、密かに家に戻っていた満が、真夜中、人目を忍んで墓を荒らした。そういうことではないのか。

ふいに、インスピレーションが湧いた。

ひょっとして、目的はビデオか。満は先祖の墓に自ら撮影した陵辱ビデオを隠し、退院してきて、改めて掘り起こしたのか。確かに、当時の捜査本部も先祖の墓までは調べなかったに違いない。

「薄井さん……その、車を見たのと、墓が荒らされていたというのは、いつ頃の話ですか」

「今年の春頃だな。まだ、桜が咲いてる時期だよ」

芳賀が例の配信を知って、栗田にコンタクトをとったのが、今年の秋口。ということは、この件は、その半年も前から動き出していたということなのか。

夕方までは少し切り口を変えて、レンタルビデオ店や書店、家電量販店などを当たった。もう稲垣宅からの距離などはあまり気にせず、タクシーの運転手に片っ端から案内してもらい、一軒一軒話を聞いて回った。

俺はそのとき、ちょうどレンタルビデオ店の店員に話を聞いていた。携帯に着信があったことには気づいたが、出られる状況ではなかった。

「……ありがとうございました。あの……何か思い出したことなどございましたら、お手数ですが、さきほどの名刺の番号に、ご連絡いただけますでしょうか」

重ねて礼をいって話を切り上げ、店を出てから携帯をチェックした。どうやら、着信は桐江からだったようだ。見るとメッセージが残されている旨のアイコンも表示されている。

なんと、入っているのだろう。

22

携帯から目を上げると、芳賀と目が合ってしまった。

「……どうか、しましたか」

「ええ。今さっき、桐江さんから電話があったみたいなんですよ」

そういうと、ひどく驚いた顔をされた。いや、驚いたというよりは、怯えたような。そんな様子だ。

芳賀は慌てたふうに自分の胸ポケットを探った。黒い携帯を取り出し、ややぎこちない手つきで開く。

「……こっちには、かかってきてない」

バックライトに照らされたその横顔には、焦りの色すら浮かび始めている。

「私は、桐江に、いったんです……もし何かあったら、鶴田さんに、連絡しろと……」

「は？　なんですかそれは」

「だから……私は、いつ、どこにいるか分からない身だし、また、いつ配信の拠点を襲いにいくかも分からない。私では、何かあったときに、すぐには駆けつけられない可能性がある……だから、何かあったら、鶴田さんを頼れと……仕事場も、住まいも、鶴田さんは近いじゃないですか。だから……」

そうなのか？　この電話は、そういう意味なのか？

「いや……別にそんな、切羽《せっぱ》詰《つ》まったアレじゃ、ないと思いますよ。ちょっと待っててください。メッセージが残ってるみたいですから」

伝言メッセージのページを開き、一覧表示から「芳賀桐江」を選び、再生ボタンを押す。

すると、聞こえてきたのは――。

『……あの、芳賀です……芳賀、桐江です。あの、さっき……変な人に、スーパーで、付きまとわれた、っていうか……ちょっと、変なこと、されそうになって……鶴田さん、忙しいですか？……あの、もし、大丈夫なら……お仕事、終わってからでいいんで、会ってもらえませんか……私、一人でいるのが……』

極度に緊張した声色。ところどころ震えが入り、聞きとりづらい部分もある。しかも、自分に会いたいと桐江はいっている。途中でメッセージは途切れているが、続く言葉は容易に察しがつく。

一人でいるのが、怖い――。

「……芳賀さん」

俺はもう一度再生ボタンを押し、携帯を芳賀の耳に向けた。

芳賀は最初こそ耳を貸すようにして聞いていたが、すぐに俺の手から携帯を奪い、一度終わると勝手にボタンを操作し、泣き出しそうな顔で再び耳に押しつけた。

それも終わると、今度は反対の手に持っていた自分の携帯を操作し始める。十秒ほど耳に当て、クソッ、と吐いては尖った目つきでディスプレイを睨み、また乱暴にボタンを連打する。

「芳賀さん」

「出ない……出ないんです、桐江が」

すぐ電話に出られないことなんて誰にだってあるでしょう、とは思ったが、とてもではないがそんなことをいえる雰囲気ではない。俺は芳賀の手から自分の携帯を引きとった。芳賀はそれにすら気づかぬ様子で、一心不乱に電話をかけ続けている。

奇妙に思わずにはいられなかった。

この男は、何をそんなに怯えているのだ。桐江の何を、そこまで案じているのだ。スーパーで付きまとわれた？　変なことをされそうになった？　桐江は、ちょっと可愛い顔をした、小柄な、気弱そうな女の子だ。スーパーという場所自体は珍しいかもしれないが、それにしたって場所は池袋だ。痴漢にあうくらいは別に不思議でもなんでもない。それで不安になって、父親の言い付け通り自分に電話してきた。ただそれだけのことではないのか。

芳賀は携帯を閉じ、右手で固く握り締めた。

「まさか……稲垣……」

「え？」

風に流されそうな言葉だったが、俺は聞き逃さなかった。

まさか、稲垣？

そうか。芳賀は、桐江と稲垣の接触を恐れているのか。

だがそれには大きな疑問がある。

俺は一歩、芳賀に近づいた。

「あの……それは、どういう意味ですか」

芳賀は、我に返ったように顔を上げた。

「あ、いや……そんなこと、あるはず、ないんです……だって、稲垣は桐江が生きてること……」

そういって、芳賀は自分の言葉に、自分でハッとなった。

表情が瞬く間に曇っていく。取り消せるものならそうしたいだろうが、残念ながら俺は、ひと言も漏らさず聞いていた。

「……そうなんですよ、芳賀さん。そもそも私は、それが疑問だったんです。稲垣が裁判でした証言の内容は、むしろ今になってみると、あの犯行映像の内容を語っているように読める。耳を齧り、性交をし、口を塞いで殺した、と……映像の中の幼女は、左耳を齧られていた。そして桐江さんの耳にも、歯型のような形の欠損部分がある。それで私も納得したんです。あの映像の中の子が史奈ちゃんではなく、桐江さんであるならば、あなたの無謀な襲撃行為にも合点がいく……これについての回答は、まだあなたから聞いていませんでしたね」

通りかかった車のヘッドライトが、芳賀を背後から照らして過ぎていく。遅れてきた冷たい風が、彼の髪を乱す。

「しかし、桐江さんは生きている。稲垣は殺したと証言しているにも拘らず、桐江さんは実際に生きている。どういうことなんです？　図らずも、今あなたはご自身でいいましたよね。稲垣は、桐江さんが生きているとは知らないはずだと」

「……いってない」

「いいました。私は聞きました」

「いってないッ」

馬鹿馬鹿しい。

「いったかいわなかったかなんて、どっちでもいいです。どっちにしろ、私には疑問だったんですから」

芳賀は急に踵を返し、歩き始めた。

「……ちょっと。どこにいくんですか」

返事はない。俺は追いかけ、彼の肩を摑んだ。だが振り払われた。

「芳賀さん、どこにいくつもりなんですか」

「決まってるでしょう……桐江のところです」

「どうやって」

芳賀は足を止めない。意地になったように、肩を怒らせて歩を進める。

「タクシーを……」

「通りませんよ、こんなところ」

街道沿いとはいえ、こんな田舎では流しのタクシーなどそう都合よくは拾えない。

「じゃあ……駅まで戻ります」

「何いってるんですか。何キロあると思ってるんですか」

今度は本気で彼の肩を摑んだ。上着がずり落ちて、ワイシャツの肩が露わになる。それでも芳賀は足を止めようとはしない。

「分かりましたよ、私が呼びますから。タクシー……さっきの領収書がありますから、そこに電話して呼びますからッ」

ようやく芳賀は立ち止まった。

道の向こう、暗い山の方を向いたまま、頷くように、一度だけ頭を下げた。

タクシーの運転手にも急いでくれるよう頼み、なんとか十八時十分の特急に乗ることができた。

芳賀は、さっきからずっと黙っている。先の怯えも、電話が繋がらなかった焦りも、今はすべて俺に対する苛立ちに上乗せされてしまったかのようだ。

だが、俺までここで黙り込むわけにはいかない。

「……芳賀さん。そろそろ、きちんとした説明をしてはもらえませんか。稲垣は幼女を殺したといっている。でも、桐江さんは生きている。あの映像の女の子は桐江さんだ。だからあなたは栗田の事務所を襲撃した。そうなんでしょう？　だったら、なぜ桐江さんは生きているんですか」

むろん俺も、近くの席に人の耳がないことくらいは確かめてから喋っている。

「……それを聞いて、どうするつもりですか」

「は？」

あまりのとぼけた質問に、俺は正直、イラッときた。

芳賀の目は、前の席の背もたれを睨んでいる。

「それを聞いて、あなたはどうするつもりなんですか。新聞に書くんですか。それとも、高く買ってくれそうな週刊誌にでも持ち込みますか」

「分かりませんよ、そんなことは。真実を知って、それにニュースバリューがなければ記事にはしませんし、公にできない事情があれば、考慮だってします」

芳賀はそれを、鼻で笑った。

「ニュースバリューときましたか……一時は世間を騒がせた、幼女誘拐、殺人事件の実録映像がネットで流れ、その配信を阻止しようとした遺族が暴力団事務所に殴り込み……さぞかしそれは、面白おかしい記事になるでしょうね」

「芳賀さん、あなた……」

いまさら、何をいってるんだ。

「最初に私を利用したのはあなたですよ？　栗田について調べさせ、事件化しているかどうかを知ろうとしたのは……」

「そうです、その通りです。私はあなたを利用しました。それが何かいけませんでしたか」

中年男の逆ギレか。

芳賀はさらに続ける。

「マスコミなんて……結局、広告がとれるように、部数が伸びるように、なんでもかんでも騒ぎ立てて、書き散らすだけじゃないですか。当時の私が週刊誌に、なんて書かれたかご存じですか？　行方不明になったのが自分の子供じゃなかったから、警察への通報を怠《おこた》った……半ば、稲垣の共犯のような書かれ方をしたんですよ。他にも、あることないこと……それで私が義兄夫婦からどんな責められ方をしようが、地域社会から孤立しようが、そんなことはまるでおかまいなしだ。それを考えたら……私がマスコミの人間を利用して、何が悪いっていうんです。え？　鼻を折られたのはお気の毒だが、こっちは生き死にがかかってるんですよ」

新聞と週刊誌は違う、その記事を書いたのは俺じゃない、と言い訳をしたところで、とても今は聞き入れてくれそうにない。

「あなたには、確かにお世話になりました……桐江も、あなたには親しみを持っているようでした。だから私も、何かあったら鶴田さんに相談しろと、そういいました……ですが、もうこれ以上、私たち親子のことには立ち入らないでください。あとは私一人で、なんとかしますから」

また、そんな勝手なことを。

「それをさせられないから、ここまで私が一緒にきたんじゃないですか。そりゃ、私は記者です。事件を調べて記事にするのが仕事です。でも、その前に一社会人です。あなたが……そもそも粗暴で手のつけられない悪党だったら、私だってこんなことはしませんよ。こっそりあとをつけて、何かしでかしたら写真に撮ってスクープに仕立て上げます。でも、そうじゃないでしょう。あなたは桐江さんを守るために行動を起こした。とった手段はともかく、その行動原理には同情だって、共感だってしてますよ。だからでしょ。だから私は……」

そう。芳賀は、今までの行動のどこを切りとってみても、悪党などではあり得ない。十日前には、暴力を振るわれていた自分を栗田の事務所から助け出してもくれた。むしろ、真っ当以上の正義感を持った男といっていい。

今のマスコミ批判だって、深い話をしたくないがために口にしただけと解釈することもできる。逆にいえば、己の正義を曲げてでも隠したい何かが、芳賀の中にはある。そういうことではないのか。

「芳賀さん。こんなのは、言い訳にしか聞こえないかもしれないですが、私はあなたや、桐江さんの役に立ちたい。本心で、そう思っています。絶対に、何一つ記事にしないと……今そう断言することはできませんが、でも少なくとも、あなたたち親子の不利益になるような書き方はしない……それだけは、誓います。どうか、分かってください」

芳賀は、迷っているようだった。

頷くことも、反発することもせず、ただ黒い闇が広がるだけの窓の外に、視線を向けていた。

蘇《そ》我《が》駅を出た辺りで、芳賀はまた携帯を弄《いじ》り始めた。何回かコールを聞いては切り、切ってはまたかけるを繰り返す。

無意味とは思いながらも、出ませんか、と尋ねてみる。芳賀の返事はなかった。

「桐江さんは、留守電メッセージとかは、設定してないんですね」

それにも、芳賀は答えなかった。

やがて携帯を閉じ、またぐっと右手に握り締める。

だが、そのときだ。芳賀は何か思い出したように再び携帯を開いた。ボタンをあれこれ弄って、ウィンドウを開いたり戻したりしている。横目で覗いているだけでは、何をしようとしているのかは見当もつかない。

　数分無視された仕返しというのでもないが、俺はしばらく、黙ってその作業を見守った。困ったら、いずれ俺に訊くだろうと高を括っていた。

　案の定、芳賀はもうすぐ海浜《かいひん》幕張《まくはり》駅というところまできてこっちを向いた。

「あの……携帯が、発信機みたいになる機能って、なんていうんでしたっけ」

「……ＧＰＳですか」

「ああ、それだ」

　また携帯を弄り始める。なんだ。今度はＧＰＳで桐江の居場所を探ろうというのか。

「でも芳賀さん。ＧＰＳって、事前に相手の了解を得てないと使えないですよ」

「分かってます、それくらい……」

　本当か。本当に分かってるのか。

「そもそも、これは桐江が設定してくれたんです……私が、あまりにも心配性なものだから……だいぶ前ですが、今回みたいに、電話に出ないことがあって……慌てて私が池袋に駆けつけたら、桐江は、携帯をバイト先に忘れてきていて、明日取りにいけばいいと思ってた、なんて……ちょっと、そのときは言い過ぎたかもしれないですが、でもそのときに、このＧＰＳを」

なるほど。

「で、芳賀さんはその後、それを使ってみたことは」

「ええ、何回かはやってみたんですが、最近は、そういえばやってなかったです……だからちょっと、やり方が……」

いかにも、俺にどうにかしてほしそうに指が止まっている。

「……見ましょうか」

「ええ、お願いします」

つくづく、自分の中途半端なお人好し加減が嫌になる。

芳賀が差し出してきた携帯を受けとり、利用したサイトの履歴を見ると、確かにＧＰＳによる位置検索サイトのタイトルが載っていた。さらにページを開いていくと、どの番号の携帯電話位置を検索するかをリストから選べ、となった。リストにある番号は一つだけだ。

「……これが、桐江さんの番号ですね」

見せると、芳賀はそうですと頷いた。

その番号を検索するよう指示し、ボタンを押す。しばらくは問い合わせ中の画面が表示されていたが、やがてページが切り替わり、

「あっ……」

「繋がったみたいですね」

大まかな地名と、検索対象の携帯電話が位置するであろうエリアを示す地図がディスプレイに表示された。

「……飯田橋《いいだばし》と、後楽園《こうらくえん》の中間辺りですね」

地図の右上には東京ドームも描かれている。一瞬、後楽園遊園地で遊んでいて電話に出られなかったのでは、といおうとしたが、思い直した。桐江は「一人でいるのが怖い」と俺に連絡してきたのだ。遊び歩いていたとは考えづらい。

「桐江さんはこの辺りに、よくいくんですか」

芳賀は首を捻った。

「いや……あまり、池袋の周辺以外は、出歩かないようなことをいっていましたが」

池袋と後楽園は丸ノ内線一本で行き来できる。まったくあり得ない動線でもないが、かといって、一人でいるのが嫌な夜に出かけて心安らぐ街でもない。東京ドームシティの周りには学校と区役所がある程度で、あとはほとんどがオフィスビル。むしろ夜の雰囲気は寂しい方だ。

何かの間違いじゃないんですか、といい、芳賀は返してほしそうに手を伸べてきた。なんだ。表示が後楽園と出たのが気に喰わないのか。

返してやると、芳賀はゲーム機を手に入れた子供のように、一心不乱に検索を繰り返した。これは確か、一回いくらで利用料が課金されるサービスではなかったか。今の芳賀の暮らしぶりを考えると、パケット代も決して馬鹿にできないのではないか。

そんなことを思っていたら、ふいに芳賀が唸るような声を出した。

「これは……移動、しているんでしょうか」

こっちにディスプレイを向ける。

現在位置は「九段下《くだんした》」と出ている。確かに、さきほどより少し南下している。

「……まあ、飯田橋からなら、九段下には東西線でひと駅ですが」

するとまた、芳賀がディスプレイを見て顔をしかめる。

「今度は、一ツ橋《ひとつばし》です」

やはり、桐江は東西線に乗っているようだ。一ツ橋には東西線の竹橋《たけばし》駅がある——と、そこまで考えて疑問が湧いた。

東西線は地下鉄。こうまで頻繁に、ＧＰＳの検索に応答するだろうか。

だが、同じ動線を描く別の移動手段なら、また話は別だ。

首都高速。つまり、自動車での移動だ。ＧＰＳはカーナビと連動するくらいだから、むろん車なら走行中でも検索に応じるだろう。

「芳賀さん、そのまま、検索を続けてください」

「あ……ええ、分かりました」

電車はすでに海浜幕張駅を出ている。次はもう東京駅。十九時五分の到着まで、この列車から降りることはできない。

「……また動いた、大手町《おおてまち》になりました」

まだ、東西線と同じ動きか。

「鶴田さん、これは、どういうことなんでしょう」

「もう少し続けてください。じゃないと、はっきりしたことはいえません」

やがて、芳賀の口から決定的な地名が出てきた。

「あ、今度は……両国《りょうごく》です」

やはり、桐江は首都高速を走っているようだ。東西線では両国は通らない。

「芳賀さん。桐江さんは、運転免許は、持っていますか」

「いえ、ないはずです……体力的に、あの子に、車の運転は無理です」

そこまで桐江がひ弱だとも思えないが、それはさて置き、免許を持っていないというのは重要な判断材料だ。

嫌な予感だけが、次々と連なっていく。

このままいけば錦糸町を通り、やがて首都高は一之江《いちのえ》辺りで京葉《けいよう》道路と連絡する。いうまでもなく、京葉道路は東京と千葉を結ぶ高速道路だ。木更津にいくならアクアラインという手もあるが、料金を考えたらこのルートの方がいくらか安く済む。

車が運転できて、金をかけずに、千葉方面に桐江を連れていこうとする人間――。

そんな化け物は、この世に一人しかいない。

23

それがスタンガンだって気づいたのは、バリバリッていう音がして、小さな稲妻みたいな光が男の手元に見えたからだった。

その稲妻が脇腹に押し付けられると、皮膚を裂かれるような痛みが左半身を駆け抜けていった。気を失いはしなかったけれど、その後はひどい貧血を起こしたときみたいに、体にまったく力が入らなくなった。

「……ね、マミちゃん……ちっちゃくなって、僕ん家にいこうね」

男はそんなに力があるわけじゃなさそうだった。玄関まで引きずられて、そこで抱えられて立たされた。そういえば私も男も、靴を履いたままだ。鶴田さんがここにきて、部屋の中に土足の跡を見つけたら、何かあったのかと心配してくれるかも。でも、ドアの鍵を閉められちゃったら、中は見てもらえない。そんなことを心配したけれど、幸か不幸か、男が鍵を閉めることはなかった。

アパートの前には、埃だらけの黒っぽい車が停まっていた。男はその車の方に、私を連れていく。

「よいしょ、よいしょ……もうちょっとだよ……もうちょっとしたら、ネンネしていいからね……」

後部座席のドアを開けて、私をそこに放り込む。足がまだ出ていたけど、膝をたたまれて、座席に上げられた。別に鶴田さんじゃなくてもいい、もう誰でもいいから、この状況を見て、変だと思って、何をしてるんだって、この男に訊いて。そう願ってはみたけれど、そんなに都合よく救世主が現われることはなかった。

ドアが閉まり、数秒して運転席のドアが開く。ちゃんとは見えなかったけど、男が乗り込んでくるのは気配で分かった。

「さあ、いこうね……ちょっと長いドライブになるから、また途中で、魔法をかけてあげるね……」

エンジンがかかり、車が動き出す。

この瞬間、私は、ふいに別の時空と繋がるような、奇妙な感覚を味わった。

そう、私はこのエンジン音を知っている。そういえば、この座席も知っている。こんなふうに、シートに寝かされたことがある。

どうして？　お母さんが乗ってた車は、もっと小さい軽自動車だった。私は助手席に乗るのが好きだったから、こんなふうに後ろに寝そべることなんてなかった。お母さんが事故に遭ったあと、お父さんはもう自動車は買わなかった。私も車って怖いって思ってたから、これまではほとんど、バスにも乗らない生活をしてきた。

　なのに、なんで？

　この埃っぽい臭い、ざらざらしたシートの感触。確かに覚えてる。

　それと、恐怖。

　私は前にここに乗せられたときも、今みたいに、怖い思いをしたんじゃないだろうか。

　今みたいに、連れ去られた？

　なぜ。一体、誰に――あ、史奈ちゃん。

　そう、私はこの座席で、泣きながら彼女の名前を呼んだ。ドアを開けようとしたけれど、知らない車だからどうやっていいか分からなかったし、すごく暗かったし、私がスイッチを弄ろうとすると、何度も何度も、ジャカッ、ジャカッて、ロックがかかる音がしたから、怖くなって、ドアから離れたんだ。

　ごめんね、ごめんねって、泣きながら、誰かがいった。運転席から聞こえた、女の人の声――。

　そうだ。私をこの車に乗せたのは、女の人だった。若くはなかった。おばさんだった。でも、いつ？　私は直前まで、史奈ちゃんといた。もしかして、あの夏休み？　史奈ちゃんと最後に過ごした、あの夜？

お父さんは、いなかった。花火を買いに出ていった。そしたら、史奈ちゃんが泣き出した。私も、なんか急に不安になって、泣き出して。二人で鍵を開けて、外に出た。

確か、史奈ちゃんは家から出て、右に走り出した。史奈ちゃんのお母さんが、車で帰っていった方向だ。真っ暗なのに、史奈ちゃん、どんどん走っていっちゃって。私は追いかけながら、そっちじゃないって叫んだ。コンビニはあっちって、反対を指差しながら。

途中で怖くなったのか、正気を取り戻したのか、史奈ちゃんは坂を登りきったところで立ち止まった。その先にも道は真っ直ぐ続いていて、お母さんはいないんだって、分かったからなのかもしれない。

私も走るのをやめた。史奈ちゃん、戻ってきて、って、大きく手招きをした。

その、直後だ。

後ろから足音が近づいてきて、振り返ったら、ガシッて、腕ごと抱きかかえられて、持ち上げられた。なに？　って思ったけど、お腹を押さえられて苦しかったのと、走って息もあがってたのとで、すぐには声が出せなかった。

段々思い出してきた。それで私は、この車に乗せられたんだ。私の家からすぐのところにある小道に停まってた、この車に。

私を抱えたおばさんは、お願い、騒がないでって、繰り返した。私を後部座席に押し込んで、大人しくしてって、ちょっと怖い声でいった。それから、運転席に回って、自分も乗り込んで。私は、少しの間は大人しくしてたけど、でも、車が走り出したら、やっぱりこれは怖いことだ、このままじゃ大変なことになるって感じたから、後ろを向いて、窓から見える暗い風景に、史奈ちゃんの姿を捜した。ドアを開けようとしたけれど、上手くいかなくて、何度も何度もロックをかけられて。

あと——おばさんは、お腹に怪我をしているみたいだった。右手でハンドルを握って、左手でずっと脇腹を押さえていた。街灯の明かりが車内に射し込んで、おばさんの左手と、服の脇腹の辺りが見えたときがあった。血が出てるみたいだった。

私が怪我させちゃったのかなと思った。でも、抱えられたとき、私、そんなに暴れたかな。大人が怪我するほど、私、抵抗したかな。

ふいに男の声がして、私は現実に引き戻された。

「……携帯、持ってきたの？」

ほんとだ。ポケットで、バイブが作動してる。

「誰からかな……お父さんからかな」

いや、きっと鶴田さんだ。

「それとも、彼氏？……だったら嫌だな。僕がいない間に、別の男を好きになったりしちゃダメなんだよ、マミちゃん」

あ。私、ひょっとしてこの人の声にも、聞き覚えがある？

　でも、頭が痛い。思い出すのが怖い。

「誰なの。ねえ……ほら、またかかってきた。しつこい男だなぁ。ねえ、そいつとは、どこまでいったの。僕としたようなことも、そいつとしちゃったの？」

　私があなたと、何をしたっていうの。

「でも、ダメだからね。マミちゃんの初めては、この僕なんだから。それは確かなんだから。そして、僕がこうやって君の前に戻ってきたんだから。もうダメだよ……マミちゃんは、僕のもの。僕だけのもの。マミちゃんを可愛い可愛いしていいのは僕だけだし……それに、僕が全部食べちゃうから。マミちゃんを残さず、僕が食べちゃうんだから……もう、誰にも触らせないよ」

　食べるって、なに、この、耳のことをいってるの？

「マミちゃん……お返事してくださーい。聞こえてますかぁ。聞こえてたら、お返事くださーい」

　そんなこといわれたって、声なんて――。

「……まだ、ダメなの？……そう。ダメなんだ……」

　しばらく、男は黙った。

　車はすでに高速道路に乗っているようだった。料金所のようなところも通ったし、男が支払いをしているような様子もあった。

窓の上の方を、規則正しく並んだ街灯が行き過ぎていく。道はそこそこ空いているようだった。車は右に左に大きくカーブしながら、ビルとビルの間を走り抜けていく。

携帯は、依然私のポケットの中で震え続けている。あれだけの電気ショックを受けて、よく壊れなかったものだと思う。よかった。今は、これだけが頼りだ。これを使って何とか、鶴田さんに連絡をとらなきゃ。でも、どうしたらいいんだろう。この車中で何かしたらすぐに止められてしまうに違いない。かといって、どこかに連れ込まれてからでは手遅れになる。

ああ、なんでだろう。急に、史奈ちゃんの顔が思い浮かんできた。何か、一所懸命いってる。すごく、怖がってる。史奈ちゃんも、怖い思いしたの？　私と同じように、この人に、何かされちゃったの？

そう、私は見ている。怯えた史奈ちゃんに、裸の手が、薄汚れた細い腕が、伸びていく。何をいってるの、史奈ちゃん。何をそんなに怖がっているの。

私たちは一体、何をされたの。

大体は、分かる。もう子供じゃないんだから、覚えてなくても、この人がいってることがわけ分からなくても、それが何を意味しているのかくらいは分かる。そして、たぶん私は、覚えていないんじゃない。思い出したくなくて、記憶に蓋《ふた》をしているだけなんだ。

キリキリと頭が痛む。それに耐えながら、心の中で唱えてみる。

私は、子供の頃、この男に、抱かれたんだ——。

さっきの電気ショックに似た痛みが、こめかみの両側から刺し込んでくる。

私は、この男に、抱かれた——。

「んもぉーッ、ブーブーうるさいなァ。向こうに着いたら、ほんと捨てちゃうからねッ」

そう、この声にも、確かに聞き覚えがある。

私は、この男の声を、知っている。

——可愛いね……可愛いよ……すごく。

うん。ちょうど、そんなようなことをいわれた。

——ああ……いい匂いがする……。

胸や、脇の下、お腹の辺りに、男が顔をこすりつけてきた。あちこち舐《な》められた。体中がべとべとになって、その唾が乾いて、ものすごく臭かった。

——ずっとだよ。君は、ずっと……。ずっと、ここにいていいんだよ。ずっと僕と、こうやっていよう。

でも、そうはならなかった。私は、私は、

——騒がないでよ。静かに……。

口を、塞がれた？

——騒ぐなっていってるだろう……騒ぐなよ、頼むよ……。

息ができなくて、苦しくて、何もできなくなって。

そうだ。テレビがあった。画面には、その男と絡まり合う私の姿が映っていた。それと、窓。大きな掃き出しの窓。その窓ガラスの向こう、外の暗いところに、顔があった。どんな顔だったかは思い出せないけど、誰かがじっとこっちを見ていた。

誰？　私を見ているあなたは、誰？

懸命に見極めようとすればするほど、なぜだかまた、史奈ちゃんの顔が思い浮かんでくる。すごく怖い顔をしている。自分に伸びてくる手を、必死で払い除けようとしている。なに？　なんて叫んでるの？　でも、史奈ちゃんがいるのは、私が連れていかれた場所じゃない。もっと綺麗なところ。よく知っているところ。私の、家？　私の家の、廊下――。板張りで、壁が白くて、鏡がかかってて、突き当たりに、お母さんが好きだった、ブロンズ製の花瓶が置いてあって。

「うるさいっていってんだろッ、どうにかしろよッ」

そんなこといわれても、どうしようもない。今の私には。

ああ、でも、少し手は動くようになってきた。なんとかできないかな。携帯をポケットから出して、それを――どうしたらいいんだろう。鶴田さんに、いや、いっそ警察に電話して、助けてもらえないだろうか。

そういえば、ここってどの辺なんだろう。窓から見える風景は、もう東京って感じじゃなくなってきている。目だけを動かしてそれとなく確かめたけど、ビルはどこにも見えない。ただ暗い空が広がっているばかりで、今この瞬間は街灯すら見当たらない。

私、どこに、連れていかれるんだろう。

大きな大きな闇が、窓を覆ったまま動かなくなった。

一定のスピードで真っ直ぐ走っているらしく、車が動いていることすら、いつのまにか意識しづらくなっている。

数分おきに震える携帯電話だけが、相変わらず元気で。

でもそれも、

「うるさいっていってんだよッ」

男が、当てずっぽうでこっちに向けてきたスタンガンの一撃を喰らって、とうとう黙り込んだ。何しろ、体の向きが悪かった。ほぼ直撃だったから、今度こそ壊れてしまったに違いない。

私も、また壊れてしまった。指一本、動かせなくなった。

頭までイカれてしまったのか、妙なことばかりが思い浮かぶ。

おばさん、なんで私に、謝ってばかりいるの——？

車はいつのまにか、寂しげな田舎道を走っていた。道の脇には雑木林でもあるのか、夜空とは違った色の闇が窓に映るようになった。

これ、同じだ。私が連れ去られた、十四年前のあの夜と、まったく――。月もない、濁った色の雲に占められた夜空。私は泣きながら見上げ、お父さん、史奈ちゃんと、諦められずに呼び続けていた。お母さん、も少し交じっていたかもしれない。車はやがて、家屋が点在する開けた場所に入っていった。周りは低い山に囲まれていた。たぶん昼間見たら、辺りには田畑が広がっているのだろう。そんな感じの場所だった。

さらに車は緩やかな坂を上がり、一軒の家の前で停まった。明かりは点いてなくて、当時の私には幽霊屋敷みたいに見えた。

エンジンを切り、おばさんが車の前を回ってこっちにくる。後部座席のドアが開くと、土と草の匂いがする蒸れた空気が押し寄せてきた。

手を引っぱられた。私はイヤイヤをしたけれど、大人の力には敵わなかった。外に引きずり出されて、立たされた。

私はその幽霊屋敷に入れられるのかと思ったけど、そうではなかった。玄関の前を素通りして、裏手にある別の建物に連れていかれた。

大人しくしてね。こんばんは、って入っていって、お兄ちゃんのいうことを聞いてね。怖いことは何もないから。終わったら帰してあげるから、ここであったことは誰にもいわないでね。

私は、何がなんだか分からなかったけど、頷いておいた。そうしないと、怖いことをされるんだって、分かった気がしたから。

その建物には明かりが点いていた。大きな掃き出しの窓、その向かいには衝立があった。公衆便所みたいだなって、ちょっと思った。

おばさんは、衝立の手前で立ち止まった。そして、私を前に押し出した。自分でいって。自分から、こんばんはって、いって――。

いわれた通りにした。怖かったけど、泣きたかったけど、でもおばさんのいうことを聞かないと、もっと怖いことになる。そう納得しようとしていた。

こんばんは。そういって窓を開けると――。

そうだ。そこに、この男がいたんだ。しかもこの男って、私たちの通学路にときどき現われる、あの、変態――。

部屋の四方の壁は、本とビデオテープでほとんど埋め尽くされたような状態だった。ちょうど真ん中に布団が敷いてあって、そこに男は、胡座《あぐら》をかいて座っていた。

――本当に、遊びにきてくれたんだね。

もう、最初から意味が分からなかった。答えられずにいると、男は私に手招きをした。

これには、従った方がいいと私は判断した。

男は私に、布団まできて座るようにいった。それから、ビデオ撮ってもいい？　と訊いた。それにも答えられずにいると、男は、いいよねと勝手にいって、重たそうなビデオカメラを、さっきの掃き出し窓の手前に置いた。三脚とかはなくて、床に直接置いた。テレビと繋がっているらしく、画面には布団にぽつんと座る私の姿が映し出されていた。

戻ってきた男は、少しずつ私の体に触り始めた。嫌だっていったんだけど、でも聞いてくれなくて。抱き締められたり、口をつけられたり、匂いを嗅がれたり。そのうち、服を脱がされそうになって、それには抵抗したんだけど、でも結局、一枚一枚、私は少しずつ、裸にされていって――。

なんで泣いてるの、って訊かれた。分からないから、答えなかった。そしたら、私はいつのまにか、服を着せられていて、また車のシートに寝かされていた。男が、さあ降りてっていうから、その通りにしようとした。でも、体が上手く動かせなくて。そうしたら、強引に足を引っぱられて、引きずり出された。

あれ、また、あの幽霊屋敷の前だ。なんで？　どうしてまた、私をあの部屋に連れていこうとするの？　もう、終わったんじゃないの――。

私は、男に抱きかかえられるようにして、あの、公衆便所みたいな衝立のところまできた。なぜか部屋の明かりは消えていて、男はポケットから、鍵か何かを取り出そうとしていた。

そうしたら、声がした。

「……ミツル、あなた、またッ」

聞こえたのは後ろからだったけど、私は、振り返ることもできなかった。

「ちょっと……ママは引っ込んでてよ」

「よしなさい、その人を離しなさいッ」

「うるさいな、僕のマミちゃんに触らないでよ」

声の主と男は争いを始め、私はふいに、その場に放り出された。地べたに尻餅をついて、背中を何かにぶつけて、それに寄りかかるような姿勢で止まった。

男が争っている相手は、雰囲気はだいぶおばあさんになっているけれど、たぶん、あのおばさんだと思った。声でなんとなく分かった。でも、なんでそんなに年とっちゃったの。

そのうち、男がおばさんの顔をゲンコツで殴った。おばさんは私の前に倒れ、男はさらに、そのお腹に蹴りを見舞った。あんたが悪いんだ。あんたが悪いんだ。あんたがちゃんとしないから、僕はこんなふうになっちゃったんだ。それでも僕は、あんたのせいにはしなかったろ。警察でも、裁判でも、あんたのことは何もいわなかったろ。だから、もういいだろ。もう、僕は僕の思う通りにやるんだよ——。

たくさん蹴られて、踏みつけられて、おばさんは動かなくなった。男は荒い息を繰り返しながら、しばらくおばさんの横に立っていたけれど、やがて、もう邪魔すんなよ、と吐き捨てて、私の方に向き直った。

「……ごめんね、マミちゃん。怪我しなかった？」

また私を抱えて、立たせようとする。

私はされるがまま、男がいざなうままに、再びあの部屋へと、連れ込まれた。

24

俺はあえて、芳賀の顔は見ずにいった。

「……私には、分かりましたよ。いま桐江さんがどういう状況にあるのか。どこにいこうとしているのか」

芳賀がこっちを向くのを、視界の端で意識する。

「どうしますか。私の意見を聞きますか。それとも、あとの解決はご自身でなさいますか」

列車は東京に近づき、すでに地下鉄のごとくトンネル内を走るようになっている。

駆け引きのネタはいくつかある。いま再び携帯で調べれば、桐江は両国からさらに千葉方面、一之江辺りに移動していることが確認できるだろう。しかし現状はこっちが地下で、逆にＧＰＳが使えない状況にある。少なくとも東京駅に着くまでは確認不可だ。ということは、芳賀には両国以後のヒントがないことになる。運転免許について尋ねてしまったのは俺の勇み足だった。ただ、芳賀がそれらを繋ぎ合わせて冷静に答えを導き出せる精神状態にあるかというと、とてもそうは思えない。

勝負は東京駅に着くまで、か。

「どうしますか。あなたが、もう私と行動を共にしたくないというのであれば、それでもけっこうです。私一人でも、桐江さんを救出に向かいます。私一人で上手くいくかどうかは分かりませんが、でもそうする他ない……しかし、芳賀さんが少しでも私と協力して事に当たるお気持ちがあるのならば……真実を、話してください。今のままでは、私もあなたと行動を共にすることはできない。あなたを……信用できない」

窓を見ると、芳賀の苦りきった横顔が映っている。

列車は今、八丁堀《はっちょうぼり》駅を通過したところだ。

「……適当に私のあとを付いてこようとしても無駄ですよ。東京駅の構内は複雑です。あなたを撒くくらい、私には雑作《ぞうさ》もないことです」

芳賀が目を閉じる。もうすぐ落ちる。そう予感した。

まもなく終点の東京駅に到着する旨のアナウンスが流れる。遠く前方に座っていた何組かの乗客が立ち上がり、荷物棚に手を伸ばし始める。お忘れ物をなさいませぬよう、とのアナウンスが続く。

芳賀は黙っていた。落ちそうで落ちない。辛抱強く片手でぶら下がっている。そんな状態だ。もう一手か二手必要なのだろうか。それとも気持ちが折れ、手の力も尽き、自然と俺の手の内に落ちてくるのを待つべきか。

列車は徐々にスピードを落としながらホームに入っていく。普段ならもう立ち上がって出口に向かうタイミングだが、どうすべきか。俺も迷っていた。

すでに、ホームに立つ人の顔まで見分けられるほどスピードは落ちている。

あんたも落ちてくれ。俺は心の内で祈るようにいい、座席から腰を浮かせた。

「じゃあ、私は、いきます」

すると、

「……鶴田さん」

ようやく芳賀は顔を上げ、左手で俺の上着の袖に触れた。

「すべて、お話しします……ですから、どうか……」

ほっと安堵の息を吐きたいのを堪《こら》え、俺は頷いてみせた。

さあと促すと、芳賀も頷き、座席から立った。

芳賀には手短に伝えた。

桐江はおそらく、稲垣に拉致《らち》されている。たぶん車で、大久保に向かっている。芳賀は顔を蒼くしていたが、そんなことにかまっている暇はなかった。俺はホームに降りてすぐ、携帯でダイヤを調べた。

同じ特急で折り返すとすると、十九時三十分発、木更津着は二十時二十七分。だが京葉線快速なら十九時十分発、着は二十時二十二分。若干だがこっちの方が速い。ただ、今からいって間に合うか。

「芳賀さん、急ぎましょう」

走ったら、なんとか十分発の快速に間に合った。

この列車もだいぶ空いていて、後部車両の方に移動すると、周囲に人気のない席を確保することができた。

木更津までは十数駅、時間は一時間以上ある。

俺は急かさず、芳賀から話し始めるのを待った。

ようやく心が決まったか、芳賀はふた駅ほど過ぎた辺りで口を開いた。

「……お察しの通り……あの映像に映っていたのは、桐江です。あなたにも、当時警察にも、連れ去られたのは史奈ちゃんだとお伝えしましたが、実際に連れ去られたのは、史奈ちゃんではなく、桐江でした……」

まったく状況が摑めなかったが、ここは頷くに止めておく。

「史奈ちゃんが泊まりにきて、花火をして、私が買い足しに出かけたのは本当です。急いで戻って、でも玄関の鍵が開いていて、子供たちの姿がなかったのも本当です。……私は焦って、懐中電灯を片手に、自転車で捜しに出ました。周囲をまずぐるっと捜すと、ちょうど家のある区画の裏手の道に、うずくまって泣いている史奈ちゃんを見つけました……彼女は、桐江が何者かに、車で連れ去られたことを教えてくれました。黒っぽい車というだけで、なんの手がかりにもなりませんでしたが……私はとりあえず、史奈ちゃんを家に連れ帰って、絶対に外に出ては駄目だと言い聞かせて、再び桐江を捜しに出ました……ああ、史奈ちゃんは、桐江を連れていったのは女の人だったともいっていました」

ものの本によると、この目撃証言は史奈ではなく、桐江がしたことになっている。それがのちの捜査を混乱させたという、ありがたくない評価と共に。

「警察に連絡することも、むろん考えはしました。……ですが、この時点ですでに、私の頭の中には稲垣のことがありました」

は？

「なぜですか……まだ、なんの情報も」

芳賀はかぶりを振った。

「私は、もともとは郵便局員です。東京のような都会ではどうだか知りませんが、あれくらいの田舎だと、郵便局員というのはそれなりに地域の人たちと交流があるものです。一軒一軒の家族の事情や、周辺の人間関係にも、ある程度は通じています。あの……稲垣の家にいく途中にあった、車のことを教えてくれたご家族のことも、実はよく知っています。

あちらは私のことを、覚えてはいないようでしたが……まあ、それは無理もありません。当時の私は制服姿でしたし、常に帽子もかぶっていましたから」

十数年前になるであろう、芳賀の郵便局員としての姿を、ぼんやりと思い浮かべる。

「ゆうちょの勧誘とか、年賀葉書の注文取りとか……いろいろね、そういう、配達以外の仕事もしました……そんな中で、稲垣の噂は自然と耳に入ってきました。小学生を追い回したり、ビデオを撮影しようとしたり……あの、薄井さんという方がお話しくださったようなことですよ。あれより、もうちょっとタチが悪いというか……学校帰りの子供を雑木林に連れ込んで、何百円かお金を渡して、下着を脱がせて下半身を撮影したとか、直接触ったとか……そういう噂まで聞きました。同じ小学校に桐江も通う予定だったし、通学するにはどうしても稲垣の家の前を通らなければいけなかったので、それについてはずっと心配していました」

あのタクシーで通った道を、道草をしながら歩く小学生。それを雑木林の中から、息をひそめて見つめる、稲垣満――。

「むろん、届けるものがあれば、稲垣の家にも直接いきました。小包をよく、届けにいきました。大半は満の、通販だかなんだか知りませんが、ビデオとか、書籍だったのだと思います。ある時期は、ほとんど毎日でした。母親がいるときは母親に渡しますが、留守のときだってあります。そういうときは、裏手の離れに回りました。奴は昼間から、あの……部屋の真ん中に敷いた、布団に寝そべって、テレビを見ながら……自慰に、耽《ふけ》っていました……あるとき私が、知らずに窓から覗いてしまい、向こうも、見られたと思ったのでしょう……慌ててズボンを上げて出てきて、えらい剣幕で咎《とが》められました。荷物を渡そうとすると、いきなり引ったくって、サインにも押印にも応じない。それで悶着《もんちゃく》になっているところに、母親が帰ってきて……」

ひと息つくように、列車が駅に停まる。

「私と奴の間に割って入り……そんなことは、一度や二度じゃありませんでした。ときには、私が母親と奴の諍《いさか》いの場面に遭遇することもありました……諍い、というか、奴が一方的に母親を罵《ののし》ったり、暴力を振るったりという感じでしたが。……あるときなんて、玄関を開けっ放しにして、入ってすぐのところで、奴が財布から金を抜き取ろうとしていて、母親が、それを背後からしがみついて阻止しようとしていました。私に気づいて、母親がハッとなった瞬間に、奴は札を抜きとって玄関から飛び出し、離れへ駆けていきました。母親は、バツが悪そうにしていました。そうしたら、すぐに奴が戻ってきました。玄関口にいた私を突き飛ばして、自分のサンダルを履いて……バカッ、と私に怒鳴って、また離れの方に……奴の口調は激しいですが、内容は非常に子供っぽい。母親のことも、どんなに怒り狂っていても、常に〝ママ〟と呼んでいました……それがかえって不気味で、また印象的でもありました」

久子に対する、満の暴力。父親である正英はそれをどれくらい把握し、どう考えていたのだろうか。気にはなったが、おそらく芳賀もそこまでは知らないだろうと思い、尋ねるのは控えた。

「でも、よくそれと史奈ちゃんの話だけで、ピンときましたね」

「いいえ、それだけではなくて……桐江自身、小学校に通うようになって、満らしき人物を目撃したり、話しかけられそうになったりしたと、私に報告していました。学校側もいろいろ対処しようとはしてくれていました。名札は基本的に学校に置いておいて、登校してから付け、また外してから下校する、とか。ボランティアの人に、登下校時に道に立っていてもらう、とか。ただ、何しろ田舎ですから。二、三十分歩いて登校してくる子だってたくさんいるんです。それを完全に警備することは、たとえ本気になってくれたとしても、警察にだって無理だったと思います。そういった意味では、あの男の異常行動を完全に抑止することは、我々にはできませんでした。むろん、警察はことが起こってからでなくては動いてくれませんしね」

確かに。小学生の登下校を警察に警備させるのは、どう考えても無理だ。

「そういった事情で、芳賀さんは、稲垣の存在を意識していたと」

「ええ……まさか、そこまで桐江が、個人的に狙われているなんて、知りもしませんでした」

どういう意味だ。

「……個人的に、狙われたんですか？」

芳賀は曖昧に頷いた。

「と、思います……何しろ、裁判では真実が明らかにならなかったですし、私は発言する立場にはありませんでしたから、確認したわけではないんですが、おそらく……桐江をさらったのは、あの母親です。史奈ちゃんは、絶対に女の人だったといいました。声も聞いたといっていましたから、そうなのだと思います。満があの母親を脅して、桐江を連れてこさせた。ひょっとしたら、事件のもっと前から、下調べくらいはしていたのかもしれない……じゃないと、偶然私がいないときに、家から出てきた桐江を拉致するなんて、話が上手過ぎますからね」

そういわれてみれば、そうかもしれない。

「それで芳賀さんは、稲垣の家に向かったんですか」

「ええ。一刻を争う事態だと思ったので……それで、稲垣の家に着いてみると、母屋にも、離れにも明かりがある。様子を窺っていると、離れの方から泣き声が聞こえてきた。桐江ではなくて、大人のです……おそらく、母親だったのだと思います……でも内部の様子を探るには、もっと近づかなければならない。あそこには、衝立がありまして。それが邪魔で、中がよく見えなくて……そんなこんなしていたら、ふいに満が現われたんです。離れの裏手から……もう、そっちは雑木林の真っ暗闇です。何をしてきたのか……考えるのも恐ろしく、私は稲垣が部屋に入るのを待って、離れに近づいて、さらに様子を窺いました……それで、聞いたんです。山に、捨ててきたという、奴の言葉を」

まるで、自分もその場にいるかのように、克明に場面が思い浮かぶ。離れの明かりに照らされた、芳賀の横顔。裸に近い恰好の稲垣満。床に伏して泣く久子。すでにそこに、桐江の姿はない。

「私は、忍び足で、雑木林の方に向かいました。一歩ずつ、斜面を登って……離れの様子に注意しながら、途中で私は懐中電灯を点けました。折れた枝や、雑草に覆われた地面に明かりを向け、ときには周囲に巡らせて……悪い夢を、見ているようでした。自分は何をしているんだ。なんでこんな場所で、何を捜しているんだ……そんなことを思いながら、何度も何度もつまずきながら、歩き回りました……そして、見つけたんです……子供の、白い、爪先を……埋めてある、という感じではありませんでした。そこに置いて、辺りにあった草とか、枝とかで、適当に隠しただけのように見えました。夜だったから、発見には時間がかかりましたけど、昼だったら、もしかしたら一目瞭然《りょうぜん》だったかもしれない」

　俺は、音を立てて唾を飲み込んだ。

「……それで？」

「それで……もちろん、上に載っているものを払ってどけると……桐江、でした……裸のまま、土に汚れた、桐江でした……顔は、真っ黒でした。おそらく、耳からの出血だったのだと思います……もう私も、何がなんだか……でも、まだ温かかった。死んでいるとは思いたくなかったし、汚れているだけで、実際私には、桐江が、生きているように見えたんです……桐江、桐江って、耳元で呼びかけながら、頬を叩いたり、胸を叩いたり……心臓の音も聞いてみました。何しろ、自分自身の動悸が激しくて、どっちの心音だかもよく分からなかったのですが、でも、聞こえた気がしたんです。桐江の胸から、鼓動が聞こえてくる……私は桐江を抱き起こして、とりあえずＴシャツを脱いで、それに桐江を包みました。奴らに感づかれないように斜面を下りて、敷地から出ると、走り出しました。坂の途中……あの、鶴田さんが稲垣の家に聞き込みにいっているときに、私が隠れていた辺りですよ。あの辺に停めておいた自転車にまたがって……荷台に巻いてあったロープを、負《お》ぶい紐《ひも》の要領で体に巻きつけて、桐江を固定して、それで走り始めました」

　芳賀が深く息を吐き出す。

「……振動で、意識が戻ったのでしょうか、桐江は私の背中で、嘔吐《おうと》しました。私はその、吐き出す力と、生温かさと、臭いと……すべてが愛《いと》おしかった。生きててくれてよかった……そういう思いが、一番でした」

「でも、芳賀さん。なぜその場から警察に通報しなかったんです？　救急車でもいい。助けを呼ぶ方が……」

芳賀は、険しい目で俺を一瞥《いちべつ》した。

「……お若いあなたには、分からないでしょうね……一人娘を、あんなふうにされた、男親の気持ちなんて」

そう、か。

「稲垣は、地域でも有名な変態です。そんな男に、あんな……その後の状況や、警察の捜査とか、そんなことまで頭にあったわけではありません。ただ……なかったことにしたかった。こんなことは、その夜のことは、すべてなかったことに……自分から警察に通報して、事を公にするなんて……桐江の受けた傷を思ったら、そんな判断は、少なくともあのときの私にはできなかった。そんなことをしたら、この子の人生がどうなってしまうか……そんな重大なことまで、瞬時に判断することはできませんでした。……とにかく、この悪夢から逃れたい。なかったことにして忘れたい。すべては悪い夢だった。桐江にとっても、私にとっても……そういうことに、したかったんです」

分からなくはない。がしかし、納得もできない。

「忘れて……稲垣のことは、そのまま放置するつもりだったんですか。被害については、泣き寝入りですか」

「ですから……そんなことまでは考えられませんでした。とにかく、生きていた桐江を、もと通り、綺麗にしてやりたい……それしか考えてなかったとしか、いいようがありません……」

　そうとしかいいようがないのでは、こっちもこれ以上訊きようがない。

「分かりました……じゃあ、その後はどうされたんですか。桐江さんは助かった。家に連れ帰った……でも結局、今度は史奈ちゃんが被害に遭うことになった。それは、どういった経緯だったんですか」

　快速電車の、長いベンチシート。

　芳賀は向かいの窓に目を向けたまま黙っている。

「芳賀さん。その後、何があったんですか」

　何度か繰り返して訊くと、芳賀は視線を膝の辺りに落とし、一往復、首を横に振った。

「……私にいえるのは、ここまでです。桐江を助けにいくのに、これ以上の説明は不要でしょう」

　ちょっと待ってくれ。

「芳賀さん、それはないでしょう。今の話じゃ、まだ稲垣の事件の全貌は……」

「桐江の事件については、今お話ししたのですべてです。そもそものあなたの質問は、なぜあんな目に遭った桐江が生きているのか、ではなかったですか。だったらそれは、私が助け出したからです。稲垣は殺したと思ったかもしれないが、実際にはまだ息があった。それを私が見つけて助け、連れ帰った……そういうことです。納得できないといわれても、真実はそうです。これ以上私に説明責任はないです」

芳賀はまた携帯を出して検索を始めた。

すると、見る見るその表情が強張っていく。

「……あれ……おかしいな……」

「どうしました」

「検索……できない……まただ。見つからない、って……」

なに――。

25

桐江の動向が確認できない不安は、むろんあった。だが、稲垣が桐江を拉致しているという推測が当たっているならば、やはり向かうべき場所は稲垣の家、それしか考えられなかった。

いくら大久保が田舎だといっても、車で少し走ればラブホテルの一つや二つはある。しかし桐江は、決して同意の上で稲垣と行動を共にするのではない。薬か何かで半ば自由を奪われて、自らの意思に反して連れ込まれるのだ。ホテルにはフロントだって、下手をすれば他の客の目だってある。意識の朦朧《もうろう》とした女性を連れ込もうとすれば、少なくともホテル側の人間は不審に思うだろう。自分のホテルで事件が起こってほしいと思う経営者などいるまい。目撃すれば必ず声をかけるか、そうでなければ警察に通報するだろう。その程度の良心は絶対にある。今は、そう信じたい。

逆に稲垣は、そういった邪魔は望まないはず。奴にとって最も安全な場所は、自宅の離れ。十四年前がそうであったように、稲垣は今回も必ず、桐江を自宅に連れ込む。そうに違いない。

芳賀は相変わらず、携帯で桐江の居場所を検索している。だが先ほどまでとは打って変わり、応答は一切ないようだった。

ひどく長く感じられる乗車時間だった。

窓の外は闇。今朝見たとき、この辺りには確か田畑が広がっていたはずだが、いま見えるのは車内の明かりが漏れる線路脇、ほんの数メートルの風景だけ。背後に飛び去っていく鉄柱と、白茶けた雑草に覆われた地面と、ときおり踏み切り。その先は何も存在しない虚無であるかのようだ。

京葉線快速として乗ったこの列車は、蘇我で内房線に直通し、そのまま君津に向かう。いま蘇我の次の浜野《はまの》駅を出たところだから、木更津までの停車駅はあと五つかそこらだ。

「芳賀さん」

そう俺が呼びかけると、芳賀は半ば朦朧とした様子でこっちに顔を向けた。

「……はい」

「今日は、例の……武器は、お持ちなんでしょうか」

芳賀はゆるくかぶりを振った。

「まさか、こんなことになるとは、思っていなかったので……持ってきませんでした」

そうか。ということは、我々は徒手空拳で稲垣の家に乗り込まねばならないわけか。こういうときこそ、手に何かあるとよかったのだが。

八幡宿《やわたじゅく》、五井《ごい》――。さして大きくもない駅に、一つひとつ停まらざるを得ない現状がもどかしい。

姉《あね》ケ《が》崎《さき》、長浦《ながうら》――。列車の中を走ってでも先を急ぎたい気持ちというのは、こういうことをいうのだろう。これまでも、決して自分の思うようにならない列車の動きを苛立たしく思ったことはあったが、今回は何せ人の命がかかっている。この焦りは、かつてのどんな場面のそれとも比べ物にならない。

袖《そで》ケ《が》浦《うら》――。ここを出て、次の巌根《いわね》を通過したら次は木更津だ。

芳賀に、前もって階段近くのドアまでいっておこうと提案し、真ん中辺りの車両まで移動した。芳賀は少しの揺れでも吊り革を掴み、下手をすると空いている席に倒れ込んでしまいそうなほど足取りがおぼつかない。

それでも、なんとか中央付近の車両までたどり着いた。

木更津駅に着くと、列車はドンピシャ、俺たちが階段下にくる位置で停止した。

勢いよくエアーが抜け、ドアが開く。

俺は無言で飛び降り、階段を駆け上がった。

芳賀の足音はちゃんとついてきていた。あまり急かして転げ落ちられても困るが、幸いそのようなこともなく、改札まで上りきった。

精算を済ませ、今度は階段を駆け下りて東口に出る。ロータリーにある客待ちのタクシーは三台。手を上げると、すぐに先頭車両の後部ドアが開いた。

あとからきた芳賀を先に押し込み、続いて俺も乗り込む。

「大久保、急いでッ」

運転手の返事が心なしか無愛想に聞こえたが、そんなことにかまっている余裕はない。

しかし。日中と夜の違いこそあれ、まさか一日に二度、同じ道程をたどるとは思ってもみなかった。

駅から国道に出るまでは、そこそこ店舗の明かりがあった。国道に出たら出たで、今度は規則正しく並ぶ街灯が、行く先を照らしてくれた。

だが、二つほどバイパスを過ぎるとまた急に暗くなった。彼方に黒い山の影が見え、それが稲垣の、底知れぬ悪意の表われであるように感じられてならない。

「……大久保の、どの辺ですか」

それには芳賀が答えた。運転手はその指示に従い、中央病院前を過ぎた辺りで左に進路をとった。

するともう、周りは完全な闇。ヘッドライトが照らす範囲にしか景色は存在しなくなった。

車は芳賀の指示通り、闇間を縫って進んでいく。

やがて、昼間降りた辺りを過ぎ、

「そこを左に」

あの、青い屋根瓦の家に向かう道へと入った。

「もう少しいった辺りで……はい、ここで」

俺はあらかじめ用意していた三千円を、釣《つり》はいらないといって運転手に渡し、ドアが開くや否や飛び出し、そのまま地面を蹴って坂を上り始めた。

見上げると、稲垣宅の母屋には明かりがあるのか、その前に停まっている乗用車の影らしきものが目に入った。

「芳賀さん、稲垣、帰ってますよ」

芳賀の返事はなかった。

なんとか坂を上りきると、母屋の左奥、離れにも明かりがあるのが見えた。

俺は無言で指差し、離れの方に足を向けた。

左手は荒れ果てた空き地、右手は朽《く》ちかけた母屋の壁。

離れの、掃き出し窓の前には例の衝立。蛍光灯の明かりが皓々《こうこう》とそれを照らしている。

「……イヤッ」

こもった、だが悲鳴のように尖った声が聞こえた。

桐江か。

「やめて……お願いよ、満ッ」

叫ぶような、吼《ほ》えるような、それでいてすがるような女の声。久子か。昼間、玄関のガラス越しに聞いたそれとはまるで別人のようだ。

「うるさいんだよママはッ」

鈍く重たい音が離れに響き、窓ガラスに大きく影が踊った。

事そこまで至って、ようやく俺たちは掃き出し窓の前にたどり着いた。

例の写真よりはだいぶ物の少なくなった部屋。それでも四方には段ボール箱が積み上げられ、畳の露出面積をせまくしている。

そんな部屋の中央。すでに灰色にまで汚れた布団の上に、桐江は尻餅をついていた。ニットが大きくずり落ち、肩が露わになっていたが、服はまだ脱がされていなかった。ジーパンも穿いている。表情は、乱れた髪に隠れてよく見えない。両手をかざし、稲垣の接近を少しでも阻《はば》もうとしている。

初めて見る稲垣満は、嗤《わら》っていた。顔面の皮膚が上下に引き攣り、今にも裂け、別の魔物の顔がそこに露見しそうな、狂気の笑み――。

俺は即座に、掃き出し窓を開けようと取っ手に指をかけた。だが、ほんの数ミリ動いただけで開かない。窓のすぐ向こうには久子らしき女の背中がある。寄りかかるようにしてガラス戸を圧《お》している。

「おい、どけッ、開けろ、おいッ」

俺は叩きながら怒鳴った。

ガラス戸は二枚。半分から下は柄の入った曇りガラス。右側は久子が、左側は、やはり積み上げられた箱のようなものが塞いでいる。ひょっとしたら、その箱が押されて、心張り棒のようにつかえてしまっているのかもしれない。

稲垣がこっちを向いた。狂った笑みが静止し、瞬く間に、別の禍々《まがまが》しい色がそこに表出する。顔面にある毛穴のすべてから、今にも血を噴き出しそうな怒りの色だ。

と同時に、すぐそこにいた久子が動き出した。ごろりと体を反転させ、窓ガラスを這うように登ってくる。やがて曇りガラスの上、透き通った部分に顔を出す。

化け物だった。顔全体がいくつもの瘤《こぶ》の集合体になっている。色もすでに人のそれではない。それでも、俺たちに助けを求めていることは分かった。傷んだ桃のように茶色く膨らんだ瞼から涙を流し、切れて腫《は》れ上がった唇から血を流し、助けて――そのひと言を搾《しぼ》り出そうと、必死で下顎を動かしている。

俺はもう一度ガラス戸に手をかけた。数ミリできた隙間に指をこじ入れ、渾身の力で左に引っぱった。むろん芳賀もだ。俺の手の少し上にやはり指をこじ入れ、全力で押し開けようと試みる。

指先の痛みと、集中とで、俺は一瞬目をつぶってしまった。

だが、芳賀の短い悲鳴で目を開けた。

「あッ」

俺も、思わず声をあげた。

久子の背後に、稲垣が迫ってきていた。

大きなものを振り上げているが、逆光で影になり、それが何かは分からない。

「おい、やめろ……」

そういったのは俺だったか、芳賀だったか。

それでも、稲垣はやめなかった。

物体を、大きな落差をもって振り下ろす。

「やめろォォーッ」

頭蓋骨《ずがいこつ》のひしゃげる音。肉の潰れる音。プラスチックが砕け、鉄板が折れる音。変形する久子の頭部。膨らんだ瞼から飛び出た眼球。脳天から血を噴き出し、窓ガラスに張りつきながら崩れ落ちていく、体――。

稲垣が、久子の頭に叩きつけたのは、旧式のビデオカメラだった。ＶＨＳテープを使用する、大型のレンズが搭載されている、十数年前の高級モデル。

芳賀が、吼えた――。

俺も叫びながら、ガラス戸を蹴飛ばした。

曇りガラスとを隔てている真ん中の桟《さん》を狙って蹴ると、上下ともガラスは砕け、下から力を失った久子の体がこぼれ落ちてきた。とにかく、まず彼女を引っ張り出した。

「稲垣……キサマッ」

芳賀は怒声をあげながら、力任せに歪んだガラス戸の枠を取りはずした。稲垣はビデオカメラをその場に取り落とし、急に怯えた表情で頭を抱え、その場にうずくまった。

芳賀ははずした枠を横に投げ捨て、土足のまま部屋に上がり、丸くなった稲垣の背中に馬乗りになり、拳を振るった。右、左、右、左。横から顔面を、脇腹を、真上から後頭部を、背中を、自らの拳も壊れよとばかりに乱打する。ガラスで手を切ったのか、振りかぶるたび、辺りに血が飛び散る。

俺も一瞬遅れて部屋に上がった。まずは桐江の救出が最優先だ。

乱闘を演じる芳賀と稲垣のすぐ横を通って、中央の布団までいく。

桐江は目を見開き、口を絶叫の形に開いたまま、固まっていた。

それは皮肉にも、先の稲垣の狂気が憑依《ひょうい》してしまったかのような顔つきだった。

もう大丈夫だよ。

俺は、そういおうとした。

しかし――。

26

私は悪夢の部屋に連れ込まれ、異臭を放つシミだらけの布団に押し倒された。

男が覆いかぶさってくる。むろん抵抗はした。車の中で受けた二度目の電気ショックからも、もうだいぶ回復していたから。

「ほら、早く……どうして、どうして嫌がるの、マミちゃんッ」

ニットを引っぱられた。脚を抱えられそうになった。でも必死で男の手を払った。蹴飛ばしもした。

そんなふうにしているうちに、おばさんが窓から入ってきた。

「お願い、ミツル……もうやめて……」

その顔を見た瞬間、私は悲鳴をあげそうになった。

お化け――。

でも、なぜだろう。そのひと言が、私の頭の中でこだまする。繰り返し響いて、脳に無数の亀裂が走って、視界が緑に、紫に点滅する。

お化け。史奈ちゃん——？

「ママ、いい加減にしてよッ」

男が拳を振るう。おばさんの赤黒く腫れ上がった顔が、また大きく歪む。

「……僕は、ずっとここにいてくれるように、お嫁さんになってくれるように、この子を説得してこいっていったじゃないか。それをあんたが、中途半端にしかできなかったから、あんなことになっちゃったんじゃないか。だから、もういいよ。もう僕が自分でやるよ。もう、ちゃんと自分でできるから、ママはそこで見てればいいんだよッ」

「違う……違うのよ、ミツル」

「違くないんだってば、もォ」

延々二人は、そんなやりとりを繰り返していた。

男が向き直り、私に手をかけようとすると、おばさんが後ろからしがみつく。男はそれを振り払い、殴りつけ、おばさんが動かなくなったら、また私の方にくる。でも私が抵抗しているうちに、おばさんは意識を取り戻して、しがみついて——。

何度目だったろうか。殴り倒されたおばさんが窓につかまって立とうとし、偶然にもそれで窓が閉まってしまった。退路を塞がれ、外界から隔離され、また私は、十四年前のあの夜の、まだ八歳だった小さな自分を、追体験するような感覚に見舞われた。

いや、いや、やめて――。

男はせっせとビデオカメラを用意している。

大人になったマミちゃんを、これで撮りますからね。

テレビに映し出される私。子供じゃない、大人になった私も、またこの男に――いや、いやだ――。

知らぬまに悲鳴をあげていた。喉の粘膜が破けて、流れ出た血が逆流して、それでも自分では止められない、叫び。男は、静かにしてって怒鳴った。黙ってって、私をぶった。それでも私は叫ぶことをやめられなかった。やがて男は私の口を塞いだ。ちょうど、あの夜と同じように。

「マミちゃん。そんなに分からず屋だと、また魔法をかけなくちゃいけなくなっちゃうよッ」

男はポケットからスタンガンを出し、私に向けた。だが、そこにおばさんが突進してきて、男に抱きついた。

「んもォォーッ、ママァァーッ」

振り払われ、窓の方に転がっていくおばさん。

私にかぶさろうとする男。

「イヤッ」

それでも這ってきて、男の脚にすがりつくおばさん。

「やめて……お願いよ、ミツルッ」

「うるさいんだよママはッ」

蹴飛ばされ、踏みつけられ、投げ捨てられ。おばさんは窓の脇に積まれた荷物に叩きつけられ、さらに男のビンタを喰らって倒れ、動かなくなった。

「……僕は、マミちゃんだけいれば、それでいいの……」

そう、男が呟いたときだった。

「おい、どけッ、開けろ、おいッ」

窓の方から誰かの声が聞こえた。見ると、知った顔が、二つ。

お父さんに、鶴田さん？

二人は窓を開けて入ってこようとしていた。でもおばさんが寄りかかっているからか、簡単には開かないようだった。いや、おばさんが体を起こしても、まだ開かない。一緒になっておばさんも開けようとするけれど、何かが引っかかっているのか、窓はちっとも動かない。

すると――。

男が、何かを床から抱えて、立ち上がった。

やめて。その私の言葉は、声にはならなかった。

男が持ち上げたのは、大きな、重たそうな、ビデオカメラ。

外でも、鶴田さんが「やめろ」って叫んでる。

「うぅぅれぇぇあぁぁーッ」

でも、誰もその動きを止められなかった。

ビデオカメラが、おばさんの脳天に振り下ろされる。

グシャッ、と、人の頭の潰れる音がした。

目を覆いたくなる光景。

噴き出す血。垂れ下がる、髪の生えた皮膚。

それだというのに、私は目を逸らすことも、つぶることもできずにいた。

あまりにも、それとよく似た光景を、見たことがあるから――。


私は、揺られていた。それが気持ち悪くて、何度も吐いたけれど、一向に気分はよくならなくて。げえげえと、空嘔吐《からえづき》ばかりを繰り返していた。

やがて、家に着いた。お父さんと暮らした、もっと前にはお母さんもいた、あの家だ。

私は、抱えられていた。お父さんに。もう大丈夫なんだって思った。悪い夢は終わったんだって、さっきまでのあれは、全部嘘だったんだって、思った。

お父さんは片手で鍵を開けて、ドアを開けて、私を抱いたまま中に入った。

玄関に上がると、真っ直ぐ、お父さんの寝室に向かった。昔はお母さんも寝ていた部屋だ。大きなベッドがあって、私はそこに横たえられた。お父さんは、明かりは点けなかった。

それはたぶん、お父さんが、泣いていたから。どうして、お父さんが泣くの。大人でしょ。男でしょ。泣いたらカッコ悪いよ。お母さんが死んじゃったときに、もう泣かないって約束したじゃない。駄目だよ。泣いちゃいけないんだよ。

すぐ綺麗にしてあげるからね。お父さんはそういって涙を拭い、私の頭を撫でて、部屋を出ていった。

私はぼんやりしながら、お父さんの出ていった、戸口の方に目を向けていた。半分くらい開いたドアの隙間から、明るい廊下の、白い壁紙が見えていた。

誰かの声がした。

桐江ちゃん、見つかったの？

史奈ちゃんだった。

うん、見つかったけど——。

声が詰まって、お父さんはそれ以上いえないみたいだった。

桐江ちゃん、死んじゃったの？

しばらくして、お父さんは答えた。

死んでなんていないよ。桐江は大丈夫だよ。史奈ちゃんは心配しなくていいから、お部屋に戻って、早くお休み。桐江は元気だから。明日、また一緒に遊ぼうね。

二人の気配が遠ざかっていく。

私の意識も、また遠くなりかけた。

次に私が目を開けたのは、確か、ドアが開いたからだったと思う。

史奈ちゃんの影が、そこにあった。

桐江ちゃん――。

そう呼ばれたから、返事をしようとした。でも、私の口から出てくるのは、げえげえという、空嘔吐の音ばかりで、いくらがんばっても、まともな言葉は一つも出てこなかった。

桐江ちゃん、じゃ、ないの？

桐江だよ、私、桐江だよ。どんなにそう答えようとしても、口から出てくるのは、げえ、げえ、げえげえ。

いや――。

そう漏らして、史奈ちゃんが後退りしていく。

待って、いかないで。そういってるつもりなのに、やっぱり出てくる声は、げえ、げえ。

体はだるかったけど、私は力を振り絞って、ベッドから這い出した。ちょっと転げ落ちたみたいになっちゃって、最初は四つん這いでしか動けなかったけど、でも、足の裏を床についたら、調子が戻ってくる感じもあって、なんとか、立ち上がることができた。

史奈ちゃん、待って。私、桐江だよ。大丈夫なんだよ。

床がやけにザラザラしていた。体の表面がごわごわしていて、あちこちが痛かった。

廊下に出ると、やけに眩《まぶ》しかった。

史奈ちゃんは戸口の少し左手にいた。

私は、待って、史奈ちゃん、いかないでって、手を伸べた。

でも、史奈ちゃんは涙を流しながら、怯えた目で私を見るばかりで、ちっとも近寄ってきてはくれなかった。

そのうち、史奈ちゃんは尻餅をついた。そのままの姿勢で、両手両足で床を掻くようにして、後退りで、私から離れていこうとする。

どうして、史奈ちゃん。私だよ、桐江だよ。どうして泣くの。何が嫌なの。

後退りの史奈ちゃんと、おぼつかない足取りの私。それでも、私の方が少しだけ速かったのか、ようやく史奈ちゃんに手が届きそうなところまできた。

廊下の壁に掛けられた、鏡の前だった。

私は史奈ちゃんに手を伸べた。

鏡の中の史奈ちゃんにも、二本の腕が伸びていく。

誰の手？　ドロドロに汚れた、枯れ草みたいなのが絡みついた、細い腕。

もう一歩進むと、体が見えるようになった。全部、同じだった。

泥に塗《まみ》れた、枯れ草の絡まった、汚れたTシャツ姿の、気持ち悪い女の子。髪もべちゃべちゃで、その中にある顔は、真っ黒で。片方だけ見えてる目は、白目が血走って、真っ赤になってて。その片目が、私を睨んでいた。怖くて、イヤイヤをすると、向こうもイヤイヤをした。

なに、これ、どういうこと——。

いつのまにか史奈ちゃんは、廊下の突き当たりまでいっちゃってた。待って史奈ちゃん、いかないでって追いかけたんだけど、史奈ちゃんはすごく怖がって。

それで、私に向かって、こういったんだ。

お化け。桐江ちゃんの、お化け——。

全身が、一瞬にして冷たくなった。

私、お化けなんかじゃないよ。

それでも口から出てくる言葉は、げえ、げえ。

いや、お化け、お化け。

違う、違うの。げえ、げえ。

こないで、お化け、こないで。

なんでそんなことというの、げえ、げえ。

お化けって、あの鏡に映ってた、あれのこと？　あれ、私なの？　私、あんなになっちゃったの？　史奈ちゃんは、可愛いままで、綺麗なままで、私だけが、あんなふうになっちゃったの？　言葉もいえない、沼から上がってきた、あの、ガマガエルの妖怪みたいなのが、私だっていうの？

ずるいよ。さっきまで、一緒に花火やってたじゃない。史奈ちゃんが泣いちゃって、家を飛び出して、それを追いかけたから私、あのおばさんに捕まっちゃったんじゃない。幽霊屋敷に連れていかれちゃったんじゃない。クサい男の人に裸にされて、体を舐められて、変なことといっぱいされて、痛いこともされて、耳を齧られたんじゃない。それで、こんな体になっちゃったんじゃない。

それなのに、

「お化け」

ひどいよ。

「んげえぇぇ……」

あ、花瓶——。

「お化け、あっちいって……」

だから、お化けじゃないんだってば。

「げば……げえぇぇ」

「お化けッ」

お化けじゃないんだよ、私は、桐江なんだよ。

「キャッ」

泣き腫らした史奈ちゃんの目が、真上を見上げる。淡くできた影が、次第に像を結び、史奈ちゃんの頭に落ちていく。

グシャッ、と聞こえて、史奈ちゃんの体が横向きに倒れる。

私は、げえげえと息を吐きながら、もう、何が悲しいのかも分からないのに泣きながら、もう一度、史奈ちゃんを花瓶で叩こうとしていた。

そうしたら、

「……桐江ッ」

後ろからきたお父さんに、止められた。

急にまた、気が遠くなった。

誰かの悲鳴と、ガラスの割れる音と、何かを叩く鈍い音。

ふと我に返り、辺りを見回した。

うずくまった男の背中に馬乗りになっているのは、お父さんだった。男を、拳で滅茶苦茶に殴りつけている。

戸がはずれた窓から入ってくるのは、鶴田さんだった。

私の手が触れている、硬い、黒い、四角いものは、男が取り落とした、スタンガンだった。

鶴田さんが、必死の形相で私に近づいてくる。

「……ンアッ」

無意識だった。何の考えもなく私は、スタンガンのスイッチを押しながら、それを鶴田さんに押しつけていた。

「おい、桐江ッ」

男を殴りつけていたお父さんもこっちを向いた。私が何をしたか分かったみたいだった。大きな手を伸べて、私からスタンガンを奪おうとする。

でも、駄目。

「アガッ」

鶴田さんに重なるように、お父さんも倒れた。

私は、うずくまったまま震えている男にも押しつけた。うぐぐぐって、男は唸りながら震えた。私は、かなり長い時間そうしていた。男はやがて横向きに倒れ、口から血の混じった泡を噴き出して、白目を剥いた。

私は一人、掃き出し窓に向かった。足の裏に何か刺さったけど、ちっとも、痛くない。

それよりも——。

そうか。史奈ちゃんが死んだのって、私のせいだったんだ。

私が、史奈ちゃんを殺しちゃってたんだ。

ごめんね、今まで忘れてて。思い出してあげられなくて。本当に、ごめんなさい。

でも、悲しかったんだ。子供だったけど、なんか、分かってたの。自分が、どうしようもなく穢《けが》れてしまったことは。それまでと、変わってしまったことは。鏡の中の化け物が自分だなんて、信じたくなかった。それを史奈ちゃんに、はっきり「お化け」っていわれちゃって、だから、余計にショックだったんだ。綺麗なままの史奈ちゃんが、真っ白な史奈ちゃんが、急に憎らしくなっちゃったんだ。

だからって、ブロンズの花瓶で殴ったりしたら、駄目だよね。殺しちゃうなんて、絶対に駄目だよね。今あの部屋で泡噴いて倒れてる変態男だって、私にいろいろ嫌なことはしたけど、でも、私を殺したわけじゃなかった。レイプはしたけど、殺しはしなかった。

お父さん、こういうことだったんだね。あの夏に起こったことって。穢れた私が、それを指摘されて、逆上して、史奈ちゃんを殺してしまった。そういうことだったんだね。

ずるいね、私。こんなに罪深いことをしておいて、のうのうと今まで生きてきたなんて。綺麗さっぱり忘れて、テレビが苦手な、貧血持ちの、ちょっと可哀想な女の子の振りをしていたなんて。

私、人殺しだったんだね。大の仲良しだった従姉を、殺しちゃってたんだね。

鶴田さん。そういうこと、だったんです。ごめんね、なんか、好きになったりして。私が触ったお弁当なんか食べさせちゃって、本当に、すみませんでした。でも、よかった。告白とかしないで。私なんかに告白されたら、一生、気持ち悪いよね。人殺しなんかに、好きですなんて、いわれたくないよね。怖いよね。なのに、わざわざ助けにきてもらっちゃって、すみませんでした。ご迷惑、おかけしました。

あと、直哉。これから、どうなるか分からないけど、新聞とか、あんまり見ないでね。テレビのニュースとかも、観ないでね。観たら、嫌な思いさせちゃうと思うから。自分が付き合ってたのが、人殺しだったなんて、こんな穢れた子だったなんて、知らない方がいいよ。知らないまま、忘れてください。私がどうなったかなんて、あとから気にしたり、しないでください。

それから、チカちゃん。いろいろありがとうね。もう心配かけることもなくなるけど、私の制服、あれは、捨ててね。それだけ、お願いね。

店長、森田さん。急に、月の途中ですけど、今まで私が働いてたこと、全部、なかったことにしてください。迷惑かけっぱなしでしたけど、お世話になりました。ありがとうございました。

それと、やっぱり、お父さん。今まで、全部、ありがとうございました。人殺しの娘で、ごめんなさい。なんにも知らないで生きてて、ごめんなさい。何度も助けてくれて、ありがとう。もう、迷惑かけませんから。心配もかけませんから。安心してください。

じゃあ。

さようなら——。

エピローグ

気絶まではしなかったが、しばらくは体の自由が利かなかった。

「……待て……桐江……」

それは芳賀も同じようで、二人して、日焼けとシミで変色した畳の上を這い回った。稲垣は白目を剝いて気絶していた。俺たちより格段に危険な状態に見えたが、助けてやる気には到底なれなかった。

転がっているうちに、なんとか出口にたどり着いた。

先に割った窓ガラスの破片でだろう。いつのまにか掌がざっくりと切れていた。膝にも血が滲んでいた。それでも俺は、なんとか外との段差を利用して地面に立った。

俺が向かいの衝立に摑まって呼吸を整えていると、あとから芳賀も同じ要領で出てきた。

「……桐江は……」

それは、俺にも分からなかった。

坂を下りて、表の道の方にいったのだろうか。

確かめにいこうと、衝立から手を放した途端、よろけて転んだ。重度の貧血とよく似た状態だった。思ったように四肢に力が入らない。起きようと思い、冷たい地面を両手で押しても、込めた力ほど上半身は浮き上がらない。

ようやく立ち上がっても、せいぜい泥酔状態の酔っ払いと変わらない有り様だった。逃げ出した桐江を追いかけるなど、とてもではないができそうにない。

桐江。君は、何を考えているんだ。

そんなことを、思ったときだった。

パパパパンッと、今さっき聞いたのと同じ破裂音が雑木林の方から聞こえた。だが振り向いたときにはすでに静まり返っており、何事もなかったように、黒い闇は押し黙っていた。

「桐江……」

よろけながらも、芳賀は歩き出した。つんのめり、地面に手をついても、決して止まらずに進んでいく。

俺も、芳賀に続いた。

外から見ただけでは分からなかったが、一歩中に入ると、雑木林の地面は予想外に急な斜面になっていた。だが、真っ直ぐ二本足で歩こうとするより、こっちの方がかえって好都合にも思えた。地面を這う木の根を摑み、まだ枯れていない雑草を握り締め、一歩一歩、自分の体を上に引き上げていく。

時間の感覚は麻痺していた。登りきるまでにかかったのが十分なのか、二十分なのか、見当もつかない。ただ、そのお陰なのか電気ショックの後遺症は和らいだ。上の平らな地面に立つ頃には、だいぶ体に力が戻っていた。

上下左右を見渡したが、真上に少しだけ灰色の空が見えるほかは、まさに漆黒の闇だった。周りは、ほぼ何も見えないに等しい。芳賀が近くにいることは気配で分かるが、その姿は輪郭すら確かには捉えられない。

残念ながら懐中電灯は持っていない。いや、でも携帯ならある。

「芳賀さん」

俺は自分の携帯を開いて、辺りを照らしてみた。こんなものでも、真の闇の中では大いに役立つ。

芳賀も真似て辺りを照らし始めた。青白い明かりを闇に巡らせ、木ではない何かを探す。

「あっ……」

そう漏らし、芳賀は右手に歩き始めた。俺もあとをついていった。携帯のバックライトはすぐ暗くなる。俺は何度もボタンを押して、明るさを保ちながら足元を照らして進んだ。

ふいに芳賀が立ち止まり、俺はその背中に軽く肩をぶつけた。

横に並ぶと、芳賀は、前に携帯をかざしたまま、ぽかんと口を開けて立ち竦《すく》んでいた。

俺もその方向に目を向けたが、間が悪いことにライトが消えた。

もう一度ボタンを押して、携帯を構え直す。

ぼんやりと闇に浮かんだのは、上半身が白っぽい、人影だった。木の幹を背にして、少し膝を曲げるようにして寄りかかっている。

桐江か。

だが、何かが不自然だった。

さらに目を凝らす。どうも、足に力が入っていないように見える。両手も、だらりと脇に垂れている。顔は、やや俯き加減。でもそのすぐ上には、わりと太い枝がある。天井につかえたように、首を前に曲げている。

「……桐江……」

芳賀が一歩踏み出す。俺も続く。

俯いた桐江の、顎の下。喉回りと、すぐ上の枝は、何か白っぽいもので繋がっている。

ベルトか――。

「桐江ッ」

すぐそばまでいった芳賀が、何か硬いものを踏む。枝などではない、もっと人工的な硬さ。携帯を向けてみた。スタンガンだった。

「桐江ェーッ」

芳賀が桐江の首に手を回す。枝と首とを、ひとまとめに括っているベルトをはずそうと躍起《やっき》になる。

「とれない、とれない……鶴田さん、手伝えよッ」

俺は頷き、携帯を持ったまま、同じ場所に手を伸べた。でも、桐江の体は思いのほか重くて。首と枝とを、ほとんど隙間なく絞めたベルトは、簡単にはゆるめられなくて。

「あっ、あっ、ああっ」

俺が、桐江を下から抱き上げるようにして、その体重を引き受けると、芳賀はようやく、ベルトをはずすことに成功した。

ぐったりと力の抜けた桐江の体を、芳賀は、綿でもすくうように俺から引き取り、そのまま、立ったまま、しばらく、抱き締めていた。

「……桐江……桐江……」

やがて、凍えた地面に横たえ、薄い胸を、両手で押し始める。

「はっ……はあっ……桐江……ああ……」

頷くように揺れる、桐江の顔。

俺は携帯のバックライトを何度も点け直して、桐江の目が開くのを待った。

「あ、アアッ、アアァァァーッ」

ずっと、待っていたんだ。

暗闇の中で、芳賀は語った。

「史奈ちゃんを殺したのは……桐江なんです」

にわかには信じられなかった。だが事情を聞けば、なんとなくだが理解はできた。つまり、稲垣に襲われ、帰宅後もショック状態にあった桐江が、何かのきっかけで錯乱し、史奈を、ブロンズ製の花瓶で殴打した。打ちどころが悪かったのか、史奈はその一撃で死に至った。

「じゃあ、その遺体を……」

芳賀が頷く気配があった。

「……私が、この場所に、遺棄したんです。稲垣は、桐江が死んだと思い込んでいる。それが史奈にすり替わったところで、変には思わないかもしれない……当初は、その程度の考えしかありませんでした。今から思うと、私も、狂っていたのだと思います。桐江があんな目に遭って、帰ったらすぐに、史奈ちゃんが死んで……頭には、桐江の将来を守ることしかありませんでした。あまりにも……浅はかでした。こんなことになるなんて……」

膝に抱いた桐江の頭を、そっと撫でる。

「十四年……不思議なくらい、あの夜の真相は明るみに出ないまま、年月は過ぎていきました。稲垣は精神異常で多くを語らず、桐江も事件のことは思い出したがらない。このまますべて、なかったことになってくれたら……そう私は思いながら、この十四年を生きてきました。でも、まさか……あんな映像が、世に出回る時代がくるなんて……」

誘拐殺人、被害幼女、桐江の生存。そして、史奈の死――。

十四年前の真実を隠すために芳賀が犯した罪は、決して小さくはない。だが、それを責める気には、俺はなれなかった。

むろん、警察には通報した。芳賀とは事前に相談し、事件の経緯をどう供述するかは決めてあった。

幸か不幸か一命をとり止めた稲垣満。彼に暴行を働いたのは、芳賀。スタンガンを押しつけたのは、桐江。そこは正直に話したが、あくまでも正当防衛であろうとの見解は付け加えた。

久子を殺害したのは、稲垣満。この点は本人の供述を待つほかあるまい。

桐江の自殺の理由は、不明。これには一切、なんの見解も示さないことにした。

なぜ俺と芳賀が今回の事件現場に居合わせたかについては、取材をしていたら偶然に、ということにしておいた。

俺たちは大久保周辺で聞き込みをし、タクシーにも数回乗っている。その行動は遅かれ早かれ警察の知るところとなるだろうが、大久保から東京、またすぐ大久保にとって返した動線は、そう簡単には調べがつかないはず。よって、そこのところははずして供述することにした。ここを明らかにすると、どうしても桐江と稲垣の繋がり、我々が桐江の拉致を察知した理由、ひいては配信された事件映像についても語らなければならなくなるからだ。

俺と芳賀の繋がりについては、例のコンビニ強盗をきっかけに、ということにしておいた。そこから俺が稲垣事件に興味を持ち、芳賀に同行取材を申し込み、たまたま大久保にきていた。そういう筋書きだ。それで桐江の拉致事件に出くわしたというのはむろん出来過ぎなのだが、そこは、偶然で押し通すしかないと思った。

正直、この線で警察が納得するかどうか、今後開かれるであろう公判が乗りきれるかどうかは分からないが、今はこれでいくしかない。それが俺と芳賀の出した、とりあえずの結論だった。

芳賀は雑木林の闇で、こんなことも語った。

「桐江は……稲垣の母親が殴り殺されるのを見て、たぶん、史奈ちゃんとのことを思い出したんだと思います。何せ、私がそれを連想したくらいですから……桐江が何も感じなかったはずがない。それを思い出してしまったから、桐江は自ら……本当は、時間をかけてでも、償《つぐな》うべきだったんでしょう。当時八歳だった桐江が、どういう罪に問われたかは分かりませんが、少なくとも史奈ちゃんの両親には真実を伝えて、謝罪すべきだった……それも、ずいぶん考えはしたんですが、もう、後戻りもできず……何しろ、史奈ちゃんの遺体を、この雑木林に遺棄したのは、私なわけですから……一度罪を犯してしまうと、それを隠すために、次から次へと……そういうもの、なのでしょうか……」

肯定も、否定も、俺にはできなかった。

「桐江から、罪を償うチャンスを奪ったのは、私です……この子は、何も悪くない……なのに……いや、だからこそ、こんなことに……私が、追い詰めてしまったんです。私が桐江を、こんなふうにしてしまった……」

そもそもを語れば、確かにそういうことになるだろう。だが、同じ立場になったとき、八歳の傷ついた娘に罪を認識させ、罰を与えることが果たして自分にできるかと考えると、まったく自信は持てなかった。

むしろ今、俺は当時の芳賀と同じことをしようとしている。

史奈の死の真相。この部分に触れぬまま、桐江の自殺の原因は分からないとしたままで、一連の事件を終わらせようとしているのだから。

事件の二日後。十二月十四日、月曜日。

俺は新聞記者の日常へと戻るべく、池袋署記者クラブに出勤した。

「……おはようございます」

戸口でそう挨拶をした途端、すでにきていた七人の記者が一斉にこっちを向いた。

「おお、鶴吉ィ」

部屋の奥にいた朝陽新聞の大木さんが立ち上がり、のしのしとこっちに歩いてくる。

「お前、また現場に居合わせたそうだな」

やはり、バレていた。

昨日の午前中には、千葉県警と木更津署が事件について発表していた。昼過ぎまで事情聴取を受けていた俺は夕方、署の前でサツ回りの記者数人にとり囲まれ、取材を受ける破目になった。その際に身分は明かした。共有通信記者、警視庁第五方面担当、鶴田吉郎。記事にはそこまで書かないよう頼んでおいたが、情報が出回るのまでは防ぎようがない。

「なんでお前ばっかり、事件現場に上手いこと居合わせるんだよ。……え？　おかしいじゃねえか。ひょっとして、お前がすべて仕組んでるんじゃあるめえな」

ここは大人しく、大木さんのヘッドロックに捕らえられておく。

「んなわけ、ないでしょう……偶然ですよ、偶然」

「でも記事にするんだろうがよ」

「分かりませんよ、そんなこと……担当外なんだから。発表記事なら県警担当が書くだろうし、僕に書けることなんて」

「嘘をつくな。そんな、見え透いた嘘を……お前は書く。絶対に書く……当事者面して、あんなこともこんなことも、書くに決まってるんだ、クソッ」

　さらに、グーでこめかみをグリグリ。

「いてて……勘弁してくださいよ、マジ、痛いですって」

「だったら誓え。今回の事件は絶対に書かないと誓え」

「えっ、なんでですか」

「悔しいからに決まってんだろうが馬鹿がァ」

　俺はこの後、池袋署を出るまでに、似たような恐喝を計四回も受けた。


　午前十一時半。

　俺は霞が関にある警視庁本部庁舎を訪れ、キャップの宮武と共に一階の食堂に入った。コーヒー三杯を費やし、事件のあらましを伝えた。キャップにだけは真相を話しておかないと、あとで何かバックアップを受けたい事態になったときに困るからだ。

　最後まで話し終えると、宮武は大きく溜め息をついた。

「……で、その父親は、どうなった」

「芳賀宏、ですか」

「ああ」

「まだ、署に留置されてると思います。送検は、明日になるんじゃないでしょうか」

「罪状は。傷害で済みそうなのか。それとも、殺人未遂になっちまうのか」

難しいところだ。

「俺の印象でいえば、殺意も……あったようには、見えましたが、でも、そこはやっぱり……娘を二度にわたって、ですからね……情状酌量《じょうじょうしゃくりょう》は、あってしかるべきだと思います。俺も証言する機会があれば、そういう方向で喋りたいと思ってますし」

「でも、一度目については、表沙汰《おもてざた》にできないんだろう」

「ああ、そうですね……そうです」

実に、難しい。

「で、お前はどうするんだ」

そしてこれが、一番難しい質問だった。

「はあ……」

「はあじゃなくてよ。早く原稿上げろよ」

なんと配慮に欠けた言い方だろう。

「そんな……早くって、いわれても」

「書くんだろう？　この事件」

「いや……まだ、迷ってます」

すると、宮武はフンッと鼻息を吹いた。

「何を迷うってんだ。お前、記者だろう。共有通信の現役記者だろうが。幼女誘拐殺人のホシで、精神鑑定の結果無罪になった稲垣満が、退院後、遺族に襲撃されて半殺しの目に遭ったんだぞ。お前は、その事件現場に居合わせた。事件の経緯を、逐一《ちくいち》その目で見てんだ。それを書かないなんてのは、社会的にも、会社的にも、許されねえんだよ」

分かってる。それは。

「書かないなんて選択肢は、端《はな》っからないんだ」

「でも、俺に……この事件は」

「なんだよ。警察には喋ったのに、記事にはできねえってのかよ」

「警察で話したのは、あくまでも、捜査協力であって」

「一緒だ、馬鹿。表に出せるか出せねえかの問題なんだろうが、お前にとっちゃ……だったらその、出せる部分だけで書きゃいいじゃねえか。それにちょこっと、県警担当じゃ知らなそうな、生の描写を足しときゃいいんだよ。それがお前の仕事だろう」

頭では、分かってる。でも——。

「それは、そうかも、しれないですけど……真実を知ってる俺には、逆に、この事件の記事は……芳賀や、桐江が抱えてきた、隠してきた真実を、明るみに出すわけには……かといって、適当に端折《はしょ》って、切って繋げて……そんなことも、できないわけですし」

けっ、と宮武が吐き出す。

「甘い……甘いよ、鶴吉」

「分かってます。けど」

内勤服姿の警察官が、すぐ横を通り過ぎていく。

宮武は、彼が通り過ぎていくのを待ってから続けた。

「……真実や真相なんてどうでもいい、とはいわないが、報道に必要なのはな、少なくとも、真実や真相じゃねえんだ」

じっと、目の奥を覗かれる。

「俺たちに必要なのは……説明と、解釈なんだよ。誰にとっても等しい真実なんてものは、この世にゃ滅多に存在しないさ。事件現場だったらなおさらだ。あってもせいぜい、鑑識のデータとか、そんなもんさ。それだって、測った人間の恣《し》意が入り込んでないとは言い切れない。聞き込みなんざして、人の口を介したらてきめんだよ。それはすでに真実なんかじゃあり得ない。証言した人間が、自分の見たこと、知ったことを説明し、聞き手がそれを解釈する。もとにあった事実だの真実だのは、いつでもどこでも、グニャグニャに捻じ曲げられていくんだ。それらを寄せ集めて、また捜査員の判断で振り分けて、こうと解釈されたものが、法廷で説明される。……俺たちみたいな一介の記者が真実を語ろうなんてのは、おこがましいにもほどがあるってことだ」

　でも、何をいわれても、今の俺には——。

「桐江って子の自殺の原因は、幼少期に、従姉を殺したことに対する懺悔《ざんげ》、贖罪《しょくざい》……ってそれは、あくまでも父親である、芳賀宏の説明だろう。それが、お前のいう真実なのか。ひょっとしたら、桐江の肚《はら》の中は違ったかもしれないぞ。もっと邪悪で、嫌らしい女だったのかもしれないぜ」

「そんな」

　思わず、声が大きくなった。

　すぐ近くに人がいるわけではないが、なんとなく、周囲に頭を下げておく。

　宮武は続けた。

「そうじゃない、桐江はもっといい子だった。心根の優しい、純情な子だった。お前がそう思うなら、じゃあそう書いたらいいじゃねえか。真実がどうたらこうたらいうんなら、それこそがお前の真実だろうよ。……お前がその子を、少しでも好きだったんなら、そのことを記事にすりゃいいじゃねえか」

　桐江——。

「発表記事とかぶったっていいよ。載せてくれる新聞がなくたっていいじゃねえか。お前がいえる範囲で、お前が見たものを、そのまま書けばいいじゃねえか。それで最後に、桐江さんは明るい性格で、バイト先でも評判のいい、コンビニ店員でした。そう書き足してやりゃいいじゃねえか。それをどう解釈するかは、読者が決めることだ。お前じゃねえ……」

宮武は伝票をとりながら、立ち上がった。

俺は、まだ迷っていた。

そして今、俺はいつものコンビニまできている。

夕方六時。夕飯にはまだ早い。でも、きてしまった。

ひょっとしたら、あれは何かの勘違いで、自動ドアが開いたら、桐江は何喰わぬ顔で、いらっしゃいませ、と迎えてくれるんじゃないか。そんな、馬鹿げた期待も少しはしていた。

レジにいたのは、以前からいる派手な茶髪の子だった。

俺は雑誌コーナーの前を通り、ドリンク冷蔵庫の方に進み、ペットボトルの緑茶を一本とって、それから弁当コーナーに向かった。

そこでは、小柄な女性店員がしゃがみ込んで、パック入りのお惣菜の補充をしていた。

俺はその隣に立った。

デミグラスハンバーグ弁当、まだありますか。

あ、ちょうど最後の一個、ありますよ。よかったですね。デミバーグ弁当は人気ですから、今日はラッキーでしたね。

他に何かお勧めは、ありますか。

んーと、この前の牛乳、どうでした？　あ、でも今、切らしちゃってるかな。ああ、残念。今日は売り切れです。

そっか。じゃあこの、デミバーグ弁当だけ、もらってくよ——。

俺が弁当の容器を摑むと、小柄な女性店員は初めて気づいたようにこっちを見上げた。

いらっしゃいませ、と小声でいった。

俺は何も応えず、レジに向かった。

「いらっしゃいあせ……お弁当、あったためますか」

「あ……いや、いいです」

冷えたこれを食べたい夜も、ある。

俺は千円札を出し、商品の入ったレジ袋と、釣り銭を受けとっていこうとした。だが、茶髪娘に、呼び止められた。

「あの……」

「……はい。何か」

彼女はカウンターの向こうを回って、こっちに出てきた。

ガム売り場の前で向かい合う恰好になった。

「あの、これ……」

彼女がポケットから出したのは、プラスチック製の名札だった。

「桐江が、亡くなったのは、知ってますよね」

俺は、頷いた。

「うちの店にも、なんでか分かんないんすけど、千葉の警察から、連絡があって……で、制服はクリーニングして使い回すから、いいんすけど、名札は、どうしよっかなって……桐江、彼氏と別れたばっかだったし、他に、友達とかいたのか、あたしは分かんないんすけど。でもあなたとは、強盗事件以来、なにげに、仲良さげだったじゃないっすか。だから、これ……」

はが、と平仮名で書かれたそれを差し出される。

「……桐江、トロいとこあったけど、なにげにあたし、あの子のこと、好きだったんで。だから……ゴミ箱にポイとか、したくないんすよ。……なんで、もらってください。これ」

手を出すと、彼女はそっと、それを俺の掌に載せた。

あまりにも小さくて。軽くて。

「はが」の文字が、見る見るうちに、歪んでいく。

膨らんだり、揺れたりしながら、プラスチックの白と、混じり合っていく。

「……俺も……好きだった……」
ようやく、それだけ、搾り出した。
忘れないであげて、と、彼女は俺の手を包んだ。
名札の角が、掌に痛かった。
「……忘れない……忘れません……」
俺は頭を下げ、出口に向かった。
自動ドアが開く。
冬の夜風と、そこですれ違う。
ありがとうございました——。
忘れない。君の声も、君の笑顔も。
じゃあ、また。
腹が減ったら、買いにきます。

新装版解説

瀬木広哉

真実とは一体何か？

真実という言葉が大仰ならば、事実でもいい。例えば「事実を報道すべきだ」などと口にするとき、私たちはその言葉で何を指し示しているだろうか。

例えば、こんな話がある。以前、筆者がある往年の名ドキュメンタリストから聞いた話。英国のさる公共放送ではドキュメンタリー作品でインタビューを撮影する際、取材対象の見栄えや語り口がいまひとつだった場合、よく似た俳優を連れてきて代わりに語らせることがある、らしい。

少なくとも日本の感覚では放送倫理的にかなり問題がありそうだ。それに、こんなにも露骨なルッキズム（偏見、差別）は、さすがに現代では許容されそうもない。もしかしたらずいぶん古い時代の話なのかもしれないし、そもそも真偽を確かめたわけでもない。ただ、この話の重要なポイントは真偽にはない。事実というものをどう考えるか、にある。

客観的な事実などそもそも存在しない。どんな事実とされる事柄も、人が情報を切り取り、意味や文脈を与え、「これはつまり、こういうことだ」とその人なりに理解した内容にすぎない……そう割り切った場合、制作者が事実だと信じるものが表現されているならば、映像に登場するのが本人であろうとよく似た俳優であろうと、大した問題ではなくなる。

私たちが日常の暮らしの中で大事に思っている真実とか事実といったものは、思った以上に曖昧で危ういものかもしれない。

……と、前置きが長くなり、失礼しました。こんなことをくどくどと書いたのは、本作が報道の現場を主要な舞台とする作品だから。

実は筆者は少し前まで、報道機関に身を置くひとりだった。それも、主人公の勤務先のモデルとなったと思《おぼ》しき通信社に。といっても、長く担当したのは文化面や読書面に掲載される記事で、いわゆる〝事件記者〟としての経験は数年ほどしかない。そんな立場から、この解説を書かせてもらいたい。

さて、本作は誉田哲也が二〇一〇年に実業之日本社から刊行した長編小説だ。二〇一六年の中公文庫収録を経て、来年で作家生活二〇周年を迎えることを記念し、このたび新装版が刊行されることになった。

主人公の鶴《つる》田《た》吉郎《よしろう》は共有通信の東京支社社会部の記者。現場取材に当たる記者の多くがそうであるように、通勤先は会社ではなく担当する官公庁の記者クラブ。彼の場合は池袋警察署の記者クラブだ。

なお、新聞社と通信社の違いが判然としない方もいると思う。簡単に言えば、「○○新聞」といった紙面を持っているのが新聞社、自社で紙面を持たないのが通信社だ。通信社の仕事はいわばニュースの卸業。下請けとも言える。

なので、記者として担う仕事は新聞社も通信社もほとんど変わらない。警察発表のニュースバリューを見極めて記事化したりスルーしたり、記者クラブの互助会的な担務をこなしたり、〝表玄関〟以外のルートで他者を出し抜くネタを狙ったり、大きな事件の続報合戦が続く中で自社だけが情報を落とす「特オチ」に怯《おび》えたり……つまりは鶴田記者のような日々である。

その仕事の実態は「真実を追求する記者」といったイメージからは程遠い、泥くさい組織労働。疲れた身体《からだ》に鞭《むち》打って〝夜討《よう》ち朝駆《あさが》け〟をしても、大きな収穫のある日などめったにない。しかしごく稀《まれ》に、思わぬ幸運が降り注ぐこともある。鶴田は自宅近くのコンビニで強盗を目撃。居合わせた客らが協力して犯人を逮捕するが、逃走する犯人を転倒させて逮捕に一役買った男性は名乗ることもなく立ち去ってしまう。本来は大きく注目されるような事件でもないが、犯人逮捕までの一部始終を捉えた映像には充分なニュースバリューがあり、鶴田は他社の記者から大いに妬まれることになる。

事件を機に、鶴田はこのコンビニのアルバイト店員、芳賀《はが》桐江《きりえ》と知り合いになる。そんな中、一本の電話が。主はなんと現場から姿をくらませた男。直接会った男がもたらしたのは、暴力団の事務所が何者かに襲撃されたという情報だった。男のことをどこか怪しみながらも、事務所について調べ始めた鶴田はやがて、ある動画の存在を知る。それは十四年前、あまりの異様さで世間を震撼《しんかん》させた女児誘拐殺人事件に関わる映像だった。

ときおり妙な蛮勇を発揮する鶴田と、常に漠然とした不安を抱えながら生きている桐江。ふたりの視点を行き来しながら物語は進む。男は一体何者なのか、事務所は誰になぜ襲われたのか、なぜ今になって過去の事件の映像が浮上してきたのか、誰かが見つけて流出させたとして、一体何の目的で――。幾重にも張り巡らされた謎に引っ張られるようにして、ぐいぐい読み進めてしまう。ページを捲《めく》る手が止まらない、王道のミステリーに仕上がっている。

誉田作品の肝は何と言ってもエンターテインメント性。その点においてはストーリー展開だけでなく、キャラクターの魅力も大きい。

筆者の乏しい経験の範囲では、事件記者の世界には、大きく二種類の特ダネ記者が棲息《せいそく》している。ひとつは、冷静沈着に情報を積み重ね、地道な努力を怠らず、大きなネタをものにするタイプ。もうひとつが、相手の懐に飛び込んでいって、重要情報を地引網さながらに搔《か》っ攫《さら》っていく、いわば人たらしタイプ。鶴田は自分では自覚していないが、おそらく後者だ。

人たらしタイプの武器はつまるところ、人間としての魅力そのもの。鶴田の素直さや優しさが、相手の警戒心を解き、ちょっとぐらい情報を教えてあげようかという気にさせるのだろう。その剛直さゆえ、作中では大変な目にも遭うわけだが、「鶴吉」「鶴吉」といじってくる他社の先輩たちだって、きっと彼のことを可愛がっているのだ。そんな人間関係の機微をさりげなく描くのが、著者は本当に上手《うま》い。

そして鶴田が陽だとすれば、桐江は陰。彼女はどこか暗い影を背負いながら、息を殺すように暮らしている。何が自分をこれほど生きづらくさせているのか、桐江自身もよく分かっていない。本編未読の方もいるかもしれないので、ネタバレに繋《つな》がる言及は避けたいが、この対照的なふたりの出会いはほのかな恋の物語であると同時に、被害者と傍観者の邂逅《かいこう》でもある。

誉田作品はときに、この世界の圧倒的な不条理を描く。例えば、人気シリーズである〈ジウ〉サーガや姫川《ひめかわ》玲《れい》子《こ》シリーズで描かれる猟奇殺人。あるいは『ケモノの城』では、人を拷問したり殺したりすることに何の痛みも感じない者の存在を生々しく描いた。そして、作中の事件が必ずしもただの空想の産物だとはいえないところが恐ろしい。本作で言えば、誰もが思い起こすのは宮崎勤《みやざきつとむ》元死刑囚による連続幼女誘拐殺人事件だろう。

罪を憎んで人を憎まずという言葉があるが、人を恨んで済むのであれば、世界はまだしも単純だ。罪を憎めばこそ、この世界の不条理が際立つ。人はきっと、出来事の凄惨《せいさん》さに不条理を感じるのではない。その罪にいたる因果の連鎖に対して何もできない自らの無力さに、やり場のない不条理を感じるのではないだろうか。

桐江の過去とそれが残した深い傷。その痛みに耐えながら生きている彼女に降りかかる、さらなる苦痛。それがもたらす悲劇に対して、鶴田には何もすることができなかった。そもそも彼は記者という立場で彼女と出会っている。記者とはある意味で究極の傍観者だ。

なぜ著者はこうした不条理を描き続けるのだろうか。単なる著者の趣味嗜好《しこう》？　おそらくそうではない。縁あって著者の人柄を多少は知っているのもあるが、そもそも著者の作品はどんな異様な事件を描こうと、常にごく普通の生活者の良識的な感覚を足場にしている。筆者の思う答えはこうだ。それが著者の信じる世界の真実の姿だから——。

この世界では現に、とんでもなく不条理な出来事が日夜起きている。私がいま何とか平穏に日々を過ごせているのは、ただ運が良いからだ。生まれてくる場所や時代が少し違えば、内戦や虐殺に巻き込まれていたかもしれない。たったひとりの人間との偶然の出会いがなければ、もっと不本意な人生だったかもしれない。帰り道に選んだルートが少し違うだけで、残酷な事件の被害者になっていたかもしれない。

しかし、さまざまな幸運の上に成り立つ自分の日々を、人は当然に享受できるものだと思いがちだ。そして、一方にある不都合な現実を本来あってはならない例外と捉え、自分の日常から切り離す。それで別にいいではないか、とも思う。自分を取り巻く世界の不確実さと向き合い続けられるほど、人は強くない。

しかし、とも思う。本当にそれでいいのだろうか。そもそも人は誰しも、自分の老いや死という最大の不条理と嫌でも向き合わなければならない。不都合な現実を極力忘れることで、本当に今の幸福を心底嚙《か》み締められるだろうか。この世界の美しい部分をちゃんと愛するためにこそ、その真実の姿を、確かに存在する醜《みにく》い部分をも凝視する必要があるのではないか。

著者がそう考えているのかは分からない。ただ、人間讃歌のような青春小説からダークな猟奇殺人ものまで、幅広い作風を持つ著者のあらゆる作品が、著者の思う世界のありのままの姿を描いた寓話《ぐうわ》だとすれば、筆者はとても納得がいく。その姿勢は、自らの信じる事実を伝えようとするドキュメンタリストとも似ている。

世界は善くも悪くも多様性に満ち満ちている。その中で大きな痛みを背負う側に回ってしまった人たちに対して、できることは多くない。そんな自分の無力を嚙み締めるからこそ、人は祈る。本書のタイトルもそんな祈りの一つなのかもしれない。

著者は今年で作家デビュー二十周年。今後も自らの思う真実を、より幅広いスタイルで描いていくことだろう。それを一旦受け止め、自分の中で反芻《はんすう》していくことは、いわば本を媒介にした著者との対話だ。そんな密《ひそ》やかで豊かな対話を、これからも楽しんでいきたいと思う。

（せきこうや／編集者・ライター）

この作品はフィクションであり、実在する個人・団体等とは一切関係ありません。

二〇一六年三月　中公文庫

中公文庫

主《しゅ》よ、永遠《えいえん》の休息《きゅうそく》を

——新装版《しんそうばん》

2016年3月25日　初版発行
2023年1月25日　改版発行

著　者　誉《ほん》田《だ》哲《てつ》也《や》

発行者　安部順一

発行所　中央公論新社
〒100-8152　東京都千代田区大手町1-7-1
電話　販売 03-5299-1730　編集 03-5299-1890
URL https://www.chuko.co.jp/

ＤＴＰ　平面惑星
印　刷　大日本印刷
製　本　大日本印刷

Published by CHUOKORON-SHINSHA, INC.
Printed in Japan　ISBN978-4-12-207309-8 C1193

各書目の下段の数字はＩＳＢＮコードです。978－4－12が省略してあります。

中公文庫既刊より

ほ-17-4　国境事変　誉田哲也

在日朝鮮人殺人事件の捜査で対立する公安部と捜査一課の男たち。警察官の矜持と信念を胸に、銃声轟く国境の島・対馬へ向かう。〈解説〉香山二三郎

205326-7

ほ-17-5　ハング　誉田哲也

捜査一課「堀田班」は殺人事件の再捜査で容疑者を逮捕。だが公判で自白強要の証言があり、班員が首を吊った姿で見つかる。そしてさらに死の連鎖が……誉田史上、最もハードな警察小説。

205693-0

ほ-17-6　月　光　誉田哲也

同級生の運転するバイクに轢かれ、姉が死んだ。殺人を疑う妹の結花は同じ高校に入学し調査を始めるが、やがて残酷な真実に直面する。衝撃のＲ18ミステリー。

205778-4

ほ-17-7　歌舞伎町セブン　誉田哲也

『ジウ』の歌舞伎町封鎖事件から六年。再び迫る脅威から街を守るため、密かに立ち上がる者たちがいた。戦慄のダークヒーロー小説！〈解説〉安東能明

205838-5

ほ-17-9　幸せの条件　誉田哲也

恋にも仕事にも後ろ向きな役立たずＯＬに、突然下った社命。単身農村へ赴き、新燃料のためのコメ作りに挑め⁉ 人生も、田んぼも、耕さなきゃ始まらない！

206153-8

ほ-17-11　歌舞伎町ダムド　誉田哲也

今夜も新宿のどこかで、伝説的犯罪者〈ジウ〉の後継者が血まみれのダンスを踊る。殺戮のカリスマvs.新宿署刑事vs.殺し屋集団、三つ巴の死闘が始まる！

206357-0

ほ-17-12　ノワール　硝子の太陽　誉田哲也

沖縄の活動家死亡事故を機に反米軍基地デモが全国で激化。その最中、この国を深い闇へと誘う動きを、東警部補は察知する……。〈解説〉友清　哲

206676-2

ほ-17-13
アクセス
誉田哲也
高校生たちに襲いかかる殺人の連鎖。仮想現実を支配する「極限の悪意」を相手に、壮絶な戦いが始まる！著者のダークサイドの原点！〈解説〉大矢博子
206938-1

ほ-17-14
新装版 ジウⅠ 警視庁特殊犯捜査係
誉田哲也
人質籠城事件発生。門倉美咲、伊崎基子両巡査が所属する警視庁捜査一課特殊犯捜査係も出動する。だが、この事件は〝巨大な闇〟への入口でしかなかった。
207022-6

ほ-17-15
新装版 ジウⅡ 警視庁特殊急襲部隊
誉田哲也
誘拐事件は解決したかに見えたが、依然として黒幕・ジウの正体は摑めない。事件を追う東と美咲。一方、特進をはたした基子の前には不気味な影が。〈解説〉宇田川拓也
207033-2

ほ-17-16
新装版 ジウⅢ 新世界秩序
誉田哲也
新宿駅前で街頭演説中の総理大臣を標的としたテロが発生。歌舞伎町を封鎖占拠し、〈新世界秩序〉を唱えるミヤジとジウの目的は何なのか⁉〈解説〉友清 哲
207049-3

ほ-17-17
歌舞伎町ゲノム
誉田哲也
大人気シリーズ、〈ジウ〉サーガ第九弾！伝説の暗殺者集団「歌舞伎町セブン」に、新メンバー加入！彼らの活躍と日々を描いた傑作。〈解説〉宇田川拓也
207129-2

ほ-17-18
あなたの本 新装版
誉田哲也
これは神の悪戯か、一冊の本が狂わす人間の運命——表題作をはじめ、万華鏡の如く広がる七つの小説世界。新たに五つの掌篇を収録。〈解説〉瀬木広哉
207250-3

お-87-1
アリゾナ無宿
逢坂剛
時は一八七五年。合衆国アリゾナ。身寄りのない一六歳の少女は、凄腕の賞金稼ぎ、謎のサムライと賞金稼ぎのチームを組むことに⁉〈解説〉堂場瞬一
206329-7

お-87-2
逆襲の地平線
逢坂剛
〝賞金稼ぎ〟の三人組に舞い込んだ依頼。それは十年前にコマンチ族にさらわれた娘を奪還してほしいというものだった……。〈解説〉川本三郎
206330-3

各書目の下段の数字はISBNコードです。978-4-12が省略してあります。

お-87-3
果てしなき追跡（上） 逢坂　剛
土方歳三は箱館で銃弾に斃れた——はずだった。一命を取り留めた土方は密航船で米国へ。友を、そして記憶を失ったサムライは果たしてどこへ向かうのか？
206779-0

お-87-4
果てしなき追跡（下） 逢坂　剛
西部の大地で離別した土方とゆら。人の命が銃弾一発より軽いこの地で、二人は生きて巡り会うことができるのか？　巻末に逢坂剛×月村了衛対談を掲載。
206780-6

お-87-5
最果ての決闘者 逢坂　剛
記憶を失い、アメリカ西部へと渡った土方歳三を狙うのは、女保安官と元・新選組隊士。大切な者を守り抜き、失った記憶を取り戻せ！〈解説〉西上心太
207245-9

こ-40-24
新装版　触　発　警視庁捜査一課・碓氷弘一1　今野　敏
朝八時、霞ヶ関駅で爆弾テロが発生、死傷者三百名を超える大惨事に！　内閣危機管理対策室は、捜査本部に一人の男を送り込んだ。「碓氷弘一」シリーズ第一弾、新装改版。
206254-2

こ-40-25
新装版　アキハバラ　警視庁捜査一課・碓氷弘一2　今野　敏
秋葉原を舞台にオタク、警視庁、マフィア、中近東のスパイまでが入り乱れるアクション＆パニック小説。「碓氷弘一」シリーズ第二弾、待望の新装改版！
206255-9

こ-40-26
新装版　パラレル　警視庁捜査一課・碓氷弘一3　今野　敏
首都圏内で非行少年が次々に殺された。いずれの犯行も瞬時に行われ、被害者は三人組で、外傷は全くないという共通項が。「碓氷弘一」シリーズ第三弾、待望の新装改版。
206256-6

こ-40-20
エチュード　警視庁捜査一課・碓氷弘一4　今野　敏
連続通り魔殺人事件で誤認逮捕が繰り返され、捜査は大混乱。ベテラン警部補・碓氷と美人心理調査官・藤森のコンビが真相に挑む。「碓氷弘一」シリーズ第四弾。
205884-2

こ-40-21
ペトロ　警視庁捜査一課・碓氷弘一5　今野　敏
考古学教授の妻と弟子が殺され、現場には謎めいた古代文字が残されていた。碓氷警部補は外国人研究者を相棒に真相を追う。「碓氷弘一」シリーズ第五弾。
206061-6

こ-40-33
マインド　警視庁捜査一課・碓氷弘一6
今野　敏
殺人、自殺、性犯罪……。ゴールデンウィーク最後の夜に起こった七件の事件を繋ぐ意外な糸とは？　藤森紗英も再登場！　大人気シリーズ第六弾。
206581-9

さ-83-1
連　弾
佐藤　青南
幼き頃の憧憬は、嫉妬、そして狂気へと変わる――。彗星の如く現れた天才作曲家の正体を追う、二人の刑事が辿り着いた真実とは⁉　文庫書き下ろし。
207087-5

さ-83-2
人格者
佐藤　青南
オーケストラの人気ヴァイオリニストが殺害された。誰からも愛された男がなぜ殺されたのか？　あの『連弾』の異色刑事コンビが謎に挑む！　文庫書き下ろし。
207229-9

す-29-1
警視庁組対特捜Ｋ
鈴峯　紅也
本庁所轄の垣根を取り払うべく警視庁組対部特別捜査隊となった東堂絆を、闇社会の陰謀が襲う。人との絆で事件を解決せよ！　渾身の文庫書き下ろし。
206285-6

す-29-2
サンパギータ　警視庁組対特捜Ｋ
鈴峯　紅也
非合法ドラッグ「ティアドロップ」を巡り加熱する闇社会の争い。牙を剝く黒幕の魔の手が、絆の彼女・尚美に忍び寄る⁉　大人気警察小説、待望の第二弾！
206328-0

す-29-3
キルワーカー　警視庁組対特捜Ｋ
鈴峯　紅也
「ティアドロップ」を捜索する東堂絆の周辺に次々と闇社会の刺客が迫る。全ての者の悲しみをまとい、絆が悪の正体に立ち向かう！　大人気警察小説、第三弾！
206390-7

す-29-4
バグズハート　警視庁組対特捜Ｋ
鈴峯　紅也
ティアドロップを巡る一連の事件は、片桐、金田ら多くの犠牲の末に、ようやく終結した。片桐の墓の前で死を悼む絆の前に、謎の男が現れるが――。
206550-5

す-29-5
ゴーストライダー　警視庁組対特捜Ｋ
鈴峯　紅也
日本最大の暴力団〈竜神会〉首領・五条源太郎が死んだ。次なる覇権を狙って、悪い奴らが再び蠢き出す――。大人気警察小説シリーズ第五弾。文庫書き下ろし。
206710-3

各書目の下段の数字はISBNコードです。978−4−12が省略してあります。

す-29-6
ブラザー 警視庁組対特捜K
鈴峯紅也
血縁も、絆も関係なく、喰らい合う闇社会の男たち。警視庁組対特捜の最強刑事・東堂絆の命に、巨額の懸賞金をかけた彼らの狙いとは⁉ 文庫書き下ろし。
206990-9

す-29-7
パーティーゲーム 警視庁組対特捜K
鈴峯紅也
警視庁組対特捜刑事・東堂絆に襲いかかる新たな刺客。絆と対峙したその正体とは⁉ そして勢力を伸ばす宿敵・五条宗光の狙いは⁉ 白熱のシリーズ第七弾‼
207230-5

と-26-9
SRO Ⅰ 警視庁広域捜査専任特別調査室
富樫倫太郎
七名の小所帯に、警視長以下キャリアが五名。管轄を越えた花形部署のはずが——。警察組織の盲点を衝く、連続殺人犯を追え！ 新時代警察小説の登場。
205393-9

と-26-10
SRO Ⅱ 死の天使
富樫倫太郎
死を願ったのち亡くなる患者たち、解雇された看護師、病院内でささやかれる『死の天使』の噂。SRO対連続殺人犯の行方は。待望のシリーズ第二弾！ 書き下ろし長篇。
205427-1

と-26-11
SRO Ⅲ キラークィーン
富樫倫太郎
SRO対〝最凶の連続殺人犯〟、因縁の対決再び‼ 東京地検へ向かう道中、近藤房子を乗せた護送車は裏道へ誘導され——。大好評シリーズ第三弾、書き下ろし長篇。
205453-0

と-26-12
SRO Ⅳ 黒い羊
富樫倫太郎
SROに初めての協力要請が届く。自らの家族四人を殺害して医療少年院に収容され、六年後に退院した少年が行方不明になったというのだが——書き下ろし長篇。
205573-5

と-26-19
SRO Ⅴ ボディーファーム
富樫倫太郎
最凶の連続殺人犯が再び覚醒。残虐な殺人を繰り返し、日本中を恐怖に陥れる。焦った警視庁上層部は、SROの副室長を囮に逮捕を目指すのだが——。書き下ろし長篇。
205767-8

と-26-35
SRO Ⅵ 四重人格
富樫倫太郎
不可解な連続殺人事件が発生。傷を負ったメンバーが再結集し、常識を覆す新たなシリアルキラーに立ち向かう。人気警察小説、待望のシリーズ第六弾！
206165-1